2022年
第一辑

诗探索

吴思敬 主编

Poetry Exploration

首都师范大学出版社
CAPITAL NORMAL UNIVERSITY PRESS

图书在版编目(CIP)数据

诗探索.2022年.第一辑/吴思敬主编.—北京：首都师范大学出版社，2022.7

ISBN 978-7-5656-7013-8

Ⅰ.①诗… Ⅱ.①吴… Ⅲ.①诗歌—世界—丛刊 ②诗歌理论—文集 Ⅳ.①I106.2-55 ②I052-53

中国版本图书馆CIP数据核字(2022)第091076号

SHI TANSUO 2022 NIAN DIYI JI

诗探索 2022年 第一辑

吴思敬 主编

责任编辑 马 岩

首都师范大学出版社出版发行

地 址 北京西三环北路105号

邮 编 100048

电 话 68418523(总编室) 68982468(发行部)

网 址 http://cnupn.cnu.edu.cn

印 刷 **中煤(北京)印务有限公司印刷**

经 销 全国新华书店

版 次 2022年7月第1版

印 次 2022年7月第1次印刷

开 本 710mm×1000mm 1/16

印 张 13.75

字 数 191千

定 价 49.80元

通信地址：北京市西三环北路83号首都师范大学
中国诗歌研究中心《诗探索》编辑部
邮政编码：100089
电子信箱：poetry_cn@163.com
主编助理：王士强

目录 MULU

百年新诗学案

纪念《九叶集》出版40周年

一首诗的发现

谢克强研究

姿态与尺度

新诗理论著作述评

诗人通讯

外国诗论译丛

百年新诗学案

蔡其矫《肉搏》创作始末和经典化进程

邱景华

蔡其矫的《肉搏》写于1942年。为什么24岁的蔡其矫，要将这个听来的抗战英雄故事写成诗作《肉搏》？为什么又能将一个没有亲身经历的战争场景，写成抗战诗歌史上的名篇？如今80年过去了，《肉搏》不但没有在时间的流逝中湮灭，反而进入了传播的经典化进程，这又是为什么？

一

蔡其矫从小就有"英雄梦"。他自言：1929年秋，年仅11岁的他，独自从印尼泗水市乘邮轮回国读书，在船上读《三国演义》，看到关羽被杀，即掩卷不读。[①] 为什么看不下去？因为关羽是他心中的英雄，在少年幼稚天真的心中，英雄是不会死的。由于《三国演义》在历史上的巨大影响，关羽后来成为一种民间信仰，并且也由华侨带到海外，印尼泗水也建有关帝庙。对古代英雄关羽的崇拜，后来也成为一种民族的集体无意识，影响和培育了一代又一代中国男孩的"英雄梦"。

如果说，蔡其矫孩童时期对古代英雄的崇拜，还是一种民族集体无意识的遗传；那么，日本对中国的不断侵略，则唤醒了少年蔡其矫现实中的"英雄梦"，他从崇拜关羽，转为崇拜抗日救国的民族英雄。

1931年"九一八"事变爆发后，日本发动侵华战争。9月19日，沈阳沦陷、长春沦陷。11月19日，齐齐哈尔沦陷。接着，吉林沦陷。当年，年仅13岁的印尼小归侨蔡其矫正在泉州培元中学读书，已经具有华侨中普遍存在的强烈的爱国思想，也积极走上街头，参

① 蔡其矫：《简历与著作》，《诗的双轨》，海峡文艺出版社2002年版，第197页。

加泉州抗日救亡的学生运动：

> “九一八”事变中日本军队轰炸南满铁路的巨大声浪从东北传到泉州后，全城震惊，血气方刚的青年学生率先走上街头，高呼“抗击日本帝国主义侵略”的口号。蔡其矫也随同学们一起，到海边泉州乡下，在一个同学居住的村子里向村民宣传抗日。海水汹涌地奔过来，十三岁少年的心，沉浸在一种庄严神圣的感觉中。①

当年的热血少年蔡其矫，在“九一八”事变后开始崇拜抗日爱国将领、民族英雄马占山。马占山当时任黑龙江省代理主席和军事总指挥。1931 年 11 月 4 日，他指挥的江桥抗战打响了中国军队有组织、有领导抗击日本帝国主义侵略者的第一枪。1932 年 1 月 28 日，日军进攻上海，蔡廷锴率领第十九路军，血战 33 天，日军伤亡重大，无法占领上海，史称“淞沪抗战”。少年蔡其矫又转为崇拜抗日英雄将领蔡廷锴，并且因为与蔡廷锴同姓“蔡”而感到骄傲。

当年的泉州培元中学虽然是英国人办的教会学校，但还有一批爱国的中国教师，如国文教师许志杰在上海“淞沪抗战”爆发后，讲课时声泪俱下，让学生背诵他自己创作的诗句：“试向黄浦江上望，满江烽火尽敌舸。”令蔡其矫刻骨铭心，终生不忘。②

30 年代多灾多难的中国：“九一八”事变、“一·二八”淞沪抗战、“福建事变”……，把这位爱国归侨少年卷入抗日救亡的运动中，使他关心民族危机和祖国的命运。同时，他对于抗日英雄的崇拜越来越强烈，他的“英雄梦”也越来越强烈。

1934 年夏，蔡其矫先到上海泉漳中学，后转入暨南大学附中读书。他读高中的三年，正是上海抗日救亡运动蓬勃发展的时期，特别是轰轰烈烈的“救国会”活动，使他作为一个爱国侨生深受影响。

“救国会”是 20 世纪 30 年代以上海为中心组织起来的一个全国

---

① 周佩红：《蔡其矫传》(节选)，《山东文学》1994 年第 6 期。

② 蔡其矫：《我的童年》，《蔡其矫诗歌回廊》之四，《南曲》，海峡出版社 2002 年版，第 166 页。

性、有广泛群众基础的抗日救亡的团体。1931 年“九一八”事变之后，东北三省迅速沦陷。1932 年 3 月伪满洲国成立。1935 年，日军越过长城，踏进华北，妄图把华北变成第二个“满洲国”，进而占领全中国。中华民族面临空前危机。1935 年，上海文化界一部分爱国知识分子，围绕日寇侵华，举行各种各样的时事座谈会、报告会和读书会。12 月 12 日，马相伯、沈钧儒等 280 多人，联名发表《上海文化界救国运动宣言》。12 月 27 日，上海文化界救国会召开成立大会，有 300 多人参加。12 月 29 日到 30 日，上海复旦等大中学生 8000 多人，冒着寒风连夜举行游行，向上海市政府请愿，要求国民党政府维持领土完整，出兵收复失地，保护救国运动，保障言论集会自由。

1935 年 12 月 9 日，北平学生数千人举行了抗日救国的示威游行，“一二·九”学生运动爆发。19 日，蔡其矫积极参加上海学生声援北平“一二·九”学生运动的游行。年底，他秘密参加中共外围组织“自动救国会”。蔡其矫后来回忆：“此后我们这个团体，经常参加上海各界联合救国会号召下的一系列行动：占领上海北站，冲租界的铁门，纪念‘一·二八’淞沪抗战的大游行。”[①]蔡其矫“各次游行示威都当冲锋队”，初步实现了他的抗日救国的“英雄梦”。假如没有上海这三年，就不会有蔡其矫 1938 年从印尼万里奔赴延安的壮举。

但因为发生了恋爱的悲剧，1937 年 6 月底，蔡其矫高中毕业会考后，就离开上海，乘船回福建晋江县紫帽镇园坂村老家。7 月 7 日，卢沟桥事变爆发，蔡其矫从个人恋爱悲剧中挣脱出来，立即写信给上海暨南大学附中的同学联系，准备回上海参加抗日运动。

8 月 13 日，上海“淞沪会战”爆发。这是全民族抗战爆发后的第一次大型会战，也是抗日战争中规模最大、战斗最惨烈的一场战役。蔡其矫后来回忆：

> 8 月 13 日淞沪抗战爆发后，我即联络近乡的暨大附中同学曾心平(后到新四军做军事工作，原省水产局长、商业厅副厅长，已故)要赴上海参战，两人到了厦门，海上交通因战事断

---

① 蔡其矫：《抗日救亡运动中的暨大附中》，《暨南大学校史资料选辑》(第二辑)，暨南大学华侨研究所，内部资料，1983 年。

绝，只得回乡，同时写信和上海的王孙静、肖枫等联系，得知处在前线的暨南大学被炸毁，学生迁入租界，将来怎样还难以预料，劝我暂时不去为好。我即在9月为本乡小学代课，教救亡歌曲。①

后因战争期间去上海的海路不通，蔡其矫只好奉父亲之命，带家人回印尼泗水。因为在上海读高中三年，接受时代的进步思想，加入共产党在学生中的外围组织，参加各种轰轰烈烈的学生运动。现在抗战全面爆发，蔡其矫心中的抗日救亡理想更加强烈，无法再在印尼泗水的洋房中过富家少爷的奢华生活。1938年1月，蔡其矫不顾家人劝阻，离开印尼泗水，和几个上海暨南大学附中的同学，从香港到广州，再乘火车到西安。八路军西安办事处安排他们乘车到洛川，再于5月下旬徒步到达延安：

在疾驶的列车中，蔡其矫幻想着他到延安之后的生活——穿上灰布军装，扛上步枪开拔前线，与日本鬼子拼刺刀；胜利之中，他还将在和平的土地上继续升大学……刀光剑影和书本歌声先后来到他梦寐的脑中。②

到延安后，蔡其矫想先通过抗日军政大学的政治学习和军事训练后再上抗日前线。他晚年回忆：

到七八月间，延安成立海外工作团，因为我是华侨，很快被选中了。当时的任务主要是到海外进行抗日宣传和募捐。我们离开延安，1938年8月到达武汉八路军办事处。由于任务发生变化，海外工作团被解散。组织分配我搞秘密工作，我不愿意，总想真刀真枪和日本鬼子干。于是被分配到河南确山，加入新四军第四支队。③

---

① 蔡其矫：《关于我参加革命工作的时间由1938年改为1936年的申请》(补充材料)，王炳根编《蔡其矫全集》，海峡文艺出版社打印本。

② 周佩红：《摇篮·海》(《蔡其矫传》节选)，《福建文学》1997年第3期。

③ 阎延文：《诗歌的幻美之旅——蔡其矫访谈录》，《诗刊》2001年第3期。

8 月，20 岁的蔡其矫参加了新四军第四支队，终于穿上军装，正准备与日本鬼子真刀真枪地干，实现他抗日救国的“英雄梦”。没想到，一场意外的疾病改变了他的命运。夏天，豫西平原大雨连绵，疟疾流行，他染上疟疾，发烧到不省人事。当时武汉危急，部队要上大别山，就把他作为病号送回延安。病中的蔡其矫，在有关人员的护送下，艰难辗转，于 10 月第二次到达延安。病好了，正好遇到鲁迅艺术学院招生，他参加了考试，被录取为文学系第二期学员。

虽然，蔡其矫没有机会上战场与日本兵拼刺刀，但做抗日英雄，却始终是他心中的梦想。假如他心中没有始终激荡着抗日救国的“英雄梦”，他后来不可能对听到的抗日英雄与日本兵肉搏的故事产生巨大的心灵震撼和共鸣，并且创作《肉搏》。

概言之，蔡其矫青少年时代形成的抗日救国的“英雄梦”，是他创作《肉搏》的内因。

二

1939 年 5 月，蔡其矫在鲁迅艺术学院第二期文学系结业，留校在教务处实习科工作。7 月，他加入新成立的华北联合大学，开始徒步三千里，历时两个多月的行军，穿过日军的封锁和围堵到达晋察冀边区。这历尽艰辛的长途行军，成为蔡其矫的一种战争经历和体验，也促成了他对惠特曼《草叶集》部分内容的借鉴。他后来说：“特别是惠特曼在南北战争中写的短诗，与从延安到晋察冀的长途行军经验相仿佛。”①这种行军中的战争经历，也成为《肉搏》的素材之一。

当年的晋察冀边区，名曰敌后，实则前线，边区居民采取灵活机动战术，英勇展开反“扫荡”作战。1937 年 11 月 7 日，聂荣臻率八路军一一五师 3000 多人，在山西五台山地区建立晋察冀军区，开展游击战争，发动群众，建立政权。1938 年 1 月，建立了晋察冀边区行政委员会。晋察冀地处山西、河北、察哈尔等省交界地，在华北的几条基干铁路津浦、平绥、同蒲、正太、平汉之间。发展到后期面积达数十万平方公里，人口 2500 多万，辖 100 多个县，包括冀晋、冀中、冀察等。在战略上威胁着北平、天津、太原、石家庄、

① 蔡其矫：《简历及著作》，《蔡其矫诗选》，人民文学出版社 1997 年版，第 344 页。

保定、张家口、大同、承德等敌人占领的战略要地和交通线。根据地在开辟和建立的过程中，同日伪敌特进行了艰苦卓绝的斗争，粉碎了敌人的围攻、“扫荡”、“清剿”、“蚕食”，取得了一次又一次的胜利，保证了根据地的初建、巩固和发展，被誉为敌后模范抗日根据地。①

日军对晋察冀边区这块战略要地进行了一次比一次残酷的“扫荡”，实行灭绝人性的“三光政策”，制造一个又一个“无人区”。但是晋察冀边区的军民并没有被吓倒，在一次又一次英勇顽强地反“扫荡”中，产生了许多可歌可泣的英雄事迹。著名的“百团大战”、杨成武率部全歼日军“名将之花”阿部规秀中将、狼牙山五壮士、方冰作词的《歌唱二小放牛郎》里的小英雄，让敌人闻风丧胆的“地雷战”、“地道战”、平原游击队、敌后武工队、白洋淀的雁翎队……都发生在这块充满血和泪的英雄土地上。

在晋察冀边区，还有一大批来自延安和全国各地的诗人、作家和艺术家，形成了一个以田间为代表的“晋察冀诗群”。其中有一位青年诗人陈辉，1945 年在游击战中被日军包围，突围时被两个敌人拦腰抱住，他拉响身上的手榴弹，与敌人同归于尽，牺牲时年仅 24 岁。

蔡其矫所在的华北联合大学，就是在这样一个始终处在战争状态的艰苦环境里，在日军“扫荡”时撤退到山上，继续开展教育和教学工作。华北联合大学的几届毕业生，都在边区战斗和工作，其中一些人，把自己年轻的生命献给了这片光荣的土地。

战争的硝烟和枪炮声，始终影响着文艺学院文学系的青年教师蔡其矫，发生在晋察冀边区的英雄故事，也成为他早期创作和灵感的来源。根据听来的故事，表现抗日英雄人物和事迹，是当年一种比较流行的创作方法。如何其芳当年写的《一个泥水匠的故事》，也是根据听来的英雄故事创作的。

1940 年 8 月 20 日，八路军在华北敌后发动了一次大规模的进攻和反“扫荡”战役，由于有 105 个团参战，史称“百团大战”。战争历时数月，进行大小战斗近两千次，重创日本侵略军，极大地鼓舞了

---

① 王剑青、冯健男主编：《晋察冀文艺史》，中国文联出版公司 1989 年版，第 1—2 页。

全国人民的抗战信心。10 月，蔡其矫根据这个著名的战事写了《百团大战》；后来又写了《狼牙山》《白马》等，都是根据听来的英雄战斗故事创作的（诗稿均佚失）。这些作品，也可以看作是《肉搏》的前期写作练习和准备。

1942 年 1 月，在一次行军途中，蔡其矫于联大文艺学院院长沙可夫处借到他从苏联带来的英文版的惠特曼《草叶集》。蔡其矫回忆：

> 1942 年，敌后抗日根据地已经到了最困难的阶段，我所在的晋察冀边区华北联合大学，奉命从平山土岸迁往唐河边的洪城。行军途中，我从当时作文艺学院院长沙可夫手里，借到一本他从苏联带回的莫斯科外国工人出版社出版的英文《草叶集》。为了自己学习诗歌，我只依靠一本商务版的字典，开始艰难地翻译。吸引我的，并不是惠特曼那些名篇，而是他在南北战争写下的一些短诗。譬如《骑兵过河》……。用白描手法把现实的画面勾勒出来，有动作、色彩、音响。我仿佛在画廊面对一幅油画，在冥想中它变成现实，是我记忆中的一次行军，不过不是在海岛间，而是重山中，也是长长的队伍，从天边到天边。为什么我不从这“蓝图”中，找到我可以遵循的道路？那一年，我写《肉搏》一诗，就学习这种氛围的描绘，赋予它内在的气韵……①

蔡其矫的诗歌创作，始于 1941 年在华北联合大学写的《乡土》和《哀葬》。这两首诗，当时是受到从延安传来的何其芳叙事诗《一个泥水匠的故事》启发而创作的。何其芳“叙事中抒情”的写法，为蔡其矫所喜爱所效法。但写叙事诗并不是蔡其矫的专长，他后来转向学习何其芳《夜歌》组诗的抒情诗。蔡其矫晚年回忆：“何其芳是我在一段时期内深受影响的诗人，他的《夜歌》是我最初走上诗坛时非常心仪的作品。”②

青年蔡其矫不仅找到了何其芳，更重要的是找到了惠特曼。惠

---

① 蔡其矫：《在大师足下仰望》，《诗的双轨》，海峡文艺出版社 2002 年版，第 78 页。
② 阎延文：《诗歌的幻美之旅——蔡其矫访谈录》，《诗刊》2001 年第 3 期。

特曼对蔡其矫的影响，首先是气质的相通和激活。惠特曼诗作中那种雄浑、豪放的浪漫主义精神，契合了青年蔡其矫的浪漫主义个性和抗日救国的英雄主义。这样，蔡其矫就找到新的主题：表现抗战中的英雄主义；而且找到了新的艺术手法，用写实意象表现战争的典型场景。

值得注意的是，表现画面和场景，也是中国古典诗歌常用的方法。这两者有暗合相通之处。或者说是中国古典诗歌传统作为“前理解”，使蔡其矫选择了惠特曼的表现美国南北战争场景的短诗。这样，蔡其矫心中的英雄浪漫主义，才找到了一个艺术突破口，找到了表现抗日战争英雄和场景的形式。

关于《肉搏》创作的缘由和经过，蔡其矫晚年几次回忆，有关的史实略有不同。

1981 年 6 月 11 日，蔡其矫给广东诗人易征的信中说：

> 《肉搏》写于 1942 年夏秋之间。那时我在晋察冀边区华北联合大学文艺学院文学系教书。学校驻地是河北省唐县南城子，属于晋察冀第三军分区。《肉搏》的事实就是发生在这第三军分区。我已经不记得这故事，到底是鲁藜告诉我的，或是当时第三军分区冲锋剧社社长陈陇告诉我的。这年春天，我从沙可夫同志那里借到了一本莫斯科外国工人出版社出版的英文《草叶集》，从此改变了自己的诗风。在这之前，1941 年写的《乡土》，就没有这样长的句子和着重色彩和声音的描绘。我又仿佛记得，当时我看了一篇穆木天翻译的《罗兰之歌》(法国)，“青铜的军号”就是从这首叙事诗中得来的深刻印象产生的。我还清楚地记得，在写《肉搏》之前，我已写了一首八行的诗《壮丽的山》：“这里有座壮丽的山，它站立在云雾之上，在阳光中它光明灿烂，在风雨中它坚强勇敢。记得我曾走到山上……”(下面三句忘了，风格是在看《草叶集》以前的)那诗中的意思是说边区的山为什么这么壮丽，因为山上丧葬着英雄。所以这首诗的构思：有了事实的根据，有了环境的感染，再加上惠特曼内战时期善于描绘场景的短诗、法国骑士英雄颂歌的影响，以及自己的生活和写

作的积累，然后才写出《肉搏》。[①]

后来，蔡其矫又在《著作年表》中写道："这一年听同乡诗人鲁藜来校讲战斗故事，其中一则真实事件特别动人，据此写了第一首惠特曼风格的自由体《肉搏》。"[②]

蔡其矫晚年回顾产生《肉搏》的几个原因，又做了一次比较全面的分析：

> 《肉搏》一诗所写的是一个真实的事件，发生在抗日战争中敌后根据地晋察冀边区第三军分区。那时我们军队的装备不整齐，甚至有汉阳兵工厂制造的老式步枪，刺刀比较短，而日本人的装备一律是三八式步枪，刺刀比较长。1942年春天，诗人鲁藜告诉我这个故事，我随即把它写成诗。那时候，我已开始受美国诗人惠特曼《草叶集》的影响，特别喜欢他在南北战争中所写的行军诗，所以有冷峻的"白色的阳光"和长长的句子。当时又正在读法国的英雄史诗《罗兰之歌》，因此又有思古的"青铜的军号"。最后一段，却是地地道道的中国抗战时期固有的浪漫主义。……它是一首短小的故事诗，又带有很浓厚的抒情气氛；并有相当鲜明的个性和情节，有强烈的节奏感；通过个别事件，提升到典型化的高度，反映了抗日战争中的艰苦卓绝和英雄气概，使有亲身经验的人都不免为之垂泪！因此，三十多年来，一再被各地诗歌朗诵者作为朗诵的保留节目……[③]

根据以上蔡其矫的几次回忆，最大的可能是著名诗人鲁藜在本年的春天来华北联合大学讲战斗故事，讲到晋察冀军区一个新兵与日军军曹肉搏的真实故事。蔡其矫所在的华北联合大学驻地，当时在河北省唐县南城子，属于晋察冀第三军分区，而《肉搏》里的新兵就属于第三军分区。也就是说，这个英雄的故事，就发生在他的

① 蔡其矫、易征：《关于〈肉搏〉的通信》，《海韵》1981年第5期。

② 蔡其矫：《著作年表》，《诗的双轨》，海峡文艺出版社2002年版，第200页。

③ 蔡其矫：《〈肉搏〉一诗的产生》，《诗的双轨》，海峡文艺出版社2002年版，第135—136页。

身边。

肉搏战，在当时各地抗日战场上常有发生。由于日军的武器装备比中国军队的好，处在劣势的中国军人，常常是靠不怕死的英雄气概，靠拼刺刀的肉搏战，与敌人血战到底。(曾有报道，因为中国军队的刺刀比日军的刺刀短，某军队都配备大刀，战前训练刀术，打仗时背在身后，遇到拼刺刀时，拔出大刀，战胜日军的三八式刺刀。)对中国军人而言，肉搏战是英雄杀敌、不怕牺牲的象征，是伟大的抗战精神的体现。

蔡其矫听到鲁藜所讲的肉搏故事后，心灵深受震撼，长期潜藏在他心里的"英雄梦"被激活了。他要借这个听来的肉搏故事，把他的"英雄梦"融入其中：把他一直想上前线与日本鬼子真刀真枪拼搏的心愿和想当抗战英雄的理想，都移情和灌注到这位新兵肉搏的形象中……经过几个月的酝酿和构思，大约是在夏秋之间，他创作了《肉搏》。

耐人寻味的是，1939 年在延安以写组诗《延河散歌》而闻名的诗人鲁藜，为什么自己没有将肉搏的故事写成诗作，而讲给蔡其矫等人听？可见，作为创作主体的诗人，如果没有与题材相契合的"内因"，则很难产生创作的灵感和想象。

虽然是根据听来的真实故事创作的，但还是要经过诗人的想象和虚构。蔡其矫晚年在访谈中说："诗中的主人公，是我从听来的故事中想象出来的典型。"①蔡其矫的想象过程，就是典型化的过程。肉搏，虽然在抗战中较为普遍，但在蔡其矫的诗中，则表现得更集中、更强烈，"通过个别事件，提升到典型化的高度"。或者说他以特写的镜头，放大、突出和强化了肉搏中我军新兵的英雄形象。新兵所持的汉阳造步枪刺刀比日军军曹的三八式步枪刺刀短，虽然在肉搏过程中两把刺刀同时刺入对方的胸膛，但"因为勇士的刺刀比日本人的短几分/才没有叫颤栗的敌人倒下来"。而我们的勇士，为了让日本军曹倒下，"他猛力把胸腔向前一挺，让敌人的刺刀穿过自己的背脊，/勇士的刺刀同时深深地刺入敌人胸膛，/敌人倒下，勇士站立着，山谷顿时寂静！"

---

① 阎延文：《诗歌的幻美之旅——蔡其矫访谈录》，《诗刊》2001 年第 3 期。

宁愿让敌人的刺刀穿过自己的背脊，也要叫日本兵倒下。在这个严酷的肉搏场景里，蔡其矫把这位无名战士一定要战胜敌人的英雄气概，推到艺术的极致。蔡其矫自言：因为他写的不只是一个英雄的新兵，而是要表现“一种民族精神”①。

《肉搏》的形式特点，常有人说是“小叙事诗”。这是根据《肉搏》有人物有场景，不适于抒情诗而言。这个说法，看似定论，其实不然。严格地讲，《肉搏》虽然有人物和场景，但缺少叙事诗最重要的故事情节，只有描写战争中肉搏的一个场景，不能算是正宗的“小叙事诗”。而且这首诗始终洋溢着英雄浪漫主义的精神，是用浪漫主义手法写的。诗中不仅有叙述者的主观讲述，而且最后一节，是作者于战争场景之后加入的对无名战士英勇牺牲的悼念和抒情。蔡其矫自言：“最后一段，却是地地道道的中国抗战时期固有的浪漫主义”②。这首诗之所以震撼人心，一方面是因为无名战士英勇献身的英雄气概和感天动地的肉搏场景，另一方面是因为作者对无名英雄充满激情的歌颂和崇敬的悼念。

《肉搏》最初刊发在晋察冀边区邵子南主编的油印刊物《诗建设》上。

> 《诗建设》是晋察冀边区出版时间最长、发表作品最多、影响比较大的文艺刊物。这个刊物由西北战地服务团的战地社编辑，曾在延安出版，后随西战团迁至晋察冀，1939年初在边区出刊。主编先后为田间、邵子南、方冰。《诗建设》开始是周刊，32开本，每期10页左右，套色油印，最初每期以两三张蜡纸的篇幅折叠成册，敌情紧张时也曾出版过一张蜡纸的篇幅，它的编辑人员就是西北战地服务团文艺队的成员，每期印数几十本。第10期后，内容多了，刊期延长，从第22期起，改为4开报纸型，基本上是每周一期，1941年初该刊出满50期，又改为杂志型，不定期出版，直到1943年4、5月间，其出刊70多期。

---

① 伍明春：《诗与生命交相辉映——蔡其矫访谈录》，谢冕、孙玉石、洪子诚主编《新诗评论》2006年第1辑。

② 蔡其矫：《〈肉搏〉一诗的产生》，《诗的双轨》，海峡文艺出版社2002年版，第136页。

5 月停刊。

《诗建设》在近四年半的时间内，刊出边区数十位诗人和上百名诗歌爱好者的诗作，约有 800 多首，还发表了不少诗论和诗评。1939 年 4 月至 1940 年 8 月，该刊还以战地社名义出版一套“诗建设丛书”和一本诗论集《关于街头诗》。1941 年 6 月，还选出 27 位作者的 62 首诗作编成《〈诗建设〉诗选》一书出版。《诗建设》作为晋察冀诗歌运动的中心，团结了边区广大的诗作者，并经常刊载晋察冀诗歌运动的报道和诗歌理论文章，为边区诗歌创作取得的巨大成就及晋察冀诗派的形成做出了重要贡献。[①]

《肉搏》具体发表于《诗建设》的哪一年哪一期，现在已经不可考。据研究晋察冀文艺的专家考证，油印的《诗建设》当年共出版了 70 多期，现在保存下来的只有 4 期，未能查到刊发《肉搏》的期数。

1953 年，蔡其矫在北京遇到当年同在晋察冀边区的战友蔺柳杞，他此时任《解放军文艺》副主编。老战友向他约稿，蔡其矫就把《肉搏》抄给他。于是，《肉搏》第一次被印成铅字，发表于《解放军文艺》7 月号，后来又收入《解放军文艺》百期纪念的诗选集中。[②]

三

《肉搏》近 80 年的传播过程，其实也是经典化的过程。

《肉搏》文本所具有的独创性和超越性，不断超越时空，获得了越来越多读者和研究者的喜爱和推崇。简言之，《肉搏》经典化的进程，大致可分为前 40 年和后 40 年两个阶段。

第一阶段，是从 40 年代初到 70 年代末。这个阶段的传播，虽然相对沉寂，但也赢得了部分读者的欣赏和珍爱。初期的几个时间节点如下：

---

① 参见王剑青、冯健男主编：《晋察冀文艺史》，中国文联出版公司 1989 年版，第 95—96 页。邱景华根据书中有关内容改写。

② 蔡其矫：《〈肉搏〉一诗的产生》，《诗的双轨》，海峡文艺出版社 2002 年版，第 135 页。又，蔺柳杞(1920—2015)，部队作家，1939 年从延安到晋察冀军区工作，曾参加本年杨成武率部在晋察冀黄土岭全歼日本“名将之花”阿部规秀中将的战役。中华人民共和国成立后，他根据这次战役的故事，创作长篇小说《长城烟尘》，1962 年由解放军文艺出版社出版。

1942年，《肉搏》首刊于晋察冀边区的《诗建设》。

1953年7月，《肉搏》发表于《解放军文艺》7月号。

1956年6月，《肉搏》第一次收入蔡其矫诗集《回声集》，作家出版社出版。

1959年3月，《晋察冀诗抄》(第1版)，魏巍编，中国青年出版社出版，没有收入蔡其矫《肉搏》等诗。

1960年4月，《肉搏》收入《解放军文艺百期诗歌选》，解放军文艺社出版。

当年首发《肉搏》的晋察冀边区《诗建设》油印诗刊，每期只印数十册，影响有限。而且《肉搏》这种惠特曼风的写法，与当年晋察冀诗界，以田间为代表所提倡的大众化、民歌体为主的“街头诗”和“诗传单”不是同一种路子。24行的《肉搏》，是不适合写在乡村街头的墙壁和路边的岩石上的，所以《肉搏》在当年的晋察冀诗界未得到应有的重视。

著名作家和诗人魏巍，当年也在晋察冀边区战斗和工作，与蔡其矫同属于“晋察冀诗群”。但是，1959年由他编写出版的《晋察冀诗抄》第1版并没有收入蔡其矫的诗歌，一直到1984年出的第2版，才增补了蔡其矫《肉搏》在内的6首诗。这也说明，在当年和后来一个时期的魏巍眼里，蔡其矫在“晋察冀诗群”中影响很小，可以忽略不计。究其原因，当然不是诗的抗战内容，可能是对《肉搏》这种外来的惠特曼式的写法，并不看好和认同。

晚年的邵燕祥曾撰文谈到蔡其矫早期诗歌的传播和影响：

> 我和他的交往很晚，知其名也很迟。1949年以前，选有解放区诗作的书刊上，不曾见过他的名字。20世纪50年代初期，主要是推广延安讲话后文学作品的“中国人民文艺丛书”中也没有收入他的诗作，如诗选《佃户林》尽是民歌体的工农作品。大约在1951年或1952年，我才从一篇手抄稿中读到了他的《兵车在急雨中前进》。原来晋察冀边区还有这样的诗人，这样的诗风！我也就明白了，尽管他写的是军事生活的场景，这样的作

品却不可能作为“工农兵文学”的样品推出——甚至像《肉搏》这样在抗日战争的血与火中产生的，曾在抗日根据地得奖的诗作（邱注：《肉搏》没有获奖，应为记忆有误），都被遮蔽了多年——我也是多年以后才“发现”了这首诗！①

1953年3月5日，斯大林逝世。4月，蔡其矫悼念斯大林的长诗《在悲痛的日子里》，由《人民文学》4月号诗歌专栏头条推出，在当年产生了很大的影响，被视为蔡其矫走上新中国诗坛的成名作。而同年7月，正式发表于《解放军文艺》7月号的《肉搏》，并没有产生什么反响。也就是说，当年《在悲痛的日子里》的广泛影响，完全“遮盖”了《肉搏》。后来，随着时间的流逝，到了新时期，则是《肉搏》的影响大大胜过了《在悲痛的日子里》。现在，这首政治抒情诗，只有研究者才会阅读；而《肉搏》，却被诗界看作是蔡其矫真正的成名作，并且已成定论。

可见，《肉搏》的经典化进程，受到多种因素的影响。在20世纪40年代晋察冀边区，《肉搏》因为不走“街头诗”和民歌体的路子而受到冷遇；在50年代初，诗歌创作倾向于写重大题材，《肉搏》未得到强烈反响。其实，冷遇也好，得不到反响也罢，这些不断变化的社会审美等外在因素虽然暂时阻碍了《肉搏》的广泛传播，但不会损伤《肉搏》文本的审美价值。因为《肉搏》所表现和歌颂的民族英雄精神是永久的，它超越了时代，是作品经典化的根本原因。

《肉搏》发表后，虽然在诗界没有像《在悲痛的日子里》那样产生轰动效应，但也不是无声无息。它在一部分读者中传开了，引发了他们发自心灵的珍爱。比如生于1930年的易征，于1949年参加中国人民解放军，后为诗人、作家、编辑。他在1981年与蔡其矫的通信中谈道：

比方我，是在50年代开始读新诗的，而最先闯入我记忆中的，就是您的《肉搏》。将近三十年来，我一直没有忘记这首诗。我喜爱它，我向许许多多的朋友推荐它，谈论它。我在众多的

---

① 邵燕祥：《无题》，《香港文学》2007年4月号。

小会上朗诵它。我的朋友们、我的听众，都赞成我的看法：这是一首饱含悲壮美的难得诗篇。

《肉搏》在我们这一代读者中，是拥有相当多的读者的。[①]

许多年来，在各地各种的诗歌朗诵会上，《肉搏》也常作为保留节目被不断朗诵。蔡其矫在1986年说："三十多年来，一再被各地诗歌朗诵者作为朗诵的保留节目；有些考电影学院和戏剧学院的学生，也把它选作考试的朗读表演的诗。"[②]

《肉搏》经典化的第二个阶段，是从20世纪70年代末至今。

新时期初，随着蔡其矫在诗界的"归来"，他又重新活跃起来，不断发表新作，产生了越来越大的影响，也带动了他的旧作《肉搏》等重新引发诗界的关注和研究。另一个有利因素是，持续数年关于朦胧诗的大争论，也在广大读者中扫清了接受外来诗歌艺术的障碍，《肉搏》这种外来的惠特曼式的写法，已经不再是一个问题了。

于是，《肉搏》被不断收入各种各样的诗歌选集，并且得到越来越高的评价：

1979年12月，《肉搏》入选《新诗选》第三册（中国现代文学史参考资料），北京大学、北京师范大学、北京师范学院中文系中国现代文学教研室主编，上海教育出版社出版。

1982年5月，《肉搏》入选《现代诗歌名篇选读》，吴开晋选编，河北人民出版社出版；《肉搏》入选《青春诗选》（中学生文库），王一萍等编选，上海教育出版社出版。

1983年7月，《肉搏》入选《新诗选读111首》，周良沛选编，花城出版社出版。

1984年10月，《肉搏》入选《晋察冀诗抄》（第2版），魏巍编，中国青年出版社出版。

1985年6月，《肉搏》入选《朗诵诗》，雷抒雁等编，花城出

① 蔡其矫、易征：《关于〈肉搏〉的通信》，《海韵》1981年第5期。

② 蔡其矫：《〈肉搏〉一诗的产生》，《诗的双轨》，海峡文艺出版社2002年版，第135—136页。

版社出版。

1986 年 9 月，《肉搏》收入《小叙事诗》，向明选编，花城出版社出版。

1986 年 12 月，《肉搏》收入《中国诗人成名作选》，吴欢章等编，上海文化出版社出版。

1989 年 1 月，《肉搏》入选《抒情诗选读》（现代诗文评鉴），刘家骥等编，河南人民出版社出版。

1989 年 5 月，《肉搏》入选《中国现代十大流派诗选》（晋察冀诗派），吴欢章主编，上海文艺出版社出版。

1990 年 12 月，《肉搏》入选《中国新文学大系 1937—1949》第十四卷（诗卷），本书编委会编，上海文艺出版社出版。

1991 年 10 月，《肉搏》入选《新诗鉴赏词典》，公木主编，上海辞书出版社出版。

1992 年 3 月，《肉搏》入选《"中国解放区文学书系"诗歌卷》，阮章竞主编，重庆出版社出版。

1993 年 10 月，《肉搏》入选《爱我中华诗歌鉴赏·现代分册》，吕进主编，重庆大学出版社出版。

1994 年 10 月，《肉搏》入选《冲撞中的精灵——中国现代新诗卷》，吴思敬编著，陕西人民出版社出版；《肉搏》入选《现代诗歌名篇选》，张建炜选编，暨南大学出版社出版。

1994 年 12 月，《肉搏》入选《中国现代爱国诗歌精品》，陆耀东编，武汉大学出版社出版。

1995 年 10 月，《肉搏》入选《中国抗日战争短篇精粹》，中国作家协会编，作家出版社出版。

1996 年 5 月，《肉搏》入选《黄皮肤的旗帜》（《中国现代名家分类诗歌·国运卷》），王宝大、罗振亚主编，中国青年出版社出版。

1996 年 10 月，《肉搏》入选《中国现代名诗 100 首》，孙光萱编著，湖北教育出版社出版。

1999 年 12 月，《肉搏》入选《20 世纪汉语诗选 1950—1976》（第三卷），姜耕玉主编，上海教育出版社出版。

2001年6月，《肉搏》入选《东方之光：献给中国共产党建党八十周年诗选》，吉狄马加主编，云南人民出版社出版。

2006年11月，《肉搏》入选《解放军文艺600期纪念文集·诗歌卷》，解放军文艺编辑部编辑、出版。

2008年8月，《肉搏》入选《新诗三百首鉴赏辞典》，上海辞书出版社出版。

2011年7月，《肉搏》入选《军人必读诗歌鉴赏》，裴仁君主编，中国人民公安大学出版社出版。

2015年6月，《肉搏》入选《抗战诗篇》，郁葱编，花山文艺出版社出版。

2015年8月，《肉搏》入选《抗战诗钞》，周良沛编选，花城出版社出版。

此外，还有一批对《肉搏》的文本分析和审美评价，收在各种各样的诗歌论文集和诗学专著中。根据以上这些并不完全的统计资料，可以清楚地看出：近40年来，《肉搏》已经被诗界和学界普遍认为是表现抗战时期中华民族英雄精神的佳作，新诗史上讲到抗战时期的诗篇，总会提到《肉搏》。但《肉搏》的经典化，还必须面对一代又一代的读者，其文本必须在新的时代环境中产生新的意义。

抗日战争的民族英雄精神，影响了蔡其矫的一生。晚年他在访谈中无限感慨地说：抗日战争是个英雄的时代，是英雄辈出的伟大时代！而我们现在的人，很多只讲钱，有些诗人和作家也没有精神追求。①

蔡其矫的"无限感慨"，其实也道出了《肉搏》在新时期社会转型过程中正在产生的新的现实意义。在一部分人追求金钱和物质享受的社会环境中，《肉搏》所蕴藏的民族精神更加彰显出来，特别令人怀念(近年来，在众多文艺作品中，对于中国人民所表现出来的抗日精神的弘扬和歌颂，已经逐渐形成一种风气和共识)。如果我们从民族复兴的层面解读《肉搏》的民族精神，会有新的感悟。

要言之，在经典化的进程中，《肉搏》超越时代的深远意义，也

① 2002年9月15日，在福州省文联宿舍，邱景华对蔡其矫的访谈。

开始引发研究者和读者的再发现和再阐释。这样，《肉搏》文本的潜在意义，在面向现实和未来中不断敞开……

（本文系教育部人文社会科学重点研究基地重大项目“百年新诗学案”中期成果，项目批准号：17JJD750002）

［作者单位：福建省文联海峡文艺发展研究中心］

《革命烈士诗抄》的出版、版本及反响

吴 昊

20世纪五六十年代，《革命烈士诗抄》这本书曾拥有广大的读者群体，影响了一代人的青春。即便在60多年后的今天，许多经历过那个年代的读者仍然对它念念不忘。主编萧三曾说："《革命烈士诗抄》不是普通的'诗抄'或'诗集'。它的意义远远超过一般的诗文集。"[①]这本书的作者很少被称为"诗人"，但革命烈士们无疑都是真正的、伟大的诗人，他们的作品见证了中国革命的伟大历程，具有重要的历史价值，并能够对当代青少年产生思想教育作用。正因为《革命烈士诗抄》是革命史与文学史相互交织的产物，考辨其出版的过程，以及版本的流变、读者的接受情况也就显得尤为必要。

回到20世纪50年代的历史现场，能够发现《革命烈士诗抄》的出版并不是单纯的诗歌事件，它在某种程度上是"革命回忆录"热潮的衍生品。当时的中国青年出版社，在萧也牧(本名吴小武)的大力支持下办起了《红旗飘飘》丛刊，专门刊发革命者的回忆录，其中也包括烈士的诗作与遗书。后来中国青年出版社决定出版"红旗飘飘"丛书，《革命烈士诗抄》便是其中的一本，由诗人杜谷(刘令蒙)负责编辑。杜谷曾因"胡风案"遭受审查，失去了署名主编的机会，中国青年出版社只能请萧三担任主编。1966年萧三受到冲击，也一度失去署名主编的资格。被选入《革命烈士诗抄》的作者与作品，是经过严格筛查的。《革命烈士诗抄》在1962年和1982年先后两次出版增订本。在特殊的历史时期，在不同的地区重印本中，烈士诗选的标准甚至也有所不同。因此，《革命烈士诗抄》在其诞生后的30多年中，曾经出现过多个版本，每版的印数都是非常惊人的。那些知名的或不知名的读者，无一不被烈士的精神所震撼，无一不为烈士的

---

① 萧三：《致读者(代序)》，萧三主编《革命烈士诗抄》，中国青年出版社1959年版。

作品所感动。总之，《革命烈士诗抄》就是一个充满复合张力的文本，虽然出版过程历经波折，但它所带给读者的力量却是无穷无尽的。

一、出版：《红旗飘飘》丛刊的衍生品

50年代中后期，中国文坛曾有过一个“革命回忆录”的写作热潮，涌现出大量革命亲历者所写的作品，比较知名的有《把一切献给党》《在烈火中永生》《王若飞在狱中》等。这个时期出现“革命回忆录”的热潮，可以视为历史的必然：革命战争年代虽然已经逝去，中国面临社会经济建设的新局面，但为了塑造年轻一代读者的革命集体记忆，使他们牢记“红太阳是怎样升起的”，党和国家大力支持老干部“革命回忆录”的写作，各地省委也组织相关人员进行本地革命史的编写。对于许多经历过革命年代的作者而言，他们也希望以文字的方式记录下自己战斗的历程，以起到“为历史代言”的目的。洪子诚的《中国当代文学史》中便写到“革命回忆录”的“著史”“纪实”作用：“回忆录和‘史传’性散文在50年代受到特别提倡。它们与‘革命历史小说’一起，成为以具象手段，来确立现代中国历史的权威叙述。”[①]洪子诚还提到50年代中后期两次大规模的“革命回忆录”的集体写作活动，一次是1956年8月中国人民解放军总政治部发起的“中国人民解放军三十年”的征文活动，其成果后来编辑为大型丛书“星火燎原”；另一次是《红旗飘飘》丛刊的出版与传播。

《红旗飘飘》丛刊是由中国青年出版社于1957年开始出版的，至“文革”前，共出版16集。中国青年出版社的老编辑江晓天曾说：“青年出版社是靠英雄人物传记故事起家的，不少人说过这样的话，这是事实。”[②]50年代初，为了响应团中央帮助全国青年建立人生观的号召，中国青年出版社曾出版了许多在青少年读者群体中有影响力的英雄传记故事，如《董存瑞》《卓娅和舒拉的故事》《黄继光》等。但到了1956年，这样的题材也趋于饱和。如何将中国青年出版社的这一品牌保持下去，就成了一个难题。当时，作家萧也牧在中国青

---

① 洪子诚：《中国当代文学史（修订版）》，北京大学出版社2007年版，第142页。

② 江晓天：《“黄泉虽抱恨，白日自留名”——怀念萧也牧同志》，《散文》1980年第10期。

年出版社做编辑。“成本的传记稿难约，约写万儿八千字的人物故事，好办些，咱们把面放宽些，单篇不好出书，合起来用丛刊形式出。”[①]做事雷厉风行的萧也牧向社长朱语今汇报了自己的想法。征得同意后，专门刊登革命回忆录的丛刊《红旗飘飘》便问世了。编辑部主要成员除萧也牧外，还有江晓天、张羽、黄伊等。谈及《红旗飘飘》的刊名由来，黄伊曾回忆自己与同事们的讨论场景：

> 也牧说：“我最近要写一个中篇，题目叫《船儿飘飘》……”我的嘴快：“我很赞赏飘飘这两个字!”大家就跟着飘飘来起名。有人说：“军旗飘飘。”“不合适，因为我们还要发描写学生运动和地下斗争的稿子。”“那战旗飘飘怎么样?”“不妥当，好像我们老想打仗。”有人说：“党中央的刊物叫《红旗》，我们叫《红旗飘飘》怎么样?”我拍了一下巴掌：“对呀，共青团是共产党的助手和后备军。党中央高举的红旗，我们当然应该让它高高飘扬，就叫《红旗飘飘》!”大家一片掌声。[②]

刊名与办刊人员已定，编辑们便紧锣密鼓地张罗起来。《红旗飘飘》第 1 集于 1957 年 5 月问世，《编者的话》明确了该刊物的定位：专门刊发描写英雄人物和革命斗争的丛刊。红色经典小说《红岩》的雏形《在烈火中得到永生》便刊登在《红旗飘飘》第 6 集上；第 2 集上刊登的葛振林讲述的《狼牙山跳崖记》一经发表，就被《中国青年》等刊物转载，多次修改完善后被编入小学语文课本，成了人们至今耳熟能详的《狼牙山五壮士》[③]。值得注意的是，《红旗飘飘》的第 8、9 集(1958 年 7 月、9 月出版)都开辟了“烈士诗文抄”专辑，集中刊登了邓中夏、刘伯坚、林基路、陈然、龙华无名烈士、方志敏等烈士的诗作，可以视为《革命烈士诗抄》的雏形。

《红旗飘飘》丛刊诞生后，取得很大反响，每期的发行量都在 15 万册左右，成为中国青年出版社的知名品牌。在丛刊的基础上，中

---

① 江晓天：《“黄泉虽抱恨，白日自留名”——怀念萧也牧同志》，《散文》1980 年第 10 期。

② 黄伊：《创办〈红旗飘飘〉的回想》，《新文学史料》2003 年第 1 期，第 161 页。

③ 李磊：《萧也牧与〈红旗飘飘〉》，《出版科学》2006 年第 5 期。

国青年出版社还策划出版了“红旗飘飘”丛书，其中一些作品已经在丛刊上发表过，如《在烈火中永生》《烈火金刚》等，另外比较知名的还有《共青团，我的母亲》《记贺龙》等。《革命烈士诗抄》也是“红旗飘飘”丛书中的一本。由此可见，给一代代青年人留下深刻记忆的《革命烈士诗抄》，实际上是《红旗飘飘》丛刊的衍生品，它的诞生与萧也牧、张羽、黄伊、江晓天等编辑的辛勤劳动分不开。而值得一提的是，长期以来，该书的主编一直被认为是萧三，但从当事人的回忆来看，萧三只是中国青年出版社委托挂名和写序的编者。

二、编辑：被“湮没”的无奈

1959 年 3 月 31 日的《人民日报》登出了萧三的一篇文章《“血液写成的大字”》。该文的“编者按”写道：“这篇文章是萧三同志为《革命烈士诗抄》写的序言的摘要，题目是我们加的。这本书即将由中国青年出版社出版。本报副刊上将要陆续转载其中一部分诗作。”[①]“编者按”相当于是《革命烈士诗抄》出版的预告，此后，《人民日报》分别在 4 月 2 日、4 月 3 日、4 月 8 日、4 月 11 日、4 月 21 日、4 月 24 日刊登了《革命烈士诗抄》中的部分作品。也就是在这一年的 4 月，《革命烈士诗抄》正式出版了，这本书的扉页引用了毛泽东的题词：“共产主义是不可抗御的！星星之火，可以燎原！死难烈士万岁！”此页后还有董必武、林伯渠、郭沫若为《革命烈士诗抄》题写的诗句。这足以看出当时党的领导人和党报对该书出版的重视。

主编萧三在《革命烈士诗抄》的序言中，充满激情地歌颂烈士们的作品：“这样的诗是战斗的诗。这样的诗人是战斗的诗人。他们首先是革命者——干革命工作，然后才是写诗。写诗也是为了革命工作的需要。他们首先是共产党员，然后才是诗人。写诗正表达了作为共产党员的他们的崇高理想。”[②]革命大于诗歌，党员身份重于诗人身份，这样的认知和萧三自身的经历是分不开的。萧三青年时期就深受毛泽东的影响，并积极投身于党的革命事业，他曾将《国际歌》的歌词翻译成中文，并与许多党的革命先驱有过密切的交往，如李

---

① 萧三：《“血液写成的大字”》编者按，《人民日报》1959 年 3 月 31 日。

② 萧三：《致读者(代序)》，萧三主编《革命烈士诗抄》，中国青年出版社 1959 年版。

大钊、瞿秋白、蔡和森、夏明翰、邓中夏、叶挺、王若飞等。据萧三之子萧维佳所说，萧三一生都在宣传死难烈士，“他坚信，让烈士们‘站出来，自己说话’，而且以诗的形式，会比他回忆与描述的分量大一千倍一万倍，而且还会和《国际歌》一样千秋万代起到醒世的作用。他为每一个烈士诗人做了简明扼要的介绍，并且写了感人肺腑的代序。他为此倾注了全部的心血。”①正因为萧三有这样的革命激情与信念，他才会在 1962 年主编了《革命烈士诗抄》的增订本，并在“文革”历劫归来之后，负责主编了《革命烈士诗抄续编》，该书出版的时间(1982 年 4 月)距离其去世(1983 年 2 月)不到一年。可以说，萧三将自己的生命完全投入到了记录烈士诗作、为后世保存革命记忆的工作中，值得每一个读者敬佩。

虽然萧三为《革命烈士诗抄》的编辑和出版做出了很大贡献，但在查阅史料后能够发现，中国青年出版社有一些编辑为了《革命烈士诗抄》能够顺利出版，也付出了辛勤的劳动，但因为各方面的原因，无法在书籍的版权页上留下自己的姓名。诗人杜谷就是其中最典型的例子。抗战时期，杜谷在重庆、成都一带进行诗歌创作，并从事过文学编辑活动。新中国成立后，因为杜谷有编辑工作的经验，他先是在青年团西南工委从事《西南青年》的编辑工作，1954 年和其妻子夏嘉一起上调到共青团中央，分别在中国青年出版社和团中央统战部工作。杜谷的具体工作是协助彭子冈编《旅行家》②。因为抗战时期与“七月派”的诗人们有过交往，被逮捕审查。1956 年被无罪释放后，重返中国青年出版社，被分配至文学编辑室。

受“胡风案”的影响，1956—1961 年间，杜谷一直埋头编辑新诗。他先后编辑了臧克家的《中国新诗选》、戈壁舟的《延河照样流》、石方禹的《和平的最强音》、公刘的《黎明的城》《望夫云》等著名诗集，以至中国青年出版社成为当时出版新诗最多的出版社。但杜谷也遗憾地承认，这些书都不是他约的稿，他没有资格会见作者，这些诗集都是黄伊出面约稿，自己只能担任责编，有什么问题与作者商量，

---

① 萧维佳：《萧三与〈国际歌〉与〈革命烈士诗抄〉》，《新文化史料》1997 年第 3 期。

② 杜谷：《杜谷诗文选》，四川人民出版社 2016 年版，第 192 页。

只能用编辑室的名义写信[①]。在《革命烈士诗抄》的编辑过程中，杜谷虽然付出了很多努力，但也只能默默扮演“幕后”的角色：

> 这时为了纪念建国十周年，报刊上陆续发表了不少革命烈士的诗篇，我早有意把它们收集起来，加上烈士生平的简介和有关史实的注释，编成一本革命烈士的诗抄，以教育青年一代。我的这个策划，得到当时编室主任江晓天的首肯，但待全书编好以后，我还是不能署名责编，更不能署名主编。敬请五老(董必武、林伯渠、郭沫若、吴玉章、谢觉哉)在书前题诗，只能用出版社的名义写信；敬请萧三写序和担任主编，需要向萧老介绍编辑经过和编辑工作中的问题，则只能由编辑室的青年团员陪同前往，而且不能介绍我的名字。[②]

杜谷曾经的同事黄伊曾回忆道：“诗歌编辑刘令蒙——协助萧三同志编选《革命烈士诗抄》，该书于 1959 年出版以后，多次重印，对青年树立共产主义世界观，起了极为良好的作用。”[③]另外一位在《革命烈士诗抄》背后默默付出的编辑是当时的助编李裕康，他曾负责 1962 年版诗抄的读者来信和烈士遗属来信的回复工作，由于当时刘令蒙已调往外地，他实际上是重印本的责任编辑。曾负责中国青年出版社发行工作的王久安说：“收集烈士的遗作需要花费大量的精力，还要去和大批的烈士遗属打交道，主编萧三同志不可能做这样繁重的工作，刘令蒙同志也难以担当，编辑室主任就派了助编李裕康去协助完成这项工作。李裕康是我原开明书店的老同事，此时只有 27 岁，而且当过著名编辑家周振甫先生的助手，对古典文学读物的知识很有基础，让他协助做这项工作也是十分恰当的。这也为刘令蒙同志调走后由他接替重印工作创造了条件。”[④]然而，李裕康的名

---

① 杜谷：《杜谷诗文选》，四川人民出版社 2016 年版，第 202 页。

② 杜谷：《杜谷诗文选》，四川人民出版社 2016 年版，第 202—203 页。

③ 黄伊：《筚路蓝缕 创业维艰——中国青年出版社早期文学读物出版活动的回忆》，《编辑之友》1986 年第 4 期。

④ 王久安：《从观看“烈士纪念日”纪念仪式想到〈革命烈士诗抄〉》，《杜谷诗文选》附录，四川人民出版社 2016 年版，第 345 页。

字也没有在诗抄版权页上出现，某种程度上是一种遗憾。

对《革命烈士诗抄》这种发行量大、读者范围广的诗歌书籍来说，在书的封面和版权页上留下自己的名字，是一件值得自豪的事。但由于各种原因，刘令蒙和李裕康的名字都被“湮没”了。即便是主编萧三，他的名字在1966年版诗抄封面上也消失不见了。

三、版本：烈士诗作的增删

如前文所述，《革命烈士诗抄》初版本于1959年4月出版，共收入43位烈士的遗诗118首①。这个版本的目录中所列烈士的名字后面一律加“同志”，以示尊敬。收录的烈士诗作旧体诗、新诗兼备，诗后有注释，部分诗作还附有与作品相关的纪实资料，比如在陈然、许晓轩(《红岩》中许云峰、齐晓轩原型)的诗作后面，就附有罗广斌、杨益言、刘德彬等人合著《挺进报》一文。该文节选自三人的报告文学《在烈火中永生》②，记述了两位烈士保护《挺进报》的事迹。这再一次证明《革命烈士诗抄》初版本是《红旗飘飘》丛刊的衍生品，与该刊发表的其他作品有千丝万缕的联系，与《在烈火中永生》的联系则更为密切，甚至形成了一种互文关系。

《革命烈士诗抄》初版本首印10万册，由于读者反响强烈，10万册很快售完。出版社立即决定加印，并且分区造货，将多副纸型分别寄给大区出版社（如辽宁人民、广东人民、上海文艺等），请他们就地印发。这样才算缓和了供求矛盾③。但值得注意的是，加印后的不同印次、不同地区的《革命烈士诗抄》中所收录的烈士名录及其诗作，较之初版本已经有了一定差异。比如在1959年6月北京第2次印刷的版本中，刘邵南的诗作由1首增加到2首，蔡梦慰的作品删去1首，龙华殉难者狱中遗诗1首也被删去了。1959年7月沈阳第1次印刷的版本延续了北京初版2印的篇目。但到1959年9月北京

---

① 该版《出版者的话》中称收录“四十几位共产党员革命烈士的一百二十二首诗词”，实际目录所列出的数量与介绍有出入。

② 诗抄出版前两个月，《在烈火中永生》的单行本已作为“红旗飘飘”丛书的一辑率先出版。

③ 王久安：《从观看“烈士纪念日”纪念仪式想到〈革命烈士诗抄〉》，《杜谷诗文选》附录，四川人民出版社2016年版，第346页。

第3次印刷时，书中的篇目又有较大变动：瞿秋白的诗作由5首增加到8首，整体删去了仇西华的6首诗，贵州殉难者狱中遗诗2首也被删去了。短短的5个月中，《革命烈士诗抄》中的篇目就有了两次变化，究其变动原因，一是烈士遗作在不断被发掘，如刘邵南的作品；二是为了增加部分重要烈士诗作的分量，如瞿秋白的诗作；三是部分诗作归属的可靠性、准确性存疑，如龙华、贵州殉难者狱中遗诗是无名烈士留下的，难以考证其准确性；四是某些烈士的"历史身份"存在疑点，故删去其诗作，如仇西华。这说明《革命烈士诗抄》在政治性与历史真实性等方面都有较为严格的要求，不是单纯强调文学性的诗歌选本。

1962年6月，《革命烈士诗抄》出版了增订本，在董必武、林伯渠、郭沫若原有题词的基础上，又邀请了吴玉章、谢觉哉为该书题词，并根据读者的要求，增加了由著名木刻家李桦、古元、彦涵所创作的烈士肖像插图。比初版本增加了50位烈士的101首诗，其中包括蔡和森、何叔衡、罗学瓒、王若飞等早期中共革命烈士的遗作和中华人民共和国成立前夕的青年烈士的诗作，使得诗作的风格更为多样化和全面：既有旧体诗，又有新诗；在新诗中，有自由体，又有民间歌谣体。并且，为了强调民族团结，还增加了维吾尔族烈士鲁特夫拉·木塔里甫的作品。但这个版本也有所删减，去掉了于芳洲[①]的作品，重庆殉难者狱中遗诗也被去掉。或许是为了突出烈士的姓名，在目录中不再称"××同志"。

1962年增订本出版之后，也取得了较大影响。但由于当时政治环境的影响，萧三的文学活动和组织生活受到限制，"文革"开始后更是失去了创作自由。1966年4月出版的《革命烈士诗抄》的主编位置不再署萧三的名字，事实上，这个版本的主编是"空缺"的。对烈士诗作也进行了大幅删减，删去了35位烈士的诗作(包括李大钊、蔡和森、何叔衡、杨靖宇等)，剩下的烈士诗作也只保留1～2首。中国青年出版社在《编后记》中对删减的标准语焉不详，只是说"为了适应当前广大青年读者的需要，做了修订，减少了篇幅，使内容更

---

① 于芳洲虽然参加了革命工作，但在《革命烈士诗抄》出版时仍健在，并非烈士。另有一位烈士名为于方舟，在1927年玉田暴动时被敌人杀害。

精练，更适于青年阅读”①。但从保留下的作者及其作品中能够窥探出一二：作者历史身份绝对没有问题；作品的主题是宣扬革命与牺牲，许多作品为烈士就义前不久写下的。这种改动与当时的政治环境有较大的关系，可以说是特殊年代文学出版的产物。

1978年，中国青年出版社又以1962年的增订本为底本，印刷《革命烈士诗抄》。但这个版本仍然没有署萧三的名字，较之1966年的简本，收录的诗作虽然有所增加，但仍未恢复到1962年增订本的数量，这或许是因为当时的文学语境和出版环境还未完全“放开”。不过，1982年中国青年出版社出版了由萧三署名主编的《革命烈士诗抄续编》，弥补了1978年版诗抄不全的遗憾。萧三在该书序言中激动地说：

> 十几年来，许多热心的读者，特别是湖南的梅嘉陵同志广泛搜集了不少在《诗抄》和《增订本》中不曾收入的烈士遗诗，并把它们寄给我。当我收到这些稿子时，是抱着极大的热情与感动的心情来读的。我当即把稿子转交中国青年出版社，建议出版《诗抄》续集。出版社的同志们立即热烈响应，专门组织人力对烈士的遗诗进行了多方面的收集、整理工作，并深入调查了解烈士的生平简历。到目前为止，共得一百一十位烈士的二百九十五首诗。然后又请周振甫同志负主要责任，对诗中的疑难文字和费解之处加了注释，并复写数份分送有关单位和同志审阅，最后定稿付印。续集便是经过许多同志严肃认真的工作以后问世的。②

《革命烈士诗抄续编》增加了许多中国共产党的革命先烈的作品，如王尽美、萧楚女、向警予、毛泽覃等。也有一些诗人并不是共产党员，但他们的思想倾向左翼，或参加过抗战救亡活动，并为自己的事业而牺牲，所以也收录在内，如郁达夫、闻一多等。1996年，

---

① 中国青年出版社编：《革命烈士诗抄》，中国青年出版社1966年版，第123页。

② 萧三：《序言》，萧三主编《革命烈士诗抄续编》，中国青年出版社1982年版，第4—5页。

中国青年出版社将《革命烈士诗抄》1978年版和《革命烈士诗抄续编》分上、下两卷一起印刷出版，这是诗抄第一次以全面的姿态出现在读者面前。2011年11月，中国青年出版社根据上述版本出版了合订本，印刷、装帧更为精美，成为《革命烈士诗抄》的“足本”，此后重印的版本基本以此为基础。从1959年到2011年，《革命烈士诗抄》的出版始终随着政治环境而起伏，并反复重印，出现了多个内容不同的版本。烈士诗作的增删，反映了一定时期文化生态的变化，而书籍本身则成为时代的印记，影响了一代又一代的青年人。

四、反响：惊人的印数背后

王久安曾对《革命烈士诗抄》做过一个不完全的统计：“《诗抄》从1959年初至2014年，总共印刷四版三十七次，总印数为一百四十三万九千一百七十册。一部诗集，能在各个时期不断重印，畅销不衰，实为罕见。”[①]如果加上2014年之后陆续重印的简装本、精装本，实际印数应该超过200万册。的确，较之于小说、散文而言，诗集一贯被视为“小众”的出版物，在中国现当代诗歌的发展史上，印数如此惊人的诗集或许还是第一本。“《革命烈士诗抄》现象”的出现，一方面是由于这本书的特殊性质所致：党和国家为了对青少年进行思想教育和历史教育，大力支持此类书籍的出版，诗抄在1989年入选“人生的路标——团中央推荐的十本书”，2013年入选了“中央宣传部、教育部、共青团中央向全国青少年推荐的100种优秀图书”。另一方面，《革命烈士诗抄》体现出的革命精神的确能够感染大量读者，有广阔的读者市场前景，所以才会吸引出版社反复印刷。萧三在《诗抄》增订本序言中曾提及该书的初版本在读者中取得的热烈反响：

> 《革命烈士诗抄》1959年4月在北京出版，立即受到广大读者的热烈欢迎。第1次印刷了10万册，不到半月就被争购一空。7、8月又增印了32万册。为了满足读者的需要，东北、西南各地都先后翻印了这本书。据不完全统计，一年之内总共印

---

① 王久安：《从观看“烈士纪念日”纪念仪式想到〈革命烈士诗抄〉》，《杜谷诗文选》附录，四川人民出版社2016年版，第346页。

> 行了60多万本，但仍然供不应求。此外，广播、电视、各种集会上……都经常朗诵烈士们的这些遗著，许多读者纷纷来信述说自己读了这本书所受到的鼓励和感动。他们认为，读了这些诗文，是受到了最严肃、最深刻的阶级教育和政治思想教育。他们愿意向烈士们学习，为继承烈士们的事业而奋斗。[①]

以读后感或评论的方式表达自己对《革命烈士诗抄》的喜爱，是读者群体中普遍存在的现象。《诗抄》刚出版不久，“马铁丁”(陈笑雨、张铁夫、郭小川的合名)就发表了名为《万古流芳》的评论文章，以强烈的感情讴歌革命烈士们的精神：“《革命烈士诗抄》是什么？是生的教科书，是战斗的丰碑，是进军的大纛，是烈士们用自己的鲜血和生命酝育出来的花朵!”[②]读者胡立忠说：“这里的每一篇诗都是鼓舞我们前进的旗帜。每一篇诗都激发我们回忆过去，展望将来，怀念先烈，珍惜现在。”[③]还有读者试图以诗词的形式抒发自己强烈的情感，比如读者谢建弘作于1959年8月26日的《浣溪沙·读〈革命烈士诗抄〉》：“十月阳回斗转初，冰陵雪垒尚当途。虬枝赤蕊卓云衢。此日东风消戾气，酣春万木竞扶疏，千秋争仰岁寒图!”再如读者张福崇读了《革命烈士诗抄》增订本后所作诗篇：“展诵遗篇念英魂，黄沙碧血见忠贞。牢记烈士生前语，吸取养分学做人。……字字行行血写成，革命精神教后生。丹心已为人民献，浩气常存贯古今。”

《革命烈士诗抄》不是一本单纯的文学书籍，书中所渗透的精神意义足以在读者心中留下深刻印记，甚至影响人的一生。很多读者在中年之后都谈到自己在青少年时期与《革命烈士诗抄》有关的往事。比如读者王树人曾回忆起他初中时阅读《诗抄》的难忘经历：

> 我从懂事起就喜欢看书，因为家庭生活拮据，在中学时代没有买过书，想看书只能向同学借。1965年3月的一天，正读初中三年级的我听说同班同学买了一本《革命烈士诗抄》，就赶

---

① 萧三：《再致读者(增订本序)》，萧三主编《革命烈士诗抄》，中国青年出版社1962年版，第16页。

② 马铁丁：《万古流芳》，《诗刊》1959年第6期。

③ 胡立忠：《火花一样的诗》，《读书》1959年第10期。

紧去找他借书。可他却说："在你之前我已经答应3个同学了，你是第四个，10天后我一定把书借给你看。"10天后的中午，他把《革命烈士诗抄》借给了我，要我3天后一定要还给他，他好借给下一个同学。快到还书的时候，我却还有30多页没有看完，这是因为我把书中的20多首诗歌抄在了自己的笔记本上。为了能看完又能按时还书，我就在那天上午的第四节课，把书放在课桌里偷偷看了起来。结果被老师发现了，不但书被没收了，我还被赶出了课堂。①

王树人考上高中后，老师把书还给了他，这本书自此归他所有，又开始在班级中传看起来，因为看的同学太多，最后书已经面目全非了。但王树人一直珍藏着这本书，甚至保存了50年，可见《革命烈士诗抄》已经融入他的生命中。著名作家张海迪也谈到其幼时读《革命烈士诗抄》的场景："小时候我躺在病床上，父亲常常坐在我的床边给我读书，带我坐火车去治病，在路途上也要给我读书，我依偎在父亲的胸前感到很温暖。之所以感到温暖，不仅仅因为父亲的胸怀是我坚实的依靠，更重要的是父亲用浑厚的嗓音为我读一本又一本书。他给我读过《革命烈士诗抄》中的很多诗篇。听父亲读书我总是感动，总是流下眼泪。"②对张海迪来说，阅读《革命烈士诗抄》与对温暖亲情的回忆融合在一起。虽然她身体残疾，但《革命烈士诗抄》和亲人给她的精神支持，使她树立起不怕苦难、战胜疾病的决心，立志为人民服务。或许对每一个20世纪五六十年代的读者而言，阅读《革命烈士诗抄》都是一项有意义的事情，在对个体生命产生重要影响的同时，还建构起一代人的集体记忆。

进入新时期后，由于《革命烈士诗抄》常被列为青少年推荐阅读书目，书中的诗篇也常被中学语文试卷所引用，成为作文素材。所以许多中小学生深受感染，以青春的笔触写下了一篇篇读后感，纷纷表示要学习烈士精神，努力学习，将来为祖国和人民做出贡献。近年来，随着出版事业的发展，市场上也出现了由其他编者主编的

① 王树人：《我与〈革命烈士诗抄〉的往事》，《老友》2016年第6期。

② 张海迪：《革命理想高于天——读〈革命烈士诗抄〉》，《党建》2010年第10期。

《革命烈士诗抄》，如何新阳版(2007)、曹外香版(2011)、张正冠版(2017)、王毅版(2020)等。2011 年 7 月，《诗刊》还精选了李大钊、高君宇、夏明翰、柔石、殷夫等 70 位烈士的诗篇，出版了《革命烈士诗抄》的珍藏版。当时《诗刊》的编辑唐力、江岚、赵四、彭敏等都表示，编辑诗抄是一次精神和灵魂的洗礼，对党的革命史有了更深刻的理解。《诗刊》常务副主编李小雨在《编辑手记》中也有感而发："编辑完这集带着体温的、有脉搏、有呼吸的诗，我们感到内心的涌动和深深的触痛。在物质化、娱乐化和全球化飞速发展的瞬息万变的今天，它让我们认识到了什么是民族气节，什么是立党之本，什么是警钟长鸣。革命烈士为新中国的诞生付出的生命的代价，我们应该加倍珍惜。我们需要理直气壮、大张旗鼓地宣传《革命烈士诗抄》，不仅作为诗歌的教材，更要作为中国共产党的优秀传统、作为人类精神的永恒的追求传承下去，以此来教育我们年轻的一代。"①

《革命烈士诗抄》初版本的诞生距今已经 60 多年了，无论是读者，还是中国青年出版社的编辑，已经变换了几代人，《诗抄》的版本也反复更迭。但《革命烈士诗抄》所蕴含的革命精神却是永恒的，它已经深深嵌入了中国当代诗歌史、出版史、阅读史之中，融合了一代读者的集体记忆，成为一个具有复合性意义的特殊文本。借用鲁迅的话来比喻《革命烈士诗抄》也不为过："这是东方的微光，是林中的响箭，是冬末的萌芽，是进军的第一步，是对于前驱者的爱的大纛，也是对于摧残者的憎的丰碑。"在进入新时代的今天，随着党和国家的大力提倡，相信《革命烈士诗抄》一定会焕发出新的生机与活力，影响更年轻一代的读者，将有关革命的记忆一代代流传下去……

（本文系教育部人文社会科学重点研究基地重大项目"百年新诗学案"中期成果，项目批准号：17JJD750002）

[作者单位：廊坊师范学院文学院]

① 李小雨：《诗句掷处血花红——编辑手记》，《诗刊》2011 年 8 月上半月刊。

“未来的一切都生长于它的昨天”

——回望40年前的一场论争

杨际岚

一

1980年2月至1981年10月，《福建文艺》(后改为《福建文学》)展开“关于新诗创作问题的讨论”。《福建文艺》编辑部于《福建文艺》1980年第2期，刊载“编者按”：

> 新诗应该朝什么方向发展？回顾新诗走过的历程和近年来的创作实践，这个问题，正在诗歌作者和读者中间引起密切的关注与深刻的思考。虽然尚未见诸文字，实际是存在着尖锐的意见分歧的。对舒婷同志诗歌的不同看法，便反映了这种分歧。
>
> 舒婷是我省诗坛上新出现的一位有才华的青年作者，她的诗作已为读者所注目。对于她的诗的争论，涉及新诗创作的许多重要问题，比如：诗歌可不可以抒发个人感情；抒个人之情与反映社会生活、表现时代精神的关系如何；怎样扩大诗歌的题材；怎样看待诗歌的社会职能；新诗应如何吸收外来形式，这与民族化、大众化的关系如何；等等。我们认为：联系舒婷的诗，理论与实际相结合展开讨论，对于作者本人的提高，对于探讨我国诗歌的发展道路、促进诗歌的繁华发展，是会有帮助的。希望广大读者、作者本着百家争鸣的精神，积极参加讨论。

这场讨论，主要由《福建文艺》评论组出面组织，主持人是时任评论组组长魏世英，由蔡海滨具体负责。我于1978年4月从平潭调到《福建文艺》，第一站便是评论组。魏世英事业心和责任感很强，专业素养丰厚，十分关心爱护年轻人。他曾饱含感情回忆当年举办创作学习班和外出组稿的情景。他说：“除了参加创作学习班，我那几年有空就跑闽北建瓯、建阳、泰宁等地访问‘知青点’，体验生活，辅导创作，建瓯县的王球球发着高烧带我下乡看望知青，建瓯县的宋恒(现在笔名南强)同我畅谈生活素材和创作计划，泰宁县的陈用毅向我介绍他那个知青点的人物和故事，至今我还记忆犹新。”当年，我也曾参加一期创作学习班，与老魏等几位编辑老师相处数日。其后，他们便出面调我上省城工作。魏世英在工作中敢于放手，让新手迅速上岗挑担子，边实践边学习边提高。我刚到《福建文艺》便开始参与组稿、看稿、编稿，因而自始至终都参与了这场讨论。

正如“编者按”所说，这场讨论是由舒婷的诗歌作品所引发的。魏世英曾于多年后回顾讨论的缘起。1979年春天，魏世英与苗风浦(《福建文艺》主要负责人)同去云南昆明参加一个文学会议，返程经上海。时值思想解放运动浪涛澎湃，又逢知青回城热潮，到处热气腾腾，给了他很深的印象。那时，“伤痕文学”风行，在部分文学青年中还兴起诗歌创作的新潮，其中一些诗作的手抄本在民间广为流传。大约在1979年春夏之交，福州马尾区文化馆出的油印文学刊物《兰花圃》刊载了厦门青年女工舒婷的一组诗作，在文学爱好者中颇有影响。魏世英看到对于舒婷诗歌的争论很激烈，赞扬者和反对者都很起劲，便找来舒婷的诗读，开始思索这个争论的意义。他感到，舒婷的诗确实有与传统的、通行的诗歌迥然不同的新质，受到不少青年的欢迎并非偶然，诗歌创作与诗歌理论，发展趋势必然要求有新的突破。因此，他两次在《福建文艺》编辑部会议上提出：厦门舒婷的诗值得注意，这些诗的思想和艺术都达到较高水平，既反映了一代知识青年的心声，也预示了新的诗潮在萌动，应该抓住这个典型，在刊物上开展关于新诗创作问题的讨论；讨论一旦展开，必然涉及文艺理论上、文艺美学上为人们十分关心的根本问题，可能会造成全国性影响。编辑部同人赞同魏世英的意见，另一方面也顾虑讨论能不能争得起来，舒婷本人愿不愿意合作，要求评论组拿出具体实施方案，做好相应准备。

1979 年 10 月初，魏世英和蔡海滨一起专程到厦门拜访舒婷。原先他们都还不认识舒婷，准备进行坦诚沟通，取得信任和支持后，再商量怎样进行这场讨论。他们由当地文友带路，到了鼓浪屿舒婷的家。舒婷很爽朗，初次见面就像老朋友般谈了起来。他们在随意漫谈中把《福建文艺》要讨论她的诗这件事提出来商量。魏世英说："讨论你的诗，不是要'打棍子'，目的是探讨诗歌创作问题。如果你同意，我们就一起商量着办，决不会搞突然袭击。"他还对舒婷说："你敢写与众不同的诗，敢拿出来发表，向读者交心，这里就有着不怕人们议论是非的勇气嘛。"舒婷笑了。魏世英和蔡海滨都表示编辑部有保护作者正当权益的责任，艺术作品的是非不允许被利用来歧视、打击作者本人。她听后又笑了："以后出什么事了，我就去找你们保护啊，只怕到时候你们也保护不来啊。"坦诚换取了信任。舒婷终于同意讨论她的诗。我们请她先将诗作汇集后寄到编辑部，以便在年内出一本油印集子，分送文学界朋友听取意见，再从中选出若干首在《福建文艺》上发表，之后在刊物上开展讨论。她爽快地答应了。没多久，舒婷如约寄来诗作，编辑部很快就印出一本《心歌集》广为分发。同时，开始为正式开展讨论筹备稿件。

《福建文艺》1980 年 1 月号发表舒婷的《心歌集》5 首。2 月号开始刊发评论舒婷诗歌的文章，自此展开历时一年八个月的"关于新诗创作问题的讨论"。"编者按"由蔡海滨拟稿，诗歌组和评论组研究定稿。由于是"讨论"，也了解到舒婷诗歌的支持者和反对者都不少，所以编辑部回避在按语中带有倾向性，只是不带褒贬地指出，"舒婷是我省诗坛上新出现的一位青年作者"，本刊负责人苗风浦审稿时在"青年作者"前加上"有才华的"四个字，明确表明《福建文艺》爱护人才、扶持创作的态度。在编辑部同人眼中，苗先生处事向来谨小慎微，不露锋芒。此次他却"一反常态"，让人颇感意外，但继而为他的热忱和坦诚所感动。讨论热烈而有序地展开，自 2 月号至 8 月号，7 期刊发了 17 篇讨论文章。

这场讨论在全国文坛引起积极反响。《新华月报(文摘版)》1980 年 7 月号以比较大的篇幅刊载《舒婷的诗》。这一组诗作包括《福建文艺》1980 年 1 月号所载《心歌集》，即《船》《珠贝——大海的眼泪》《赠》

《寄杭城》《秋夜送友》等5首，《诗刊》1979年7月号所载《祖国啊，我亲爱的祖国》和《这也是一切——答一位青年朋友的〈一切〉》。该刊同期选载两篇讨论文章：《舒婷诗歌评赏》(作者周俊祥，原载《福建文艺》1980年2月号)、《恢复新诗根本的艺术传统——舒婷的创作给我们的启示》(作者孙绍振，原载《福建文艺》1980年4月号，系节选)。同时，该刊还专门加了“编者按”，指出：“《福建文艺》1980年第2、3、4期，在‘关于新诗创作问题的讨论’的专题下，连续刊登文章讨论舒婷的诗作。”随后，整段引述了《福建文艺》“编者按”，从“舒婷是我省诗坛上新出现的一位有才华的青年作者”，直到(讨论)“是会有帮助的”。本期封面提要上还以《舒婷的诗》作为要目。这样的编辑加工，显然是有意为之。以这样的位置、这样的分量推介一位年轻诗人是极为罕见的。

鉴于《新华月报》的广泛影响力，《福建文艺》同人受到鼓舞与鞭策。编辑部便顺势而上，又在8月号刊出“编者的话”：

> 本刊关于新诗创作问题的讨论，已经进行半年了。在此期间，收到全国各地的广泛来稿，得到了诗歌界、评论界许多同志的热烈支持，我们表示衷心感谢。
>
> 我们这场讨论，是由于对舒婷同志的诗歌的不同看法引起的。舒婷的创作，不是偶然出现的个别的现象，而是当前诗坛上一股新的诗歌潮流的代表之一，如何分析、评价这股新诗潮，是目前诗歌界普遍关注和思考的中心，也是我们这场讨论中争论的焦点。
>
> 深入开展这场讨论，必然地要涉及对于我国60年来新诗艺术传统的认识问题，也必然地要联系到在诗歌创作和评论中如何看待政治标准和艺术标准的关系，抒写个人之情和反映社会生活、表现时代精神的关系，抒情诗中诗人的个性和抒情主人公的典型意义，吸收外来影响和民族传统的关系等问题。在讨论中，许多文章已经提出了这些问题，并将这些问题初步展开了。我们希望，讨论的继续深入，能够紧紧扣住上述中心问题，进一步扩展视野，理论与实际相结合地进行更有系统、更有深

度的探讨。

平等的、充分说理的不同意见的争论，是正确贯彻“百花齐放、百家争鸣”方针的体现。在争论中，为求得正确的认识，我们提倡批评，也提倡反批评；同时也欢迎有创作实践的诗歌作者，结合自己的切身体验和感受来参加讨论。来稿要求观点明确，论述集中，不必面面俱到，停留于泛论，文章也不宜过长。

讨论在延续。《福建文艺》前后发表“编者按”和“编者的话”，阐明了这场讨论的客观动因、基本方针和中心议题。讨论大致依照既定设想推进。为了使这场讨论更加深入，《福建文艺》与作家协会福建分会于10月15日至25日在福州联合召开新诗创作讨论会。福建省的38位诗歌、评论作者和编辑与会，同时，还邀请了《诗刊》杨金亭，社科院文学所楼肇明，上海文艺出版社宫玺、姜金城，《文汇增刊》罗达成，湖南《湘江文艺》李元洛等出席。魏世英后来撰文称：“这次盛会立足本省，面向全国，采取刊物讨论与会议座谈相结合的方式，诗人、评论家与编辑面对面交流探讨，本着‘真理面前人人平等’的精神，各抒己见，自由争鸣，是一次成功的尝试，扩大了这场讨论的影响，也使《福建文艺》在全国文学期刊中有了知名度。”

曾任《厦门文学》副主编的谢春池，在《我是〈福建文学〉同龄人》一文中，从会议合影，这“此生拍的第一张彩照”，回忆到会代表，除省外几位外，有《福建文学》的苗风浦、郭风、何为、魏世英、陈钊淦、蔡海滨、朱谷忠、杨际岚，本省的孙绍振、刘登翰、周美文、陈中、练文修、张元锦、范方、俞兆平、王者诚、孙新凯、陈瑞统、陈志泽、黄文忠、夏雄、王性初、薛宗碧、周俊祥、蔡荣电、陈仲义、林祁、翁友本、崔晟、施敏华，部队的邢书弟等，以及舒婷本人。尚有因故未参加合影的蒋夷牧、陈志铭、王光明。该文说，“此次会议空前活跃，也十分自由，双方舌枪唇战，前所未有的激烈……”在他笔下，一位诗人“慷慨激昂地站起来，手拿数页讲稿，一口气质问了几十个为什么，后被称为‘高炮诗人’”。他记得孙绍振说了一句很抒情很优美的话：一条手帕从阳台上飘落也有它的美学价值。此话那一刻拨动了他的心弦……他的一段描述可谓这场自由论争的生动写照："与会者会上是敌手，也难免把各自不同甚至针锋相对的观点带到会外。那时的男人大都还穿中山装的，也有穿上海装的，极少穿西装的，这次会议，似乎只有我一人穿西装。记得某天上午会后，孙教授尖刻地嘲讽我：'谢春池，你穿得这么现代，却那么传统?'我即刻反击道：'老孙啊，你那么现代，却穿得这样传统!'一时驳得他哑口无言，朱谷忠在一旁嘿嘿笑了起来，我们的教授中山装式的衣领正扣得紧紧的。不过，会外我们相处得很好，都是朋友，有许多的交流。"

这场讨论引起诗歌界、评论界的关注，省内外不少知名学者、评论家纷纷撰文参与。如范方《感情真挚的歌声》，蒋夷牧《用自己的声音歌唱》，孙绍振《恢复新诗根本的艺术传统——舒婷的创作给我们的启示》，朱谷忠《关于舒婷的诗及其他》，黄勇刹《发现和创造》，方顺景、何镇邦《欢欣与期望》，雁翼《抒情诗中的诗人个性》，杨匡汉《愿新人们走向成熟》，刘登翰《一股不可遏制的新诗潮——从舒婷的创作和争论谈起》，俞兆平《诗，向着人的内心世界挺进》，徐敬亚《新诗——行进在探索之路》，钟文《让诗回到自己的轨道上来》，吴思敬《新诗讨论与诗歌的批评标准》，费振刚、方克强《时代精神与表现自我》，等等。同时，也有普通读者读了刊物上发表的批评舒婷的某些意见，踊跃参加讨论。比如，有的文章说，"她(指舒婷)诗歌中的感情，有的纯粹是她自己的，有的是一部分青年人的，但绝不是一代青年、一代人的感情。"署名"林云"的读者则回应，"'她'自然代表不了全体人民，但'她'却是全体人民中的一员，'她'唱出的是自己的'心歌'，这种'心歌'不是恒定的，是随着社会环境的改变而改变的。"我们理解并尊重读者的"一得之见"，同样适时在刊物上发表。正如"编者按"和"编者的话"所说，"希望广大读者、作者本着百家争鸣的精神，积极参加讨论"，"平等的、充分说理的不同意见的争论，是正确贯彻'百花齐放、百家争鸣'方针的体现。"

二

有学者认为，1980 年是新诗发展的关键一年。这年 4 月召开的南宁诗会是新中国成立后首次专门针对新诗举行的全国性大型学术讨论会，“南宁诗会上对朦胧诗不同的认识与评价引起了与会者的争论，争论促进了朦胧诗的全面崛起。”杨匡汉先生近期于《又向长亭寻断魂》一文中对诗会上的争论做了形象的描述。“在大会发言时，谢冕把春天的鲜花送给了舒婷、北岛、江河、顾城等当时诗坛来不及认识又遭到非议的年轻人：‘热情地扶植他们、指导他们吧，给他们以发表有异于众的、初看不免有些古怪的作品的权利吧！……’对待青年人，要严格，不要歧视。但目前更需要的是宽容和慈爱。”谢冕先生事后应约撰写了《在新的崛起面前》，并在 1980 年 5 月 7 日《光明日报》文艺版头条发表。杨匡汉写道：“南宁诗会的另一位‘明星’是孙绍振。机敏的辩才孙绍振，自称他的强项是‘吹牛’和‘放炮’。这次南宁诗会安排他在大会上发言，竟滔滔不绝地从新诗发展史讲起，一一评说众多诗人的成败得失和不同主张的各自局限”，说着说着，台下的诗人黄勇刹坐不住了，“边唱山歌边走向讲台，打断孙绍振乱‘放炮’，说：‘你一派胡言，使我想起了饥饿年代骗人的小球藻。你完全是小球藻理论家!’接着，以民歌的优势和孙绍振理论了一番。争鸣的气氛热烈起来，孙也绅士地给黄鼓了掌”。黄勇刹，时任《广西文艺》编辑部诗歌戏剧组组长、中国民间文艺家协会广西分会理论组长，擅长诗歌创作和民歌研究，彩调剧剧本《刘三姐》作者之一。他也参与了《福建文艺》的这场讨论。他的《发现和创造》刊载于 1980 年 6 月号。他在此文中表示，读了舒婷的《心歌集》，“我的心情是非常振奋的”，“我感到作者的发现能力是有点非同凡响的”，“舒婷同志的歌声是真切动人的，基调是健康向上的，朴实而且明朗的”。黄勇刹文章又说：“另一方面在这丰硕的成果里，也还存在不少美中不足之处。比如说，在肯定作者的诗的基调是明朗、向上的同时，我仍感到它有些迷惘，有些低沉。在思想情调上，甚至在艺术技巧上，有洋多土少、土洋结合得不够理想的毛病。”他的意见，在一些论者中有一定的代表性。此文文末署上写作时间：1980 年 4 月 6 日南宁。此后南宁会议上，他的意见显得较为激烈。但是，总体而言，各方论争大多限定于艺术范畴，体现了各抒己见、畅所欲言。这年年底，由中国当代文学研究会主办的《诗探索》创刊，闽籍评论家发挥了突出作用。那时，张炯系当代文学研究会副会长兼秘书长，负责日常工作。谢冕系《诗探索》主编之一，孙绍振担任编委，刘登翰也积极参与。改革开放以来，谢冕、孙绍振、刘登翰等在诗歌评论界具有广泛影响，他们的理论主张深刻影响了福建诗坛。

在《福建文艺》的讨论中，编辑与诗人、评论家展开良性互动。魏世英后来回顾时说："在这场讨论中，我与舒婷友好合作，很愉快也很有成效。许多读者写信给舒婷经由《福建文艺》编辑部收转，舒婷委托我先拆看，供讨论时参考，然后再寄给她。许多未曾谋面的青年读者热情洋溢地给舒婷写信，敞开心灵倾诉人生的遭遇和郁积的情愫，我有幸先睹为快，从中了解社会、咀嚼历史、体味人生，获得了丰富的精神营养。"他认为，"新诗潮的兴起并非偶然，其中蕴含着的悲哀和愤怒、觉醒和思考，反映了一场浩劫之后人民群众的感情和愿望，用所谓'朦胧诗派'来统称新诗潮我以为并不确切，既没有肯定其历史价值，也不能说明它表现时代生活的特质。"他后来从舒婷那里借了更多读者的信来阅读，打算利用这些资料，研究"舒婷和她的读者"。魏世英感慨地说："这个题目是'诗与人民'的特殊视角，可以做出很生动、很深入、很丰富的文章。可惜又是时过境迁，无暇顾及，把它放弃了。"

舒婷出于对编辑部的信任，帮助约到青年诗友写的十则《青春诗论》，发表于《福建文学》1981年1月号(从这一期起，《福建文艺》改刊名为《福建文学》，魏世英转任该刊副主编)。编辑部在"编者按"中说："本刊开展关于新诗创作问题的讨论将近一年了。今年，我们打算将这场讨论持续下去。这一期，集中发表一组青年诗人论诗的文章。诗坛上新人辈出，不但以各呈异彩的诗作引人注目，而且有关于诗的新鲜的、精彩的见解值得重视。当然，有些意见还可以讨论。百家争鸣，集思广益，这就能够使我们的讨论提高到新的水平。"这十则《青春诗论》是：杨炼《我的宣言》、徐敬亚《生活·诗·政治抒情诗》、顾城《学诗笔记》、高伐林《探索之余谈探索》、李发模《学诗断想》、张学梦《关于诗》、骆耕野《诗和诗人》、梁小斌《我的看法》、陈仲义《颤音》、王小妮《我要说的话》。

此后不久，《诗刊》连续载文批评孙绍振《新的美学原则在崛起》。《福建文学》(及其前身《福建文艺》)开展的讨论，与之议题相近，是否会被波及，难免引起担忧。在这种情况下，1981 年 5 月 12 日至 18 日，作协福建分会、《福建文学》编辑部在福州联合召开了青年文学作者座谈会。我受托写了综合报道，刊载于《福建文学》1981 年 7 月号。因而，当年场景得以还原。座谈会上，当时主持省委工作的项南同志做了语重心长、情真意切的讲话。根据那时所写的报道稿，讲话要点如下：

> 项南同志说，粉碎“四人帮”以来，文艺形势是好的，创作了一批很好的作品。可以说，思想刚刚解放，文艺园地刚刚萌芽，大地刚刚苏醒。我们写作品，是为了人民，不是为了自己，人民需要精神食粮，需要建设社会主义精神文明。文艺应该起到鼓舞、引导群众的作用，不应给人消沉、没有出路的感觉。有少数作品没有很好地起到鼓舞人民斗志的作用，极个别作品有背离四项基本原则的倾向。即使是出现这两种情况，我们对作者，还是要采取热情帮助的态度。处理文艺创作中出现的问题，要采取积极引导、疏导的办法，采取和风细雨、批评和自我批评的方法。不要简单粗暴，动辄“扣帽子”“打棍子”。人是可以批评的，问题是怎样批评。要么不能批评，要么一批评就“批倒、批臭”，这是极不正常的风气。他还指出，福建在历史上、在现代都涌现了不少科技、文艺等方面的优秀人物，希望在文学艺术方面能出人才，放异彩。中央允许福建实行特殊政策、灵活措施，在这方面，文艺应当吹起号角，起到鼓舞建设者的作用。他勉励代表们为社会主义创作更多、更好的作品，繁荣福建省的文艺事业。

聆听项南同志一席话，如沐春风。综合各方面情况，魏世英邀集评论组同人，商议结果是讨论继续，不表态。之后，每期发一两篇文章，持续到 10 月号，随后就悄悄结束了。他说：“我们没有给‘讨论’做总结，我考虑总结并不好做，还是留给历史去做为好。”同年 11 月号，载文《浸透爱国深情的含泪歌声——谈舒婷的〈祖国啊，我亲爱的祖国〉》(作者林锡潜)，以推介舒婷优秀诗作的方式，充分肯定年轻诗人的探索精神。

三

当下“百度百科”上，关于孙绍振的条目这样写道：“……日后的实践证明，孙氏的这一论文(注：指《新的美学原则在崛起》)已成为当代新诗发展史的重要文献。到 90 年代中期，已经为一系列当代文学史所肯定，其手稿为中国现代文学馆收藏。”这里说的“当代文学史”，如《中国当代文学史新稿》(董健、丁帆、王彬彬主编，人民文学出版社 2005 年出版)，书中写道：“‘朦胧诗’并不是突然崛起的，它有着长期酝酿、积淀的过程。”“最初，围绕着‘朦胧诗’进行过一些论争。许多报刊都开辟了论争专栏，如《福建文学》对舒婷作品的讨论，就存在着两种对立的意见。”“……有评论家更是直言不讳：‘与其说是新人的崛起，不如说是一种新的美学原则的崛起。’”(注：指孙绍振《新的美学原则在崛起》)“在当时，能从美学嬗变的角度来看待与阐释‘朦胧诗’，无疑是具有长远历史眼光的。”又如作为“九五”国家社会科学规划重点项目的《中华文学通史》(张炯、邓绍基、樊骏主编，华艺出版社 1997 年出版)。该书第八卷更为具体地描述了关于“朦胧诗”的三次理论上的大争论。关于第一次争论，该书写道：“争论最早在‘朦胧诗’派重要诗人之一的舒婷的故乡展开。1979 年，福州市马尾区的刊物集中发表了舒婷《珠贝——大海的眼泪》等 5 首诗。《福建文学》随即围绕舒婷的创作，开展了‘新诗创作问题的讨论’专栏(后来结集为《新诗创作问题讨论集》——附：舒婷《心歌集》)。”“值得注意的是，编者将舒婷作为‘一股新的诗歌潮流的代表之一’来评价，并提倡对这股诗潮进行分析。在为期一年多的讨论中，《福建文学》共发表了 30 多位诗评家的文章，引起诗坛的关注。”书中继而介绍了 1980 年 4 月南宁诗会的第二次论争，1980 年 9 月《诗刊》举办“诗歌理论座谈会”的第三次论争。

诗坛许多知名学者对这场讨论给予充分肯定。诗评家刘登翰于近期回顾论争时说，“我在 1980 年第 12 期的《福建文艺》发表了一篇万字长文《一股不可遏制的新诗潮——从舒婷的创作和争论谈起》，这是我有关朦胧诗论争五六篇文章中比较重要的一篇，2016 年人民出版社出版的《朦胧诗历史档案》一书，曾收入该文。”诗评家杨匡汉日前告诉笔者，他在讨论中发表的《愿新人们走向成熟》，陈敬容（著名“九叶派”诗人）曾致信对此表示赞许。诗评家古远清则直言：“此讨论率先提出‘新诗潮’概念，影响深远。”随着历史进程不断发展，文学创作和文学思潮也不断与时俱进。作家谢春池坦言，当年在关于舒婷诗作的论争中，自己基本上属于否定者阵营，这么多年过去了，“历史证明了我的谬误，我也对从前的谬误进行了改正”。

《福建文学》的各位编辑同人，都分外珍惜在新时期文学大潮中搏击的难忘历程。时任副主编季仲（后任主编，省文联书记处书记、副主席）曾在追忆魏世英编辑生涯时，深情回顾了这段经历：“为了广开言路，深入探讨，老魏与本刊编辑一般都不泄露自己的倾向性，保持着中立的不偏不倚的态度。直至讨论进行将近一年，老魏见到反方有些看法过于陈腐、偏执而且上纲上线，这才以‘边古’为笔名写了《从舒婷抒什么情说到‘善’》一文刊于当年第11期《福建文学》。令人诧异并深怀敬意的是，在思想解放运动兴起之初，作为一位探索者的‘魏拔’（笔者注：系魏世英笔名），已经从人道主义精神出发来阐释舒婷诗歌的‘善’，又用马克思主义‘异化’学说来分析舒婷的《流水线》。”于此两年七个月之后，周扬在一次学术报告中以长篇宏论阐释了人道主义与异化问题，这才引起一些权威人士的注意。可见这位外表沉静安分的谦谦君子的思想是相当敏锐而前卫的。季仲又写道：“在这里我还要透露一个秘密，在那场大辩论中，老魏与舒婷书信来往频繁，此后同在文联工作也不乏见面机会，但老魏从未在舒婷面前提及曾用笔名‘边古’发表为她辩护的文章。他的兴趣唯在探索，唯在办刊，至于当代伯乐或护花使者之类虚名，则从来未敢掠美。唯我作为老魏的同事，遥想往事，当诗坛一颗新星冉冉升起的时候，我们如果视而不见、漠然置之，《福建文学》将会因此蒙羞并深感遗憾。”读到此处，不能不令人动容！蔡海滨当时具体负责讨论工作，后曾任《福建文学》主编。他在讨论开展10年后的《福建文学》1991年5月号，撰文道：“福建也曾被称之为‘朦胧诗的策源地’，还有一支实力雄厚的闽籍评论队伍和香港作家群。由《福建文学》发起组织的新诗创作问题讨论，历时两年，波及全国，是新时期最大规模的一次诗歌讨论。它促进一代诗人的成长，为新诗创作拓宽了领域，也把诗歌理论提高到一个新的水平，至今人们记忆犹新。”

孙绍振在《福建文艺》讨论中撰写的万余字论文《恢复新诗根本的艺术传统——舒婷的创作给我们的启示》有三节，即“第一，关于情调的低沉和高昂的问题”；“第二，关于新诗中的自我形象的传统问题”；“第三，关于外国诗歌影响和民族风格问题”。此文刊载于本刊1980年4月号，随后为《新华月报（文摘版）》转载，选用其中第一、第二节。基本理念与其后撰写的《新的美学原则在崛起》一脉相承。如今重温，或许仍有启迪之处：

> 舒婷所塑造的自我形象的典型意义在于她揭示了一代青年从沉迷到觉醒的艰难和曲折。当然她所表现的并不那么完整和明确，但是她还是在我们新诗画廊中增添了一个新角色，一个非英雄的平凡的角色，但又往往以英雄主义勉励自己的以陌生而特异的风采而引起了注意的角色。
>
> ……就在这个时候，出现了一批一反这些积弊的新人。……舒婷应该说是这类作者中的优秀的代表。她代表着我们的未来，但是她的风格却来自我们的过去。……（她）从具体的有个性的人出发，从溶解在真实心灵中的真实生活出发。她虽然力图更深地反映生活的内在本质，但是她更注意那特殊的自我形象的心灵的活动，着意表现其敏感和智慧。
>
> 舒婷继承的正是这种把展现人的独特的心灵的真实放在第一位的艺术传统。……为了解放诗人的个性，钻研一下舒婷代表着的新人的作品，温习一下新诗这一优良的艺术传统是很有必要的。当然新诗的艺术传统不限于此，但这点无疑是最重要的。

同期《新华月报》转载的，尚有舒婷的诗作《这也是一切——答一位青年朋友的〈一切〉》，这里引述于文末，也许有助于人们回望过往，继续前行：

不是一切大树
　　都被暴风折断；
不是一切种子
　　都找不到生根的土壤；
不是一切真情
　　都流失在人心的沙漠里；
不是一切梦想
　　都甘愿被折掉翅膀。

不，不是一切
　　都像你说的那样！

不是一切火焰
　　都只燃烧自己
　　而不把别人照亮；
不是一切星星
　　都仅指示黑夜
　　而不报告曙光；
不是一切歌声
　　都掠过耳旁
　　而不留在心上。

不，不是一切
　　都像你说的那样！

不是一切呼吁都没有回响；
不是一切损失都无法补偿；
不是一切深渊都是灭亡；
不是一切灭亡都覆盖在弱者头上；
不是一切心灵
　　都可以踩在脚下，烂在泥里；

不是一切后果
　　都是眼泪血印，而不展现欢容。

一切的现在的都孕育着未来，
未来的一切都生长于它的昨天。
希望，而且为它斗争，
请把这一切放在你的肩上。

1977 年 7 月 25 日

（本文系教育部人文社会科学重点研究基地重大项目“百年新诗学案”中期成果，项目批准号：17JJD750002）

［作者单位：福建省文联《台港文学选刊》］

纪念
《九叶集》出版 40 周年

40 年，《九叶集》文学史意义探寻

王　芳

1981 年 7 月，《九叶集》由江苏人民出版社出版，选录了诗人辛笛、陈敬容、杜运燮、杭约赫、郑敏、唐祈、唐湜、袁可嘉和穆旦在 20 世纪 40 年代创作的作品。《九叶集》的出版揭开了“尘封”三十余年的一群优秀现代诗人的诗歌创作风貌。诗集出版后不仅在内地文坛及学界引起热烈反响，在香港也引发了新一轮传播和研究的热潮，九位诗人最终以“九叶诗派”之名载入中国现代文学史册。40 年过去了，梳理并总结《九叶集》出版对于中国现当代文学史改写的推动，《九叶集》对于中国新诗潮的影响，以及《九叶集·序》对于中国新诗理论建设的启示，是必要且有意义的。

一、《九叶集》出版与文学史的改写

最早把“九叶”诗人群作为一个相对松散的整体加以关注和评说，是 1974 年香港《现代中国诗选》导论。导论中写道：“抗日战争影响了中国新诗的风貌。……中国诗坛须要有新的自觉，对人生与时代现实的态度，和对艺术的态度。”他们认为抗战中期以后西南联大的三位诗人“郑敏、穆旦、杜运燮，诗作已表现出新的端绪”，在“战后数年，继续发展，形成独特风格”。除三人之外，围绕《诗创造》和《中国新诗》两本诗刊发表诗作和诗论的杭约赫、辛笛、陈敬容、袁可嘉、莫洛、唐湜、唐祈等，“他们的作品，在 40 年代中国诗坛上应占重要的地位。他们除各有个人的风格外，共通的是对人生与艺术抱严肃的态度，肯去正视社会人生，但不被狭隘的政治观念过分束缚，所以能够开展诗的广阔天地。”并指出他们诗歌创作的总体特征“多带浓重的知性成分”，所受到的外国作品的影响，“主要是里尔克和奥登”。最后总结道：“这批诗人，都或多或少带社会主义倾向，那是出于真诚的渴望，出于忧国忧民的责任感……他们确是忠于时代，忠诚于诗艺。虽然50年代中国诗并没有接着40年代这派诗风发展，这批诗人的努力，究竟是值得尊重的。”①

诗人臧克家写于1954年的《“五四”以来新诗发展的一个轮廓》，是新中国成立初期从宏观角度阐述“五四”以来新诗发展史的代表性文章，其中有关于40年代蒋管区（这是指“国民党统治区”）诗歌的介绍：

> 在蒋管区，政治讽刺诗，成为一九四五年以后的诗的主流。……发生了较大影响的，有《马凡陀的山歌》，臧克家的《宝贝儿》、《生命的零度》等讽刺诗集。……这些讽刺诗，不是一般涵义的“讽刺”，实际上就是“暴露”和“打击”的代名词。……它是在共产党、共产主义思想指导下的革命的进步的诗人们为革命斗争而创作的，所以就特别显出它的力量。②

论者从“革命现实主义”文学史观出发，主要关注新诗的政治内涵，故文章中只提到“政治讽刺诗”，对40年代国统区其他诗人创作只字未提。新中国成立初期，由王瑶编写的《中国新文学史稿》作为文学史教材，关于40年代国统区这群诗人的创作也是空白。正如王瑶在1980年再版后记中所说，“人的思想和认识总是深深地刻着时代烙印的，此书撰于民主革命获得完全胜利之际，……对于解放区作品的尽情歌颂，以及对于国统区某些政治态度比较暧昧的作者的谴责”，“表现了一个普通的文艺学徒在那时的观点”。③ 可以说出于当时偏狭的文学史观，“九叶”以及中国新诗发展史上的大批诗人在50年代到80年代文学史书写中不仅被埋没而且是被批判的。

80年代中国改革开放不断推进，文艺界及学界迎来真正的“双百”春天，在这一大背景下《九叶集》出版为“九叶”诗人群的推出，以

---

① 黄继持等：《〈现代中国诗选〉导论》，王圣思选编《“九叶诗人”评论资料选》，华东师范大学出版社1996年版，第69—72页。

② 臧克家：《“五四”以来新诗发展的一个轮廓》（1954年11月14日写成，1979年初修改），吴嘉编《克家论诗》，文化艺术出版社1985年版，第163页。

③ 王瑶：《〈中国新文学史稿〉重版后记》，《中国新文学史稿（下册）》，上海文艺出版社1982年版，第782—783页。

及为中国新诗发展史及中国现当代文学史的重新书写提供了可能。但这一结果是来之不易的，在当时“还没有一部完整的中国现代新诗发展史专著问世的时候”[①]，艾青写于1980年并发表在《文艺研究》上的《中国新诗六十年》一文被誉为具有高度总结和开创性意义的文章，其中对于“九叶”诗人的创作评价如下：

> 在上海，以《诗创造》与《中国新诗》为中心，集合了一批对人生苦于思索的诗人：王辛笛、杭约赫（曹辛之）、穆旦、杜运燮、唐祈、唐湜、袁可嘉以及女诗人陈敬容、郑敏等。他们接受了新诗的现实主义的传统，采取欧美现代派的表现技巧，刻划了经过战争大动乱之后的社会现象。[②]

艾青对于“九叶”诗歌成就的公开正面评价至关重要，尤其是将“九叶”40年代的创作融入现实主义的评价体系中，为“九叶”诗人群在文学史上的定位起到了关键作用。王瑶和唐弢作为编写现代文学史的权威人物，他们在《九叶集》出版后的求实态度，对现代文学史的改写起了至关重要的作用。王瑶在给曹辛之的信中说：“对于《九叶集》中的作者，过去也并非毫无所知，王辛笛与查良铮两同志，皆我在清华时的同学，其他各位的作品，也零碎看到过一些，只是由于时代的原因，讲现代文学史的人都必须于四二年以后突出解放区文学的正宗地位，于是，国统区的许多作品，就只能省略或压缩了。……《九叶集》的出版，当能引起人们应有的重视……。”[③]唐弢信中说：“我们对40年代诗歌，的确注意太少。袁可嘉在序文里说得很对，我对此也要负责。”[④]1983年曹辛之在“现代文学思潮流派学术交流会”上呼吁：“我们认为，现代文学史教材应重新来写，至少40年代国统区的文学创作活动部分应重新写过，因为40年代在我们中

① 李俊国：《新诗历史的演进——关于中国现代新诗三十年的历史分期，并就教于臧克家、艾青两前辈》，《中国现代文学研究丛刊》1984年第1期。

② 艾青：《中国新诗六十年》，《艾青谈诗》，花城出版社1982年版，第24页。

③ 曹辛之：《在现代文学思潮流派学术交流会上的发言》，《曹辛之集第一卷·诗文》，上海人民出版社2011年版，第361页。

④ 曹辛之：《在现代文学思潮流派学术交流会上的发言》，《曹辛之集第一卷·诗文》，上海人民出版社2011年版，第361页。

国是个很重要的阶段，……但以往的现代文学史里却很少提到，搞文学评论的人也很少涉及国统区的情况。”他提出，“‘七月派’的应该加上去，‘九叶’的作者也应该加上去，另外还有很多同志，在40年代国统区，在诗歌创作上做出的贡献，写文学史的同志都不应该将他们遗忘掉”①。

而伴随《九叶集》的出版，当年国内舆论界、文艺界及学界反响强烈，“国内各报刊，对《九叶集》的报道和评论已有十多次，这在近年新出版的诗集中是罕见的”②。《人民日报》先后做了三次报道，先是诗集出版介绍；再是蒋天佐发表《读〈九叶集〉》，诗中最后两行写“最最难忘：力量来自人民，理想的光源是党！”③并发表评论：“我深信这个诗集会受到广大读者的欢迎和热爱，决不仅仅是为文学史们填补他们的资料的某一点空白。在某些重大的政治原则的基本一致之下，发展艺术的自由和独创，这正是党领导文艺的方针……”④第三次是王青发表评论文章《严霜后的绿叶》介绍“九叶”：“由于他们不同于一般的艺术见解和创作风格，曾受到一些同志的指责和欠公允的对待，这种情况一直延长到建国以后。直到党的十一届三中全会以后，‘双百方针’得到贯彻，在这温暖的文艺春天里，使这九片经过严霜的叶子，获得了返青。”⑤《文学评论》发表严迪昌的《他们歌吟在光明与黑暗交替时——评〈九叶集〉》，认为“他们的视线在人生面前没有游移”，“不是一个在象牙塔里讨生活的诗歌流派”，充分肯定“这个诗派是具有鲜明的现实主义倾向的”。并很有胆识地指出：“长期没有获得应有的重视，是出于一种偏见。”⑥这在80年代初期，现实主义仍然作为文学创作主流评判标准的大背景下，指出这一诗派创作的现实主义倾向无疑是承认了其在中国文坛的合法性地位。《人

---

① 曹辛之：《在现代文学思潮流派学术交流会上的发言》，《曹辛之集第一卷·诗文》，上海人民出版社2011年版，第362页。

② 曹辛之：《致辛笛、唐湜、唐祈（1982年4月29日）》，《曹辛之集第一卷·诗文》，上海人民出版社2011年版，第386页。

③ 蒋天佐：《读〈九叶集〉》，《人民日报》1982年2月26日。

④ 曹辛之：《对〈九叶集〉的反映》，油印未刊发。

⑤ 王青：《严霜后的绿叶》，《人民日报》1982年3月15日。

⑥ 严迪昌：《他们歌吟在光明与黑暗交替时——评〈九叶集〉》，《文学评论》1981年第6期。

民日报》和《文学评论》的报道和评论为“九叶诗派”进入中国现代文学史奠定了政治基础。

知名学者孙玉石在《文艺报》上率先发表《带向绿色世界的歌》，之后楼肇明、蓝棣之、曾华鹏、以衡等陆续发表评论文章，而学界对于“九叶”的研究和评论为文学史的重新书写提供了学术基础。1980年《读书》第7期发表袁可嘉撰写的《九叶集·序》，是一篇关于“九叶诗派”艺术追求、创作原则、创作总体风格及各自艺术个性介绍的引领性文章，也是首次把“九叶”诗人作为“流派”相称：“由于对诗与现实的关系和诗歌艺术的风格、表现手法等方面有相当一致的看法，后来便围绕着在当时国统区颇有影响而终于被国民党反动派查禁了的诗刊《诗创造》和《中国新诗》，在风格上形成了一个流派”[①]。1983年蓝棣之发表《论四十年代的“现代诗”派》，深化了学界对于“九叶”诗人及其创作的了解，文章开篇就确认九位诗人为“一个有鲜明特征的新诗流派”。接着详细介绍了他们在40年代的创作情况，肯定他们对中国新诗所做的探索和开拓，认为“他们的历史性活动的价值，在文学史上的地位和影响，……正在为人们所认识和珍视，现代文学史将为他们补写上理所当然的一页。”[②]1984年诗人公刘撰写《〈九叶集〉的启示》，把“九叶”诗人与“七月派”诗人共称为“在40年代里，……顽强的树林”，认为“九叶”诗人在创作上借鉴西方现代主义诗艺是值得肯定的。最后他总结：“这个流派和这个流派中的每一位诗人，都有值得我学习的地方。……我们应该实事求是地对待这些文学史的陈迹。”[③]在当时“九叶”诗人对于西方现代诗歌的借鉴研究还相对薄弱，1986年王圣思撰写《“九叶诗派”对西方诗歌的审美选择》填补了这一空白，文章介绍了每位诗人的西学背景，从“九叶”诗人创作中的艺术手法、诗意内涵去探源西方现代诗人对他们的影响以及他们的选择性吸收，使学界对于“九叶”的认识更为全面。大陆（内地）及港台学者对于“九叶”诗人的个体研究论文也相继出现，丰富和充实并细化了学界对于“九叶”诗人创作及其诗学思想的认识，

---

① 袁可嘉：《九叶集·序》，《九叶集》，江苏人民出版社1981年版，第4页。

② 蓝棣之：《论四十年代的“现代诗”派》，《中国现代文学研究丛刊》1983年第1期，第113页。

③ 公刘：《〈九叶集〉的启示》，《花溪》1984年第6—8期。

较有代表性的有梁秉钧《穆旦与现代的“我”》和《从辛笛诗看新诗的形式与语言》。与此同时《诗创造》编余小记和《中国新诗》编辑室等文学史料被挖掘出来，还原了“九叶”诗人群在40年代发表诗作及诗论的历史现场。随后“九叶”诗人辛笛、唐祈、唐湜、杜运燮等又相继发表各自诗艺探索道路的文章。正是知名学者历史性的公开评价、学界研究成果、文学史料挖掘及诗人自述材料的汇集使“九叶诗派”在文学史上的形象勾画成为可能。

关于“九叶诗派”的文学史形象描述从教材文学史和学术性文学史两方面展开。而在时段上，又分为40年代的文学史增补及50年代到80年代的文学史记录。1987年8月出版的《中国现代文学三十年》是一本具有代表性的现代文学史教材，“九叶诗派”以“《九叶集》派”之名写入文学史。书中这样评述：

> 这一时期最重要的诗歌流派是《九叶集》派，……《九叶集》派诗人出现在中国现代新诗发展30年的最后阶段，处于新民主主义与社会主义两个伟大时代交替的历史转折点，这就使他们的创作具有某种总结、过渡的历史特点，汲取新诗30年发展中各个流派的历史经验，在一个更高的基础上进行综合，为新诗的更大发展开辟道路。《九叶集》派诗人对于自己在中国新诗发展中的这一历史使命与历史地位有着高度的自觉性。①

编者从诗歌表现内容、诗与现实关系、艺术表现方面概括总结了九位诗人创作的现实主义倾向，对于现实的处理态度以及艺术表现上现实主义与现代派结合的特征，充分肯定这群诗人“对于我们这个多灾多难的民族的历史责任”②。

《中国当代新诗史》初版本撰写完成于1988年，出版于1993年，是具代表性的中国当代新诗发展史教材。书中以“中国新诗派”之名来介绍“九叶诗派”，在“新诗道路的转折”一章从两方面肯定这群诗

---

① 钱理群、吴福辉、温儒敏等：《中国现代文学三十年》，上海文艺出版社1987年版，第526页。

② 钱理群、吴福辉、温儒敏等：《中国现代文学三十年》，上海文艺出版社1987年版，第530页。

人在 20 世纪 40 年代的诗创作，一是指出他们的诗歌创作自觉地立足于中国社会现实土壤，在社会政治的背景下关怀人的处境，执着于时代精神和自我意识的开掘。二是充分肯定他们诗歌创作现实主义和现代主义诗艺相结合的特征，同时增补了对他们诗歌创作现代性的评述，“如果从诗艺流向的多样性，从新诗表达时代声影和现代人体验的艺术成效看，可以说进入了有更大拓展空间的时期”①。而在当代评述部分则引入“九叶诗派”之名，回顾了他们在 40 年代的诗歌创作情况、诗学理论追求和诗艺探索，分析了这一诗派在 50 年代以后文学史上隐失的原因，简要介绍了 50 年代中期“百花时代”部分诗人短暂的创作。

在 2010 年版的《中国当代文学史》中，编者评述：

> 在 50—70 年代，并没有“中国新诗派”(“九叶派”)的名称；80 年代对于这个流派的确认，……诗歌界将他们作为群体看待，要迟至 1981 年《九叶集》的出版。作为一个新诗史上被普遍承认的“流派”，是 80 年代之后，当事人和研究者叙述与阐释的结果；……借助这部诗集，读者看到“在那个黎明前的黑暗年代里，除了人们经常提及的讽刺诗、山歌和民歌体诗之外，还有这么一些不见经传的美丽叶片在呼啸，在闪光”。流派的这一“确认”，和“文革”后当代诗歌的艺术取向有直接关联，……②

此文非常清晰地阐明了《九叶集》的出版，当代诗歌艺术取向的转变及研究者叙述与阐释对于“九叶派”推出以及对于“九叶派”历史形象描述的意义。

相对于 80 年代教材文学史的概述，90 年代以后关于“九叶诗派”的文学史形象在研究者学术性文学史阐述中得到更加深入和全面的勾画，如，罗振亚《中国现代主义诗歌流派史》(1993)、王泽龙《中国现代主义诗潮论》(1998)、张同道《探险的风旗——论 20 世纪中国现代主义诗潮》(1998)、孙玉石《中国现代主义诗潮史论》(1999)、刘士

---

① 洪子诚、刘登翰：《中国当代新诗史》(修订版)，北京大学出版社 2005 年版，第 5 页。

② 洪子诚：《中国当代文学史》，北京大学出版社 2010 年版，第 286 页。

杰《现代主义诗歌在中国的命运》(2009)、张松建《现代诗的再出发——中国四十年代现代主义诗潮新探》(2009)、汪云霞《知性诗学与中国现代诗歌》(2009)、张岩泉《20世纪40年代中国现代主义诗歌研究：九叶诗派综论》(2012)。他们的共同点是从“五四”以来中国现代主义诗歌流派发展史角度对“九叶诗派”做专著、专章或专节探讨、梳理和总结，在此前注重流派现实主义评判维度之上，突出了这一诗派现代主义创作特征的研究和论述。游友基《九叶诗派研究》(1997)、余峥《九叶诗派综论》(2000)、唐湜《九叶诗人：“中国新诗”的中兴》(2003)、蒋登科《九叶诗人论稿》(2006)，是针对“九叶”诗人整体，同时更是针对个体做细致研究和梳理的学术专著，为我们深入了解九位诗人的创作历程、艺术个性及诗学思想提供了珍贵的史料和评述。而蒋登科《九叶诗派的合璧艺术》(2002)、马永波《九叶诗派与西方现代主义》(2010)，则注重从诗艺角度及诗歌创作理论来研究和探源“九叶”诗人与中国传统艺术及外来西方现代诗歌艺术的关系及具体创作表现。李章斌《“九叶”诗人的诗学策略与历史关联(1937—1949)》是2019年新出版的关于“九叶”的学术专著，为我们提供了“九叶”研究的新视野。

伴随《九叶集》出版所带来的关于“九叶”诗人研究脉络如下：从20世纪80年代确认这一诗群的现实主义创作倾向以使它获得进入中国文学史的合法地位，到90年代突出这一诗群现代主义创作倾向研究，使这一诗群创作的本质特征逐步揭开，再到21世纪以来关于“九叶”命名探究以及“九叶”诗人们的佚诗、佚文再挖掘再梳理等的展开，可见关于“九叶”诗人群的研究著述非常丰富，成为迄今为止一块经久不衰的现代诗研究领域。21世纪以来张松建、张桃洲和李章斌等新锐学者提出了关于“九叶”诗人研究的新视角，即体现了三个新维度：一是回到历史现场，将“九叶诗派”还原到具体的历史情境中去考察，大量挖掘史料，探寻“九叶”诗人创作与其同时代及在中国新诗发展脉络中的历史关联性；二是回到诗人个体，不再以流派“共性”特征遮蔽诗人个体的艺术特性，而以诗人个案研究为深入点，还原和探寻“九叶”诗人个体各自独特的文学史形象和“诗学宇宙”；三是回到诗本体去考察“九叶”诗创作，即带着“什么是诗？什么是现代诗?"的终极之问，既考察"九叶"诗人创作的现代性要素体现，同时又突破"现代主义"的概念桎梏，打通浪漫主义、象征主义的诗歌理念及表现方式界限，从诗本体角度来探索"九叶"诗人创作中诗要素体现及特征。

二、《九叶集》与新诗潮

《九叶集》的出版推出了"九叶"诗人群，填补了中国现代文学史一段空白，确立了"九叶"诗人20世纪40年代创作对于中国新诗发展的意义。而"九叶"诗人群在80年代返回文学现场，则又开启了他们晚年新诗创作的一道风景。1984年香港三联书店出版《八叶集》，是继《九叶集》之后"九叶"诗人创作的又一本合集，其中收录了八位诗人在20世纪80年代左右的诗歌作品(曹辛之因之后专事美术装帧设计工作，故未入集)。与此同时，"朦胧诗"在20世纪80年代初是最令人瞩目的诗歌现象。吕进在一篇序言中说："'九叶诗人'……是中国新诗第二次现代主义高潮的推动力之一。但是这九位诗人在上个世纪80年代合出了《九叶集》，形成了影响，和朦胧诗派……一起推动了中国现代主义新诗的第三次高潮，这是事实。在80年代他们建立了密切的联系，以流派的姿态出现于诗坛。"[①]由此为我们提供一条线索，即在20世纪80年代"九叶"诗人群如何与"朦胧"诗人群一起推动了中国现代主义新诗第三次浪潮，这种关系形成背后真正的原因是什么，以及"九叶"诗人创作后续影响如何。

"九叶"诗人与"朦胧"诗人的联系以杜运燮诗作《秋》引发文坛论争为开端。1980年他在北京《诗刊》第1期发表《秋》，广州诗评家章明由此发表《令人气闷的"朦胧"》一文，从而引发了一场关于"朦胧诗"的论争，一时间国内知名诗人和评论家们纷纷发表文章，或支持或否定。而"九叶"诗人则秉承他们在40年代坚持的诗歌创作理念为《秋》辩护，支持"朦胧"诗人的创作。杜运燮撰写《我心目中的一个秋天》，不仅详细解释了他"在写《秋》时有何想法，为何这样写"，以回答章明"看不懂"的问题，更真切地提出一个希望："实事求是地具体

---

① 吕进：《〈九叶集〉诗人群研究的新收获——序蒋登科〈九叶诗人论稿〉》，蒋登科《九叶诗人论稿》，西南师范大学出版社2006年版，第1页。

分析一下一些新诗，包括一些年轻人写的诗，为什么‘看不懂’。”而不要“受了‘矫枉必须过正’的影响”一味地批判，表达了他对“朦胧”诗人创作的态度。他同时提出自己对于诗创作的见解：“看不懂”是由于“文字方面”以及“习惯方面”的原因，而这是“‘五四’以来新诗创作中的老问题，即继承民族传统与向外国诗歌学习借鉴的关系问题，现在似也可解放思想，根据几十年的实践经验，加以适当的总结”[①]。陈敬容发表文章《从“天空”等等想到的——谈新诗的突破与创新》认为：

> 《秋》整个看来，除开立意十分明确之外，基调是欢畅的，节奏是自然的，诗行间闪现出哲理的火花，形式不相当格律化，它没有采用平铺直叙的手法，而是有一定的跳跃，因为它是诗，而且是生活在当代的人所写的诗啊。……仔细品味之后也完全可以弄明白。……新诗的表现手法，当然不能忽视民族传统；但若对于凡是外来成分就一律抱有反感，斥为异端，那么，吸取外国诗歌某些表现手法以丰富新诗艺术的良好愿望，岂不是将会完全落空么！……诗写得含蓄些，不但应当允许，而且还是十分必要的。艺术的生活，也恰恰在于有所突破，有所创新。[②]

1985年陈敬容在《关于“朦胧诗”》文中再次发表对于“朦胧诗”的看法，她认为“从诗创作本身的特点看来，……‘含蓄蕴藉’向来是我国诗歌艺术的优秀传统。……现当代各国诗歌，表现手法就更加多样了，基本上都在寻求用最有效的艺术手段去表现日新月异的现代生活和人们的精神面貌。一些直白式的、平板的、单线条的表现手法，已经很难适应现当代读者的思想情绪和欣赏习惯了。”[③]陈敬容不仅是为《秋》辩护，更是在为诗创作的多样性表现方法辩护。而在当

① 杜运燮：《我心目中的一个秋天》，《热带三友·朦胧诗》，中国戏剧出版社2006年版，第215—218页。

② 陈敬容：《从“天空”等等想到的——谈新诗的突破与创新》，《辛苦又欢乐的旅程——九叶诗人陈敬容散文选》，作家出版社2000年版，第156—157页。

③ 陈敬容：《关于“朦胧诗”》，《辛苦又欢乐的旅程——九叶诗人陈敬容散文选》，作家出版社2000年版，第153页。

时国内文坛气氛还处于乍暖还寒之际，辛笛在香港接受访谈时大胆指出“人的思想是复杂的，生活内容也是丰富的，诗也要讲究诗的表达形式。……诗除了表达技巧要多样，内容也要丰富，才能满足读者的需要”①。他同时认为“朦胧是一种美，‘朦胧诗’可说是对‘文革’时期文艺作品中‘假、大、空’的一个反动。”②而“真正的诗”的审美特征正是“朦胧”，如郑敏在《诗与朦胧》中所说，“那光影朦胧、无法言传的内涵，……正是诗不同于其他文学品种的特质，……是诗的生命，是诗的艺术审美”③。唐祈在《新诗的希望》一文中点评舒婷和顾城的诗，肯定他们“含蓄、朦胧深邃、具有自己独创的个性风格”④。可见“九叶”诗人们对于“朦胧诗”的态度是一致的，对于“朦胧”诗人的创作是认同的。在“九叶”诗人的访谈录中，陈敬容谈道：“舒婷的诗，我也读到过一些，……还有好些青年诗作者的作品，也读到一些。总的感觉是，年轻一代勇于探索的精神是可贵的，应该得到善意的关怀和引导。”⑤辛笛谈道：“我觉得对青年人应多从鼓励出发……年轻诗人是不可忽视的，如果年轻诗人都沿老一辈诗人的道路走，也无所谓创新了。”⑥“他默默地关注着青年诗人的创作，阅读他们的诗作，……香港的诗友至今还记得他当时写信特别向他们推荐舒婷的诗，那些被指责批评写‘朦胧诗’的青年不少都来拜访过他，如北岛、顾城、舒婷等，他对他们鼓励有加。”⑦应该说“九叶”诗人与“朦胧”诗人之间确有一些个人交往，但更多是对于诗创作审美及表现手法的共同追求将他们联系在了一起。

谢冕在《在新的崛起面前》中描述“一批新诗人在崛起，他们不拘

---

① 辛笛、彦火：《关于“朦胧诗”问题》，辛笛《嫏嬛偶拾》，上海教育出版社 1998 年版，第 255 页。

② 陈浩泉：《辛笛谈诗与“朦胧”》，《青果集》，中国友谊出版社 1984 年版，第 85—86 页。

③ 郑敏：《诗与朦胧》，《郑敏文集·文论卷(下)》，北京师范大学出版社 2012 年版，第 746 页。

④ 唐祈：《新诗的希望》，《甘肃社会科学》1981 年第 1 期。

⑤ 辛笛、彦火：《关于“朦胧诗”问题》，辛笛《嫏嬛偶拾》，上海教育出版社 1998 年版，第 151 页。

⑥ 陈浩泉：《辛笛谈诗与“朦胧”》，《青果集》，中国友谊出版社 1984 年版，第 254 页。

⑦ 王圣思：《智慧是用水写成的——辛笛传》，华东师范大学出版社 2003 年版，第 291 页。

一格，大胆吸收西方现代诗歌的某些表现方式，写出了一些‘古怪’的诗篇”①。袁可嘉在《九叶集·序》中总结“九叶”诗人创作，“他们认真学习我国民族诗歌和新诗的优秀传统，也注意借鉴现代欧美诗歌的某些手法”②。郑敏在《新诗百年探索与后新诗潮》中指出：如果将80年代“朦胧诗”及追随者的诗与上半个世纪已经产生的新诗各派大师的力作对比，就可以看出“朦胧诗”实是40年代中国新诗库存中的种子在新的历史阶段的重播与收获。我们看到，40年代中国现代诗人的诗美和诗艺追求在80年代新一代诗人创作中得到了接续和回归，这正是两代诗人建立联系的深层次原因。袁可嘉曾称40年代出现的“现代化”新诗为新诗潮，谢冕把1979年以后兴起于中国诗坛的“朦胧诗”创作也称为新诗潮。“九叶”诗人支持“朦胧”诗人创作不是偶然的，这是因为他们在诗歌创作理念方面有着共识，“朦胧诗”论争结果直接导致了诗美标准和现代诗表现策略的复归，正是这次复归推动了中国现代主义诗歌创作的第三次浪潮。回顾袁可嘉《论新诗现代化》和谢冕关于《诗：审美特征的新变——中国新诗现阶段综论之九》，我们发现相隔40年的两大诗人群在创作追求及创作表现上的趋同性。一是40年代诗人坚持从自我“个性”出发表达真实情感在80年代诗人创作中得到延续。谢冕总结：“作为一个富有时代特征的追求，诗歌力求以个性的方式再现情感的真实，……诗人都不回避个性化的对于生活的观照，在时代的画面上凸显诗人特有的生活经验已成为一种风尚。”③二是40年代诗人坚持形象化、间接化的诗歌表现策略也在80年代诗人创作中表现出来。谢冕总结道：“一般地都有一种醒悟：诗人的历史的和时代的使命感，诗人对于现实生活的热情，并不是以诗中保留了多少口号和术语衡量，而是力求把这种对于生活的关切包含在具象化的情感和情绪之中，间接地和蕴藉地予以表达。”④三是40年代诗人的意象组合和建构方式在80年代诗

① 谢冕：《在新的崛起面前》，姚家华编《朦胧诗论争集》，学苑出版社1989年版，第9页。

② 袁可嘉：《九叶集·序》，《九叶集》，江苏人民出版社1981年版，第3页。

③ 谢冕：《诗：审美特征的新变——中国新诗现阶段综论之九》，冯牧、阎纲、刘锡诚主编《谢冕文学评论选》，湖南文艺出版社1986年版，第194页。

④ 谢冕：《诗：审美特征的新变——中国新诗现阶段综论之九》，冯牧、阎纲、刘锡诚主编《谢冕文学评论选》，湖南文艺出版社1986年版，第198页。

人创作中同样得到呈现。谢冕说明一个明显的迹象：写实和叙述的方式在诗的创作中渐居次要，大跨度的跳跃逐渐代替了过于拘泥过程的平板的描写。描写的具体性受到削弱，诗的形象组合和建构正在由密集转为空疏，形象的间距大了，加上时断时续的跨越，造成了内容上的多义性和情绪上的朦胧性。① 四是两代诗人对于现代诗歌情绪结构总体上趋向复杂化有着共同认识。谢冕总结："现代生活的骚动，内在的平衡性的打破，……以及各种各式的'变奏曲'。……融汇了生活正在跃动的巨大激流。这些，都化为了富有现代色彩的新的节律，运行在新诗之中。"②从 80 年代"朦胧诗"创作现象总结，我们看到无论是 40 年代袁可嘉称之为代表了"感性革命"新诗潮诗人的崛起，还是 80 年代一批崛起的新诗人，在两代现代诗人探索者的笔下，都体现了向"真正的诗"创作回归的特征。

除了诗美追求和诗表现策略有着共识之外，"朦胧"诗人群体创作的沉思品质也和"九叶"诗人群有着一脉相承的关系。孙绍振在《新的美学原则在崛起》文中谈及"朦胧"诗人诗风一个显著特征："他们在创造一种探索沉思的传统。"他们的诗创作体现了"我们的民族在'十年浩劫'中恢复了理性"，尽管"这种恢复在最初的阶段是自发的，是以个体的人的觉醒为前提的"，③ 但带有深刻的历史性质疑，具有反思和批判性质。如北岛《回答》表达了诗人对变异社会的怀疑情绪，同时又是蒙受苦难的心灵对失去正常生活秩序的醒悟，还是诗人对于生活的肯定信念和追求。舒婷的《墙》和顾城的《小巷》都以深刻的怀疑精神传达出对于变态生活否定性的批判。回顾 40 年代，身处战争背景和中国现代化进程中的"九叶"诗人们正是以理性的情感态度观照现实，创作出具有"知性"特征的现代诗。辛笛诗把深沉的思想融入蕴藉的感情节拍中；杜运燮诗呈现出透彻的哲理思索风格；郑敏诗思想脉络与感情自然和谐地应和；唐祈诗里有一种超然的历史

---

① 谢冕：《诗：审美特征的新变——中国新诗现阶段综论之九》，冯牧、阎纲、刘锡诚主编《谢冕文学评论选》，湖南文艺出版社 1986 年版，第 202 页。

② 谢冕：《诗：审美特征的新变——中国新诗现阶段综论之九》，冯牧、阎纲、刘锡诚主编《谢冕文学评论选》，湖南文艺出版社 1986 年版，第 213 页。

③ 孙绍振：《新的美学原则在崛起》，姚家华编《朦胧诗论争集》，学苑出版社 1989 年版，第 108—109 页。

看法；陈敬容的诗是“智慧的高歌”；杭约赫的诗体现了诗人严肃的凝眸与深沉的感情；穆旦诗以理性穿透历史和现实的虚妄，并糅合成一个诚挚的控诉。他们的诗创作正如袁可嘉的总结：代表了“现实、象征、玄学”的新传统，代表了现代诗人对社会人生及历史现实进行哲理性把握的诗创作趋向。我们看到，两代诗人在两个时代背景下对于诗创作内涵、品质有着共同追求，都体现在反叛当时文坛口号式、标语式浅白的诗歌情感表达，而追求以理性的沉思去表达深致的生命体验和思考。

郑敏认为：“《九叶集》的出版翻出了 20 世纪 40 年代诗歌语言的底牌，于是一发不可收拾，……从此开始了各种风格的新诗发表与出版的多元化时代，迎来了 20 世纪 80 年代中国诗坛一派欣欣向荣的气象！”[①]确实，80 年代以后，中国新诗迎来了多元化发展时代，80 年代中期又迎来了“后朦胧”诗时代（又称为“新生代”诗歌），作为新新一代诗人，他们在诗观念及诗创作方面又有新探索。如上所述，尽管“朦胧”诗人的创作显示了沉思的品质，但由于时代社会刚刚转型，“朦胧”诗人的创作还带着浪漫激情的印记，代表着新诗创作转型期的青春期。时间进入 90 年代，中国新诗创作进入相对成熟和理性时代，我们发现以“知性”为特征的创作作为一种创作追求在多元发展格局的诗坛延续着自己的发展路径，这就是 90 年代出现的知识分子写作现象，代表诗人有欧阳江河、西川、陈东东、肖开愚、王家新、翟永明、柏桦、孙文波和臧棣等。共同的知识分子身份、共同的西学背景、繁复的时代背景下诗人们共同的理性精神追求和独立意识诉求，以及对于现代诗艺术的共同追求，使 90 年代后的“知识分子写作”与 40 年代“九叶”诗人“知性”写作有着潜隐的相承关系。作为现代诗人，他们创作的共通之处体现在：以“客观性”呈现为目标，强调理智地再现复杂的经验。他们都以自觉的理性精神冷静透视社会历史现实以及时代中自我的心理现实，通过透视把握时代精神风格，通过审视自我获得生命中的觉悟，而把各自的情感和思想融会到具有深沉生命力的意象结构之中，把生命体验和生活经验转

---

① 郑敏：《我看中国新诗》，《郑敏文集 · 文论卷（下）》，北京师范大学出版社 2012 年版，第 761 页。

化成诗艺术，从而焕发出他们诗歌创作共同的玄学色彩。因此有学者说："你去读欧阳江河和肖开愚这些人的诗歌，可能会产生与读卞之琳、穆旦和袁可嘉那些人的诗歌完全相同的感受；你不可能被激情燃烧，而可能会在领悟到某些经验事实的时候感到惊异。……我相信，欧阳江河他们是在新的时代境遇中不期然地踏上了那条曾经荒芜多年的知性的诗路。"①2019年广西师范大学出版社出版了一本《新九叶集》，这是当代九位知识分子诗人诗创作合集，诗人王家新认为它的出版体现了"以《九叶集》为参照来揭示某种传统、某种文脉、某种精神"②的传承。

而在八九十年代文学现场，"九叶"诗人仍然继续他们各自的现代诗创作，继《八叶集》合集出版之后，又各自出版了自己新创作的诗集或诗文集，他们的写作均坚持到生命的最后时期，而如今郑敏先生仍然健在，被称为中国新诗的"世纪之树"。如何透视他们晚年的诗创作以及纵观他们一生创作全过程的脉络和意义，还有待研究者做深入细致的个案探索。

三、《九叶集·序》对当代新诗理论建设的启示

《九叶集》是"九叶"诗人创作实践的成果，《九叶集·序》是根据九位诗人创作经验达成的理论共识。③ 正如王青在《严霜后的绿叶》中所指出的："他们的理论和创作，经历了漫长岁月的考验，愈益为人们所注目；他们当年提出的问题，仍是今天新诗发展所面临的课题之一。"④20世纪80年代，"朦胧诗"作为"带有现代主义文学特色的新诗潮"引发诗坛论争，尽管被称为"三个崛起"的重要文章肯定了"朦胧诗"创作现象，提出了"朦胧诗"的诗学主张，但中国诗歌的整体发展亟待诗学理论上的阐释、佐证和引领，因此同一时期《九叶集·序》的推出，为当时中国现代诗创作中存在的"诗与现实""自我

---

① 於可训：《知性诗学与中国现代诗歌》序言，汪云霞《知性诗学与中国现代诗歌》，上海书店出版社2009年版，第2页。

② 王家新：《巴别塔的儿女》(《新九叶集·序一》)，骆家、金重主编《新九叶集》，广西师范大学出版社2019年版，第6页。

③ 正式出版之后的《九叶集·序》比袁可嘉1980年发表在《读书》上的内容更为充实，是经辛笛、唐湜、陈敬容和曹辛之等诗人参与修改后的版本。

④ 王青：《严霜后的绿叶》，《人民日报》1982年3月15日。

与社会”“现代主义与现实主义诗艺”“传统与反传统”“晦涩与明白清晰”等系列诗学问题提供了具有历史示范意义的理论阐释文本。

诗来源于现实，《九叶集·序》对于“现实”内涵的阐释开阔了中国新诗发展的理论视野。我们知道，中国新诗进入50年代之后，诗歌题材及主题反映都有“政治”要求：诗人不应表现“自我”的情感和内心世界，而应“反映”以工农兵为主体的“新的世界”和“新的人物”；诗要“丰富地深入地反映一个时代的社会生活”①，配合政治的宣传要求。在80年代文化历史背景下，《九叶集》序言充分肯定诗所表现的“现实”内涵“包括政治和社会生活中的重大题材”，并且通过文本分析了“九叶”诗人“深入现实生活，揭露黑暗，歌颂民主革命”②的现实主义创作倾向。不可否认，“九叶”诗人创作正是以他们承载了厚重的社会历史和时代内涵为内容特色赢得了当时文艺界的重视，争取到文学历史上的合法地位。但更应该引起我们注意的是序言对“现实”内涵的增补，即认为“也包括生活中具体现实中人们的思想感情的大小波澜，范围是极为广阔的，内容是极为丰富的”③，这就在表现重大社会现实题材之外，为诗人个人心绪争取到合理性表现空间。这一论述不仅为现代诗表现诗人“自我”情感和内心世界打开了大门，也为之后中国现代诗的表现视域打开了大门，正如穆旦当年所主张的：一切现代生活都可以纳入诗的意象范围。从当今诗坛的创作现象来看，诗的表现范围正体现了袁可嘉在序言中所说的是极为广阔和丰富的，所以序言对于“现实”内涵的增补其意义是深远的。

序言同时对于“现实”的表现深度提出了要求，认为“诗是现实生活的反映”，但同时认为“诗人不能满足于表面现象的描绘，而更要写出时代的精神和本质来”④。而“九叶”诗人创作正体现了以深度为追求目标的流派特征——“知性”。序言评价穆旦的诗“显出了深度和

---

① 洪子诚：《中国当代文学概说》，北京大学出版社2010年版，第59页。

② 袁可嘉：《九叶集·序》，《九叶集》，江苏人民出版社1981年版，第8页。

③ 袁可嘉：《九叶集·序》，《九叶集》，江苏人民出版社1981年版，第4页。

④ 1988年袁可嘉在《中国与现代主义：十年新经验》文中又明确了关于“现实”表现深度的阐释，认为“现实”应体现为一种深刻的“现实精神”。现代诗创作，“应当是在最深刻的意义上(而不是最表面的意义上)为社会主义、为人民服务的，是与现实主义精神相对沟通的”。这一补充进一步阐明了现代诗表现的内容应该追求“时代的精神和本质”，而不只是现实内容的机械反映。

厚度”；杜运燮的诗“把事物中矛盾的、可笑的实质揭示出来”；杭约赫、唐祈、辛笛、陈敬容、唐湜“对当时国民党反动政府的倒行逆施和旧上海的黑暗腐朽有深切的体会”和揭露。序言还指出对于现实深度的追求包括对诗人内心世界丰富复杂的情感探寻和揭示：“这是一群有自觉意识的年轻人。在他们的作品里，……表现出那个时代知识分子在动乱中的忧虑苦闷，自我谴责，心头有所醒悟而脚下不免踌躇的心情。”①他们作品的共同表现是：“感受到了时代的脉搏……表达了一部分生活的真实和自己的憧憬、希望，以及自己哲理性的探索。”②序言对于现实表现深度追求的理论总结，是对 50 年代以来诗歌只局限于从社会政治视角来处理生活现象和感情世界，诗歌写作内容表面化、口号化、宣传化、程式化现象的反拨和矫正，而把真正的诗歌创作引导到正常发展的轨道上来。尤其值得一提的是，在把“人民情感”(蕴含在政治和社会生活中的重大题材中)和“个人情感”(蕴含在现实中人们的思想感情的大小波澜中)一起纳入诗歌表现范围的同时，序言阐明了如何处理二者关系的观点，即“要力求个人情感与人民情感的沟通”。这个提法的关键之处在于诗要忠实于个人感受去感受人民的苦和乐，去沟通“人民情感”，而不是像 50 年代以来诗创作以空洞的“人民情感”代替“个人情感”，使诗沦为空洞的时代传声筒，而丧失了诗艺术的独创价值。这一论述体现了袁可嘉在 40 年代所论述的现代诗发展“强烈的自我意识中同样强烈的社会意识”相结合的趋势和观点，即诗人在表现强烈的社会意识的同时，应坚持诗人强烈的自我主体意识为本位原则，这既是诗创作主体性的要求，也是诗创作独创性的前提。

现代诗表现什么？如何体现诗人“自我”主体意识在创作中的本位原则？序言的总结是“表现真情实感”，这是对诗人创作忠诚于“自我”情感表达的强调，同时也是对“现代诗表现什么”最明确的回答。在当时，诗人公刘就认为中国诗歌“从 50 年代后期开始，我们的诗歌就与虚假发生了联系；……流风所及，有的诗，成了押韵说谎的

---

① 袁可嘉：《九叶集·序》，《九叶集》，江苏人民出版社 1981 年版，第 10 页。

② 袁可嘉：《九叶集·序》，《九叶集》，江苏人民出版社 1981 年版，第 6—10 页。

艺术”[①]。诗人艾青主张：“诗人必须说真话。……以他的由衷之言去摇撼人们的心。”[②]学者钱锺书发表《诗可以怨》揭示诗人要表现真情实感这一诗歌创作的本质诉求。诗人创作需要真诚和真实是时代呼唤，而真诚正是“九叶”诗人创作中秉承的理念和出发点，“表现真情实感”正是从他们创作实践得出的结论。直如唐湜在《我们呼唤（代序）》中总结的：“我们现在是站在旷野上感受风云的变化。我们必须以血肉似的感情抒说我们的思想的探索。……我们的工作要求一份真诚的原则，……我们首先要求在历史的河流里形成自己的人的风度，也即在艺术的创造里形成诗的风格，而我们必须进一步要求在个人光耀之上创造一个无我的光耀……”[③]40 年代“九叶”诗人们在创作中坚持从“自我”主体意识出发，以真诚的态度去“表现真情实感”，用以抵御当时诗坛泛滥的情绪感伤风和政治感伤风，开启了中国现代诗创作新潮流。在新诗发展面临转型期的 80 年代，这一对于诗人主体“自我”意识的重申以及诗歌创作本质观念的澄清有着珍贵的参证意义。袁可嘉说：“只有根源于心灵活动的自发的追求，文学作品才有价值可言”[④]。因此诗人以真诚去“表现真情实感”不仅引导文坛向诗歌本质观念回归，更是引领文坛向着有价值的诗歌创作去实践。

现代诗如何表现？对于“九叶”诗人来说，他们诗歌创作中的“现实主义”更多体现为对于现实的本质和精神的揭示，而诗歌创作中“现代主义”则更多体现在对于西方现代诗艺的借鉴，这是“九叶”诗人创作经验最为核心的部分。他们的经验总结分为两方面：一方面是对诗思方式的要求，序言认为诗歌创作要“充分发挥形象思维的力量”，这体现了袁可嘉在 40 年代所总结的中国新诗潮“感性革命”的真正要义，强调诗人把情感和思想转化为“感性”意象的必要性，即现代诗创作应该遵循间接性和客观性原则，这同时代表着欧美现代

---

① 公刘：《诗与诚实》，转引自《导言・现代中国诗学的再出发：1977—1989》，王光明主编《中国新诗总论 1977—1989》，宁夏人民教育出版社 2019 年版，第 2 页。

② 艾青：《诗人必须说真话》，转引自《导言・现代中国诗学的再出发：1977—1989》，王光明主编《中国新诗总论 1977—1989》，宁夏人民教育出版社 2019 年版，第 1 页。

③ 唐湜：《我们呼唤（代序）》，选自王圣思选编《“九叶诗人”评论资料选》，华东师范大学出版社 1996 年版，第 367 页。

④ 袁可嘉：《“人的文学”与“人民的文学”——从分析比较寻修正，求和谐》，《论新诗现代化》，生活・读书・新知三联书店 1988 年版，第 114 页。

诗的发展方向。一方面是“思想知觉化”表现策略的运用，在创作中“把官能感觉的形象和抽象的观念、炽烈的情绪密切结合在一起，成为一个孪生体”。序言以郑敏和陈敬容创作为例，认为郑敏“善于从客观事物引起深思，通过生动丰富的形象，……把读者引入深沉的境界”；而陈敬容在状物抒情时，“形象思维达到了人化的境地”。而“九叶”诗人诗艺上的共同表现是：“他们力求智性与感性的融合，注意运用象征与联想，让幻想与现实相互渗透，把思想、感情寄托于活泼的想象和新颖的意象，通过烘托、对比来取得总的效果，借以增强诗篇的厚度和密度，韧性和弹性。”从而使诗歌达到“读者透过意象联翩，而感到思想深刻，情味隽永”①的效果。正如序言中所说：“这九位作者忠诚于自己对时代的观察和感受，也忠诚于各自心目中的诗艺，通过坚实的努力，为新诗艺术开拓了一条新的途径。”②以“九叶”诗人创作实践为基础的经验总结不仅打破了长期以来诗坛现实主义创作方法的垄断，而且为具有现代主义诗风的“朦胧诗”提供诗思方式及表现策略在理论上和创作实践上的佐证，还为当代诗人创作提供有益的创作思维及方法上的借鉴。

除上述对于中国新诗发展本体理论的贡献，我们还应该注意到“九叶”诗人创作对于“艺术的独创精神”的强调以及对于诗人创作个性风格的尊重。正是坚守艺术的独创精神，尊重诗人创作的“自我”主体意识，重视诗人内心的发掘，忠实于个人的感受，强调在此基础之上个人情感与人民情感的息息相通，才让我们看到他们的创作既有共同的倾向（即都正视现实生活，表现真情实感），同时又有着各自的艺术风格、鲜明的艺术个性。如序言所总结的：“穆旦的凝重和自我搏斗，杜运燮的机智和活泼想象，郑敏塑像式的沉思默想，辛笛的印象主义风格，杭约赫包罗万象的气势，陈敬容有时明快有时深沉的抒情，唐祈的清新婉丽的牧歌情调，唐湜的一泻千里的宏大气派与热情奔放，都是可以清晰地辨认的。”③它给予中国新诗发展的启示是：只有尊重艺术创作个性化与自主性的追求才会真正实现

① 袁可嘉：《九叶集·序》，《九叶集》，江苏人民出版社 1981 年版，第 17 页。
② 袁可嘉：《九叶集·序》，《九叶集》，江苏人民出版社 1981 年版，第 12—17 页。
③ 袁可嘉：《九叶集·序》，《九叶集》，江苏人民出版社 1981 年版，第 17—18 页。

文学艺术园地百花齐放的生动格局。

应该指出的是，序言在“九叶”诗人现代诗创作与中国传统诗歌关系以及现代诗语言创建方面尽管有所论述但相对薄弱。诚然“九叶”诗人作为一支以现代主义诗风为主流的诗歌流派，更多地借鉴和吸收了西方现代派的诗艺，他们的诗语言更多地体现了欧化倾向。但不可否认的是“九叶”诗人中辛笛和陈敬容在创作中体现了对于中国传统诗歌的继承，尤其是辛笛创作中借鉴古典诗词的语言节奏以及把古典文言转化成现代白话的语言探索，可为中国现代诗语言建设提供一个成功范例。

正如袁可嘉在序言中所说：“在 40 年代，他们在诗的理论探索和创作实践两方面，都曾做了诚挚的认真的努力，取得了一些可喜的成果。”[①]他们的成果我想借用袁可嘉在《论新诗现代化》所倡导的“人的文学”基本精神来总结：其一，“坚持人本位或生命本位”，即尊重创作者作为“人”的独立性，尊重诗人个人主体意识，忠实于诗人创作自我“感觉的真”去追求“艺术的真”。在诗人创作理念中，既可以作为个体抒发“小我”的情感，同时肯定诗与政治乃至一切社会现实内容的密切联系，把它们纳入诗人的感觉半径，在抒写“大我”时诗人不屈从于社会政治标准，在维护人的尊严、个性和独立精神前提下，忠实于内心对于社会政治性事件的真实体验和思考再加以诗的表现。其二，“坚持文学本位或艺术本位”，即尊重诗作为“艺术”的独立性和独创性，在创作中遵循间接化、客观化和形象化原则，可借鉴西方现代诗创作的诗思方式及表现策略，通过意象和暗示性的语言来传达诗人的感觉、情绪以及思考所形成的生命体验。同时也要向我们源远流长的传统诗歌挖掘有益于现代诗创作的有益资源，以丰富现代诗语言和诗歌表现形式。

［作者单位：浙江工商大学国际教育学院］

① 袁可嘉：《九叶集·序》，《九叶集》，江苏人民出版社 1981 年版，第 18 页。

《九叶集》出版纪实

王圣思

1981年一本以黄绿底色上长有九片壮硕绿叶之树做封面的书问世，书名《九叶集》，副标题为“四十年代九人诗选”。从此学界和读者将这九位诗人群体称为“九叶诗派”。

这九位诗人是辛笛、陈敬容、杜运燮、杭约赫(即曹辛之)、郑敏、唐祈、唐湜、袁可嘉、穆旦。其中五位(杭约赫、陈敬容、唐祈、唐湜、辛笛)是20世纪40年代后期在上海创办诗刊《中国新诗》的编委及撰稿人；另四位(穆旦、郑敏、杜运燮、袁可嘉)是与该刊诗学理想相近，但分散在各地的积极投稿者，均毕业于西南联合大学。

他们九人在《中国新诗》这片园地结下了诗谊，尽管其中有些人当时未曾谋面，也有直到离别或历经磨难的三十余年后为出版《九叶集》才聚在一起，“我们九个人中断写诗近三十年，现在才又续上了这根琴弦，又快乐，又心酸……”[①]在《九叶集》出版过程中，他们或面对面地聚会，或频繁地通信(计有七百余通)，讨论如何编选出版诗集，回忆往事，继续互相关心，交流创作心得，切磋现代诗艺，把过去未完成的事业再继续下去。

本文试以他们来往书信为线索，辅以其他资料为佐证，力图梳理并呈现《九叶集》出版的有关史实。

历史追源

与《中国新诗》有着渊源关系的是星群出版社及其所属诗刊《诗创造》。曹辛之曾在书信[②]中回忆了他创办出版社和刊物的过程。抗战

① 唐祈致辛笛信，1980年1月21日。

② 曹辛之致辛笛信，1981年12月8日。

胜利之时，曹辛之在重庆筹备星群出版社，得到臧克家的支持，合办的人选都是他介绍的，如林宏、郝天航、沈明等。这些人也爱诗，都拿出一些钱来资助。而曹辛之当时在离开重庆的一家实业公司时得到一笔退职金，他又向亲友筹措了一些资金。他们在 1945 年底来到了上海，于 1946 年成立了上海星群出版社。曹辛之一边在生活书店工作，一边搞星群的业务。后来又由臧克家介绍结识了唐湜、陈敬容、田地、方平等。臧克家主编“创造丛书”；曹辛之负责编辑杂志《诗创造》(1947 年 7 月创刊)。办刊方针由曹辛之撰写，第 1 辑就在“编余小记”里写得明白：“在诗的创作上，只要大的目标一致，不论它所表现的是知识分子的感情或劳苦大众的感情，我们都一样重视。”[①]正是这样的编刊方针，对来稿只要言之成理、各有特点，都会同样发表。稿子来源，大部分是读者主动投稿。编辑业务由曹辛之全权负责，林宏、唐湜、田地、沈明、陈敬容等有时也来帮忙。后来陈敬容又邀远在西北的唐祈来沪，加入帮忙编辑的队伍，他俩和唐湜与曹辛之有着更多诗艺上的共鸣。

曹辛之编《诗创造》整整一年，每月一期，共十二期。他一直记着友人的帮助，曾说过当年办《诗创造》，没有臧克家的合作是办不起来的；没有辛笛的支持是不可能坚持出版了十多期的。[②]《诗创造》第一年发表作品可说各种风格的都有，兼容并蓄，有民歌体，也有十四行；发表的理论文章，不同的艺术见解都有：有劳辛批评袁可嘉的文章，洁泯(即许觉民)为臧克家诗辩护的文章；唐湜、陈敬容除发表诗歌外，还以同声相应的诗人敏感分别撰文评价了辛笛、唐祈、陈敬容、杭约赫、杜运燮、穆旦、郑敏等人的诗。另有辛笛的诗、袁可嘉的文也投稿于《诗创造》。可以说，那时的《诗创造》就已展现出“百花齐放、百家争鸣”的特征。

当时在上海甚至整个国统区，像《诗创造》那样的诗刊能按期出版，每期装帧形式上精心变化，独具一格，拥有那样多的新老读者是不多见的。《九叶集》出版后有读者给曹辛之来信说：“解放前，我

---

① 《诗创造》第 5 辑(1947 年 11 月)，王圣思选编《“九叶诗人”评论资料选》，华东师范大学出版社 1995 年版，第 358 页。

② 见曹辛之致辛笛信，1981 年 1 月 29 日。

还是个少年，就读到您的大作。当时的诗刊设计得非常优雅，字体、排版……像一件完整的艺术品。……您的书，使我回忆起解放战争那个年代的进步文艺运动，仍觉得激动……”①另有好几位中年诗人、读者也都曾谈起当年读《诗创造》和《中国新诗》给他们的影响。《诗创造》当时不仅在诗坛，就是在文坛的影响也是不小的。

不过，《诗创造》第1辑的“编余小记”一经发表，就让某些以为自己“进步”得很的论客看不顺眼，对不属于自己这一小集团的诗人作品横加指责攻击，给《诗创造》套上“唯美派”等帽子。第5辑“编余小记”②罗列了来自北平的“评论”文章观点，其中有的把穆旦、袁可嘉、郑敏归为沈从文集团加以谩骂，还对其他作者亦予以来势汹汹的低俗攻击。当然，刊物也不示弱，以“编余小记”的形式有理有节地回击，并明确指出“批评决不是谩骂”。

而国民党当局则从《诗创造》的内容怀疑此刊是共产党办的。《诗创造》的同人最初还能合作，但外在不同的压力也引起内部的分歧，一部分同人认为《诗创造》“软弱”“芜杂”“没有一定的准则”，“对于新的好的风格的形成的损害，而且表现出了自己阵营内的混乱和作战步调的不一致”。③ 同时，北平的《泥土》甚至说《诗创造》由臧克家主编，要给以“打击”，搞得人心惶惶。在这样左右内外夹攻下，曹辛之挺身而出，公开向读者说明诗刊的“同人”性质，并说明从集稿、约稿、编排、校对以及发行等工作，都是他在负责。他考虑让“左派”的批评或辱骂可以针对他一人来，国民党要取缔、坐牢也由他一人来担当。当然，他这样的担当也不一定能够为人所理解。

在那样的情况下，内部的分离必不可免了。尽管如此，并没有影响双方的交往。《诗创造》第二年的担子就让林宏他们来挑，他们负责组稿、审稿，也帮着做些校对工作和订户的寄发工作。而曹辛之仍然担负起对刊物出版的编排、校对等一切出版业务及发行和经济筹措等主要工作。第二年的《诗创造》战斗力加强了，但艺术性减弱了。

---

① 曹辛之致辛笛信，1981年12月8日。

② 《诗创造》第5辑(1947年11月)，王圣思选编《“九叶诗人”评论资料选》，华东师范大学出版社1995年版，第357—359页。

③ 《新的起点》，《诗创造》1948年7月第1辑。

曹辛之心中已在酝酿另办一份诗刊，诗学理想相近的几位诗人一拍即合。《中国新诗》是由陈敬容、唐祈、唐湜和曹辛之发起的，并邀请辛笛作为编委；辛笛也认为另办一个好，就在他当年位于淮海中路的中南新邨家里大家聚集商讨如何办好这份新刊物。[①] 当时陈敬容还邀方敬参加，但由于他远在重庆，无法参与具体编辑工作，只是作为撰稿者。《中国新诗》第一集代序《我们呼唤》由唐湜执笔，表达了他们面对着的是一个严肃的时辰，以虔敬的态度拥抱真实的生活，从自觉的沉思里呼唤并响应时代的声音。[②]

在《中国新诗》办刊期间，曾得到蒋天佐、戈宝权的赞助，袁水拍也给予了支持。冯至很热心，唐弢、李健吾等都帮忙写稿。袁可嘉、穆旦、杜运燮、郑敏等一批西南联合大学毕业的诗人作品更是频繁地出现在《中国新诗》上。郑敏曾回忆："40年代曹辛之办了一个刊物叫《中国新诗》，他觉得联大的穆旦、袁可嘉、我、杜运燮这四个人的诗风和他们所要追求的类似，所以就说我们南北合起来算一个现代诗派吧。他就和袁可嘉联系，要求我们每人至少在《中国新诗》上发表一首，表示合起来吧。那时我快出国了，大约在1947年或1948年。我在那上面发表了两首诗，然后我们就根本失去联系。"[③]杜运燮则记得曹辛之等五人在上海编辑出版《中国新诗》杂志，"我当时在新加坡教书，与他们都未见过面，只是由于与穆旦和萧珊[④]的通信联系，略知他们与我对诗的追求有共同或相似的看法，应邀把一些新作寄给萧珊转给辛笛，在《中国新诗》(1948年)发表。从此也与辛笛等结下诗缘。"[⑤]

可以说在《中国新诗》这片园地这些诗人形成了流派风格，即植根于中国20世纪40年代的社会现实，展现时代的风云变化，艺术上将现实主义和现代主义相结合，创造出具有中国气派的现代诗歌。需要说明的是，若没有《诗创造》这一最初的诗歌园地吸引了诗人们

---

① 唐湜：《人与诗》，《九叶诗人：〈中国新诗〉的中兴》，上海教育出版社2003年版，第47—48页。

② 见《中国新诗》第一集，1948年6月。

③ 郑敏：《诗歌与哲学是近邻——结构-解构诗论》，北京大学出版社1999年版，第430—431页。

④ 巴金先生的夫人，与穆旦、杜运燮均是西南联大的同学。

⑤ 杜运燮：《海城路上的求索》，中国文学出版社1998年版，第6页。

的目光，初步聚集起志同道合的诗人群体，也就没有《中国新诗》的诞生。

与《诗创造》第一年所遭到的攻击一样，《中国新诗》刚一出世也立刻受到一些论客的“关注”，那些发表在《新诗潮》两辑中的文章，讽刺《中国新诗》是“南北才子才女的大会串”①，还认为“它不但包容了上海的货色，而且也吸收了北平的沈从文集团的精髓”②，点名批判穆旦、郑敏、杭约赫、陈敬容、唐湜、辛笛、唐祈、袁可嘉等人的诗文。对那些无理的批判，袁可嘉率先在《诗的新方向》③中予以反驳，认为《中国新诗》具体化了并象征了南北青年诗人们的破例合作；所刊载的诗作的极不相同的风格证实诗歌发展的多种可能的途径；进一步肯定《中国新诗》所代表的方向确定地比别的广阔、自由，更有收获优秀果实的希望；同时对已出版的两集作品给予评价。接着，唐湜也发表了《论〈中国新诗〉——给我们的友人与我们自己》，指出：“《中国新诗》的特点（至少我们几个编辑者的意图）是它在中国历史发展的进步的必然性的基础上接受了世界思想与诗传统的丰富发展的逻辑上的必然性”④，并对已出版三集的具体作品加以评论。这两篇评论反驳文章正体现了南北青年诗人进一步的合作和互相呼应。

正因为曾经有过如此共同办刊、投稿、遭受批判辱骂的经历，“九叶”诗人才会在三十多年后再次慢慢聚集在一起，继续探讨中国新诗的发展方向。

诗合集人选的确定

从现存通信可见，1979 年 5 月 25 日辛笛收到陈敬容、唐祈的来信，信中一是提到了时代变化的新信息：“前些时胡耀邦同志和乔木同志在诗歌座谈会上讲话中提到各种流派都要出来”。二是由此启发他俩和曹辛之最初商量出诗歌合集一事。三是在曹辛之出差离京后

① 《新诗潮》1948 年第 3 辑。

② 《新诗潮》1948 年第 4 辑。

③ 《新路周刊》1948 年第 1 卷第 17 期，王圣思选编《“九叶诗人”评论资料选》，华东师范大学出版社 1995 年版，第 1—4 页。

④ 《华美晚报》1948 年 9 月 13 日，王圣思选编《“九叶诗人”评论资料选》，华东师范大学出版社 1995 年版，第 5—9 页。

的第三天，他俩找到了4月才从山西师院调回北京新华社的杜运燮相聚，当时他们还不敢自称为“流派”，但对曾经有过的创作探索还是念念不忘：“1947—1949年《中国新诗》、《诗创造》一些诗友写的诗，虽不能说是一个流派，但对于诗的艺术在创作要求上还是严肃的”。四是他们商量之后，入选对象扩大了——“想出一个八人合集，包括您、穆旦、杜运燮、郑敏、曹辛之、陈敬容、唐祈、唐湜，每人选出25—30首诗，按‘汉园集’的方式，内容主要是40—50年代反映现实生活的，比较着重艺术性”。他们已得知郑敏就在北京师范大学外语系教书，“星期日可以会面，唐湜在沪当也会同意。所以赶写这封信求得您的意见”①。此信提及的八人中缺袁可嘉。五是请辛笛选出自己喜爱的30—40首寄去，他们想在一个月之内编成。

1979年七八月陈敬容有几通致辛笛函，一通提及“昨与杜运燮、袁可嘉、郑敏、唐祈在辛之兄处聚会，商谈八人诗集事”②。这里，可以看到加入了袁可嘉，但并没有明确说删去唐湜。一通③补充告知，聚会上大家请袁可嘉写序。他们商谈的人选仍是八位。在曹辛之和杜运燮的信中也是先提八人，到9月都明确补入唐湜。不过，陈敬容似乎始终没有把唐湜排除在外，她在6月给辛笛信中就说道“唐湜处我已另外去函”④。还有一通写道：“稿正积极汇集，目前只等郑敏和唐湜两位的了，想日内也能汇齐，到时就好一同研究，并交给袁可嘉去写序文了。”⑤而1979年8月2日唐湜致辛笛的信中也写道：“敬容近来信催选40年代的旧作”，因忙于排戏，“想不久定可抄好寄去”。可见唐湜仍是陈敬容心目中的入集人选。到8月下旬，郑敏诗早已选好，正在传看。陈敬容催唐湜选40年代旧作，唐湜也寄了一些来，但似乎不够数，陈敬容就热心为他加选诗作6首并为他抄好，写了小传，也开始传看了。⑥

早在1979年初，唐湜、唐祈都在为自己被错划右派改正一事而

① 陈敬容、唐祈(执笔)致辛笛信，1979年5月23日。
② 陈敬容致辛笛信，1979年7月10日。
③ 陈敬容致辛笛信，1979年7月19日。
④ 陈敬容致辛笛信，1979年6月20日。
⑤ 陈敬容致辛笛信，1979年7月30日。
⑥ 陈敬容致辛笛信，1979年8月25日。

到处奔波，曹辛之的相关问题已提到议事日程上来。唐湜更是为自己编写的昆剧《百花公主》的排演而在嘉兴等地忙碌，这些情况使他一时顾及不上选诗而陈敬容则主动代劳。

1979 年 9 月 9 日曹辛之给辛笛信总结性地谈及他与陈敬容、唐祈、杜运燮、袁可嘉、郑敏叙谈了三次，所选的诗稿大家轮流在看，原定八人，现增至九人(加唐湜)，选诗范围限于 40 年代，书名暂定为《探索》(加副题“四十年代九人诗选”)。前言由袁可嘉写，争取在 9、10 月能编出。如此可见，此时明确为九人。

对于定八人的原因及改九人的变化，杜运燮的解释是：“关于八人诗选，一开始就把袁可嘉包括在内，而未包括唐湜，他们①考虑唐湜当时写的主要是长诗，短诗不多。后来辛之、唐祈、敬容讨论后又觉得包括唐湜，因此现在算九人诗选了。唐湜的诗听说也已寄来，我尚未见到。”②之所以会有唐湜短诗不多的印象，一来他的叙事诗确实写得颇为精彩，有情节，有人物，有气势；二来他尽管也写有不少短诗，但发表的不多，收入《九叶集》的 15 首中有 8 首是选自当时并没有发表的《交错集》手稿。

诗合集的人选变化从三人到八人、到九人，有一个过程。这和当年的历史原因有关。《中国新诗》创办后，做编辑工作的主要是曹辛之(为首)、陈敬容和唐祈三位，他们接触商量得更多些，所以最早萌生出版诗合集的设想也就很自然了。而当时唐湜还在浙江大学读书，不过，每逢节假日有空他就会赶来上海帮忙编刊。他最早以生花妙笔评价了穆旦、杜运燮、辛笛、唐祈、郑敏、陈敬容、杭约赫等人作品，记录了“九叶”中的“七叶”在当时的创作实绩。他的诗评文字对这一诗人群体的个性风格及流派特色总结起了重要作用。辛笛除了积极投稿外，主要作用是帮忙解决办刊资金。他在金城银行任职，在物价飞涨的情况下，为刊物(《诗创造》和《中国新诗》)贷款担保，买下纸张囤积下来以备后来使用。在沪这五编委都为《中国新诗》出力，也都经历了《中国新诗》被攻击谩骂的情况。唐湜更是撰写文章予以反驳，他和袁可嘉的诗论文章形成一南一北的呼应，为

① 指下文中曹辛之等三人。
② 杜运燮致辛笛信，1979 年 9 月 27 日。

“九叶”最终的流派形成奠定了历史史实和诗学的基础。唐湜作为编委之一，也是陈敬容和唐祈最初讨论时就有他，更是陈敬容始终没有把他排除在外的原因。

诗集名的选定

诗集起什么书名，是给读者的第一印象，因此也是至关重要的。诗集名的选定也有一个商量确定过程。

陈敬容1979年7月19日信中用“四十年代诗选”之名。杜运燮同年7月29日致辛笛函也提及起集名一事，“我们还将继续苦思，找个好名字，请你也速将好意见寄来”。到1979年9月，见曹辛之信，诗集名暂定“探索”，所加副题已明确为“四十年代九人诗选”，但对集名还在斟酌。10月3日陈敬容信中提到“诸诗友为《流派诗选》事定于7日在老曹家聚谈一次”。此时他们比较大胆了，通信中提及书名直接出现“流派”二字。

直至1979年12月12日，袁可嘉给辛笛信：“《九人诗选》已在编排和撰序中，定本月底寄出，请你即将所选诗稿寄给我，最好在本月廿五日以前。”“书名有何新见，亦祈示知。”说明对前面的几个集名都还不太满意。

交稿日期紧迫，袁可嘉也开始撰写序言。最后辛笛起书名为《九叶集》，得到诗友们的一致认可。1980年1月6日曹辛之致辛笛信：“2号约可嘉、敬容、运燮来我家叙谈。……诗选事，可嘉已将序言写好，大家提了些意见，还需稍加增删，即可寄交出版社。书名决定采用吾兄所拟的《九叶集》，计划在本月内发江苏出版社。”由此可以推算，辛笛提议书名为《九叶集》应该在1979年12月下旬。

陈敬容来函夸奖：“‘九叶’题名，深得诸诗友赞许，既大方典雅，有离骚风，同时又相当谦虚，确是十分恰当。”①

郑敏更是日后在两处回忆起辛笛起《九叶集》的含义：

“王辛笛说我们九个人就叫‘九叶’吧。因为事实上我们不能成为

---

① 陈敬容致辛笛信，1980年1月14日。

花，我们只能在衬托革命的花，我们就当‘九叶’吧。”[①]“后来王辛笛说，‘我们是九个人，但总不能自己称自己为九朵花吧’。”“当时王辛笛就说，‘那我们就是九片叶子吧。用我们的叶子来扶持革命的红花。’我们都接受了。”[②]

因此书名由“四十年代诗选”到“探索”到“流派诗选”到“九人诗选”，最后确定为“九叶集”，也是他们共同追寻记忆史实的过程。

出版社的选择

从一开始萌生编选诗集的想法，陈敬容和唐祈就已考虑找出版社了。最先拟选的是四川人民出版社，巴金的侄子李致是总编辑。不过，四川人民出版社迟迟没有回音，在京的几位又找其他出版社。曹辛之有位老朋友许觉民(笔名洁泯)，曾在《诗创造》发表过评论文章。他很关心《九叶集》的出版，并积极与上海文艺出版社联系。如不行，他打算再联系天津百花出版社。他对出版界比较熟悉，说先把稿子编出来，只要内容充实，出版社还是会接纳的。

在“九叶诗人”看来，若上海文艺出版社能出版，“当然最好”，因为“《中国新诗》原来就在上海度过一生的”[③]。“《中国新诗》是在上海出版的，上海是‘九叶’的‘根’，《九叶集》如由上海出版更为恰当。”[④]只是让他们失望的是，上海文艺出版社回复许觉民：今明年诗稿已“胜利完成”发稿计划，难以再接受了。

他们也曾议论过，有的在香港还有不少旧日好友，在文艺、出版方面工作，那里印刷条件也好，将来也可以考虑。

1979 年 9 月袁可嘉托《译林》朋友征询南京江苏人民出版社，答复表示愿意出版该诗集。但编辑丁芒则“表示愿意拿来看看，并没有一口答应出版，因为从来也没有人会连看也未看一眼，就能确定出

---

① 郑敏：《诗歌与哲学是近邻——结构-解构诗论》，北京大学出版社 1999 年版，第 431 页。

② 郑敏：《诗歌与哲学是近邻——结构-解构诗论》，北京大学出版社 1999 年版，第 455 页、第 456 页。

③ 杜运燮致辛笛信，1979 年 7 月 29 日。

④ 曹辛之致辛笛信，1980 年 10 月 4 日。

版的。我们内部还有三审制，还要研究”[①]。

袁可嘉写好序言，书稿也已编好，由陈敬容和唐祈最后看一遍，在1980年1月27日将书稿和序一并寄到出版社，等待出版社决定是否出版。但是2月中旬，江苏人民出版社编辑复信，说“对《九叶集》一定会慎重处理”[②]，说明还未确定出版。1980年4月，在京友人听说，中央拟派人检查刊物，要取消一部分，他们又担心出书是否会受些影响。

尽管出版社一直没有明确决定出版《九叶集》，但又表示要收到曹辛之设计的封面才能审定诗稿。曹辛之对此不合常规的要求感觉奇怪，当时他正为各种应约书籍的封面设计而忙碌不堪，但终于在诗友的催促下于4月中旬完成，下旬就寄给出版社了。

江苏人民出版社做出决定是在1980年5月下旬，争取年底出版。到6月出版社的态度更为肯定，丁芒来信曰：“《九叶集》肯定出版，您请放心。并且争取今年就能出来。《九叶集》还是一册有分量、有价值的诗选。请放心并转告各叶。”[③]

不过，俗话说，好事多磨，《九叶集》的出版正应验了此话。

自选诗篇的依据

九叶诗人定出自选诗的范围和标准。他们觉得20世纪五六十年代都写得很少，有的干脆一首也没写过。所以从一开始就确定选诗定于40年代的范围。唐湜对此有不同意见，他致信辛笛：“遗憾的是您早期的好诗没有选入，损色不少。其实，何必一定选40年代，三四十年代也可以，敬容、穆旦也有些30年代的好诗。”[④]而且他还觉得选诗过分强调政治，艺术上的特色少了不少。

但曹辛之曾对此解释了缘由：主张要注意作品的思想性，并不是不要艺术性。而只选40年代作品是根据实际情况：一是在30年代，九人中只有极少数的几位有过较成熟的作品，大多拿不出几首

① 丁芒致辛笛信，1980年5月28日。
② 陈敬容致辛笛信，1980年2月14日。
③ 丁芒致辛笛信，1980年6月13日。
④ 唐湜致辛笛信，1981年9月25日。

像样的作品；二是从新诗的发展过程看，九人曾在 40 年代通过办刊和创作实绩“起过作用，有过影响”；三是 40 年代是中国各种矛盾最尖锐的十年，作为中国人、中国的诗人必然要在作品中反映现实斗争；四是 40 年代因艺术见解不同、艺术风格不同，被视为“唯美派”“现代派”这样的资产阶级反动流派，没有一本文学史提到过；五是如今乘“双百方针”得到贯彻的这股春风，把过去的作品选编成册，印出来让今天的新诗读者审阅评议，争取获得诗坛的公平合理的对待。所以明确标出“四十年代诗选”，这是非常确切的。①

当时杜运燮和袁可嘉也有相似的意见，杜运燮给辛笛来信：“对你的诗，我和可嘉都建议只选 40 年代的，虽然 30 年代的有不少好诗。因我们的诗选，既名之为‘四十年代八人诗选’，那就最好只限于 40 年代作品。”②“既然我们的作品是作为一个‘流派’端出来的，那么就应该真正有点特色，有一定艺术水平，同时思想性方面也要注意到。”③

最初他们每位自己选入的诗歌篇数④分别为：辛笛 20 首，陈敬容 24 首，杜运燮 15 首，杭约赫 19 首，郑敏 23 首，唐祈 20 首，唐湜 19 首，袁可嘉 14 首，穆旦 14 首。

但最后出版选定的篇目与自选数是有出入的：辛笛增加 1 首，陈敬容减少 4 首，杜运燮减少 3 首，杭约赫减少 5 首，郑敏减少 3 首，唐祈减少 7 首，唐湜减少 4 首，袁可嘉减少 2 首，穆旦增加 3 首（他的 17 首算法是组诗“诗八首”加 9 首）。

实际上，这两组数字之间还是有一番曲折的。

删诗的过程

原本 1980 年 5 月九叶诗人得知诗集能出版，很高兴，以为年内甚至 9 月就会出书了，但到 10 月出版社开出删诗的列表，又引起新的不安，也让他们感到不太满意，有的甚至提出抽回稿子，送香港出版。但曹辛之认为不到万不得已不要抽稿；再说在香港出版印数

① 曹辛之致辛笛信，1981 年 12 月 8 日。
② 杜运燮致辛笛信，1979 年 8 月 25 日。
③ 杜运燮致辛笛信，1979 年 9 月 27 日。
④ 具体诗题不详。

有限，内地读者依然不易看到，还是尽力争取在内地出，争取早出和出好。

出版社删诗的背景正是因为当时对杜运燮的新作《秋》所引发的“朦胧诗”的大讨论。“朦胧诗”一度成为贬义词，一时间还不断有人写文批判诗歌的“晦涩”，如强调“晦涩之风不可长”[1]等等。这样的时局因素导致出版社要删诗。理由是：“你们的诗中一般都是好的，但有的太晦涩，准备适当抽掉几首？甚者，破行、破段的，有的太多，太厉害，但亦无法。准备由决审看后再作研究。总之，出版还是可以的，也是当前受欢迎的。”[2]

出版社开出要删的诗有44—47首，而诗人们初选的诗总共168首，要删去的诗约28%，几乎占三分之一，每人被删篇目数不一。他们删诗的着眼点，一是政治思想性有顾虑之处，二是过分晦涩的。列出拟删之诗分别如下：

辛笛的《夏夜的和平》《夏日小诗》《逻辑》《回答》《阿Q答问》《寂寞所自来》《春天这就来》；陈敬容的《夜想》《陌生的我》《英雄的沉默》《叛逆》；杜运燮的《滇缅公路》《季节的愁容》《追物价的人》《被遗弃在路旁的死老总》；杭约赫的《蒂儿周岁》《哭声》《寓言诗四章》《我的家史》《严肃的游戏》《感谢》《复活的土地》；郑敏的《秘密》《时间》《死》《鸟》《清道夫》《荷花》；唐祈的《蒙海》《恋歌》《别离》《严肃的时辰》《女犯监狱》《游行日所见》《藏漾嘉措的情歌》《藏漾嘉措的死亡》（“藏漾”现普遍译为“仓央”）；唐湜的《沉默的草原》《剑》《遗忘》《纳蕤思》；袁可嘉的《墓碑》《名字》《孕妇》；穆旦的《先导》等4首。

尽管删诗甚多，辛笛还是向诗友表示应该体谅出版社[3]；唐湜更希望早日出版，“我认为：应抓紧付印，以免夜长梦多，如删去的分量不多，就算了。讨价还价，反耽搁了时日。”[4]而郑敏则建议九叶删诗事应当讨论一下，一方面要体谅编辑，但另一方面也不要出一本不能代表九叶高度的诗集。[5]

---

① 《晦涩之风不可长》，《上海文学》1980年第9期。

② 丁芒致辛笛信，1980年5月20日。

③ 辛笛致唐湜信，1980年10月11日。

④ 唐湜致辛笛信，1980年10月12日

⑤ 郑敏致辛笛信，1980年10月22日。

其实，所删不少诗篇实际上是根植于现实社会的土壤，展现时代的风云，用多元的现代手法表现出来，如《逻辑》《感谢》《复活的土地》《女犯监狱》《清道夫》等，是有力度的批判和深入的思考。尽管删诗引起很大的不满，但为了能尽快出版，九叶诗人做了不少让步，不过还是有坚持保留的篇目。

最后，辛笛只删去《夏夜的和平》一首；杜运燮保留反讽之作《追物价的人》；杭约赫坚持保留讽刺三部曲之一《感谢》和重要的长诗《复活的土地》；郑敏坚持保留《清道夫》与《荷花》；唐祈坚持保留具有强烈现实感和冲击力的《女犯监狱》《严肃的时辰》；袁可嘉保留思考生命的《墓碑》。

诗人们对自己被删的诗提出不同的意见，郑敏的理由①是：《清道夫》是感叹旧中国不可救药。《荷花》是以诗赞张大千的画。诗中写的是一幅有两朵荷花和一些荷叶的画。一朵花昂首而立，乐观、有生气，但更突出的是另外的一朵，它花朵低垂，荷梗下弯，看来很痛苦。但这不是风吹雨打所致，而是画家要通过这朵花来写生命的负担。它从画家手里接受了深刻的生的意义，肩负着严肃的负担。这首诗抽象些，但绝不是晦涩。因此她认为最好不要删。

唐祈也据理力争②，认为所要删去的他的若干首诗，其实既不晦涩，也不会发生政治上的误解，觉得编辑部实在太过于敏感了。尤其不赞成删去揭露重庆 1946 年监狱黑暗的《女犯监狱》和旧社会黑暗的《严肃的时辰》等。

同样，曹辛之对出版社的删诗标准也产生疑问③：他们反对"晦涩"，而这次他们要删去的作品似并未按这个要求，他觉得他的那几首诗并不难懂；即使是从 80 年代的政治要求来看，像《复活的土地》《感谢》《严肃的游戏》，也没什么可以引起误解的。如出版社提不出足以说服他的道理，他是要坚持的。

他们不仅对自己的诗有所坚持，同时也有对诗友的诗提出不删或小改的意见。出版社要将辛笛的《逻辑》题目改为《反动派的逻辑》。

---

① 郑敏致辛笛信，1980 年 11 月 19 日。

② 唐祈致辛笛信，1980 年 10 月 21 日。

③ 曹辛之致辛笛信，1980 年 10 月 21 日。

这首诗是辛笛在闻一多遇刺后震惊之余有感而写，以微型戏剧独白的艺术形式揭露抨击独裁统治者两面派嘴脸的逻辑。曹辛之和陈敬容重读该诗后意见一致[①]，都认为不宜在诗题上加“反动派的”四字，不仅画蛇添足，反而会让今日的读者感到不真实，在白色恐怖笼罩的上海，公开发表的新诗上怎么会明目张胆地说统治者是“反动派”呢？而且这诗已有副题——敬悼闻一多先生，诗后有写作年代“1946”，诗的意义已很清楚。辛笛听取了两位诗友的意见，不能加这四个字，但为了帮助读者理解，避免误会，加了引号——《“逻辑”》，而早在 1948 年初版的《手掌集》中是没有引号的。

删诗引起诗人们的情绪波动较大，信中有的言辞写得较重，辛笛感觉不便直接把各信寄至出版社，以免伤了和气，而且用写信的方式要讲清楚诗友们的意见也不易，所以决定还是去南京一次，当面把大家的意见转告出版社，争取他们同意大家的观点和想法，再进一步和编辑及出版社领导把《九叶集》中他们所拟删去的各诗仔细看一遍，和他们共同研究到底是什么问题，尽量设法保持原来面貌和风格，以求对袁可嘉序文少作更动。陈敬容来信支持：“为了《九叶》，你竟不惮劳烦，要亲自去宁面谈。这太好了。”[②]同日，杜运燮则担心辛笛身体：“南京跑一趟相当辛苦，是否可暂时不去？先写信问问看。只怕你身体吃不消。”[③]

1980 年 11 月 12 日，辛笛还是为删诗一事特地去了一趟南京，商谈的结果很有成效。诗人们坚持保留的篇目大多留下了。曹辛之特地致信辛笛：“南京之行，取得很大‘战果’，这都是吾兄努力的结果。我们都非常感激。”[④]

尤其是《复活的土地》，经过辛笛力争，总算保留下来。曹辛之觉得这首长诗如被删除，那等于他在 40 年代中就没有写过诗。在《九叶集》中，曹辛之的《复活的土地》和唐祈的《时间与旗》是两篇以上海为中心，展示时代和社会现实乃至世界视野的四维时空之史诗般力作，艺术性方面也很有特色。“像这样的诗作都不能收入集子，

① 曹辛之致辛笛信，1980 年 11 月 26 日；陈敬容致辛笛信，1980 年 11 月 27 日。
② 陈敬容致辛笛信，1980 年 11 月 14 日。
③ 杜运燮致辛笛信，1980 年 11 月 14 日。
④ 曹辛之致辛笛信，1980 年 11 月 26 日。

那我的其他作品都该删掉，我这叶又何苦勉强挤在诸公之列呢！”①

同日(11 月 26 日)杜运燮也致信：“辛笛兄：今敬容来，读来信，我们都感谢你专门去南京跑了一趟。这样当面谈，效果好，许多问题都搞得比较清楚，一次都解决了。关于删我的三首诗，我无意见，就请照删。”他被删的四首只留了一首《追物价的人》。本来他还想为自己和穆旦各补入一首“无论从政治上、晦涩方面当无问题”的《晨歌》和《春天和蜜蜂》，但最后还是大度地表示：“为照顾篇幅不要过大，就不必再加了吧。”

出版社副主编章品镇后来致信给辛笛：“此事解决得如此顺利，毫不影响印刷进度，当为您的斡旋所致，谢谢。”“这本诗稿在我们这里搁得太久了。下面是力促早日出版的事了。待出版有期，当再与您商量扩大发行的措施。”②

当然，还是有未能保留的篇目，杜运燮的《滇缅公路》展示抗日战争时期老百姓冒险忍饥挥洒血汗修筑运送抗日物资的公路情景，在当年是颇有影响的，闻一多早就将此诗收入《现代诗钞》，后来在许多诗选集中都选了。出版社却删除了它，也是让人不解的。同样，曹辛之讽刺国民党统治的三部曲之一《严肃的游戏》还是被删了，只留了《感谢》和《最后的演出》。

可见尽管大家据理力争，但最终还是留下遗憾的。

序言撰写及定稿

给《九叶集》写序，袁可嘉花了大工夫。当然，大家也分别不断地做了增删，尽量做到锦上添花，使该文直到现在看来仍有价值。不过，大家反复修改，也有得失。他们对此也有所总结，认为以后写序要大家先进行详细讨论，定下大致方向、内容，做好记录，然后由一人整理执笔写成文章，省去反复修改增删的时间，初稿出来就能比较充分地反映大家的意见。在这样的基础上略做修改即可。③

1980 年 1 月袁可嘉拿出序言初稿，中旬在京诸友对序言都提出

---

① 曹辛之致辛笛信，1980 年 11 月 26 日。

② 章品镇致辛笛信，1980 年 12 月 12 日。

③ 陈敬容致辛笛信，1980 年 7 月 1 日。

了些看法，有些地方还须再斟酌一下。序言经许觉民看过，提出要做进一步修改，有两点意见：(一)发表不宜用序文形式，可改为介绍这一诗派的评论专文；(二)对某些诗人评价偏高。袁可嘉觉得“看来，作为介绍我们这个流派的专文，还得重新写……”；同时，他也很谦虚地承认：“唐湜的诗，我读得太少，以致没能形成一个明确的看法，写序前还特别向敬容请教，因此序文中写不出什么来，只好等以后再作补救。诸诗友的艺术特征也还有待细致地研究，否则分寸不好掌握。至于我自己的东西，还是不说为好，作品不多，特色也少。”①

在京的几位诗人又研究，曾想干脆打乱重写，换一种口气，还可谈得充分些，准备在清样出来后大家再进一步修改，只要能赶上《九叶》出版与读者见面就行。②

曹辛之作为当年刊物的实际主编，最了解诗友如何聚拢的这一过程，只是由于他忙碌地为许多人、事设计封面，实在无暇落笔。他对序文的写作原本是有设想：第一，要突出与九人紧密相关的《中国新诗》，当时曾被人讥讽谩骂，说明该刊有影响、有特色，是继承“五四”以来中国新诗的优秀传统，吸取外来影响，并与现实生活相结合，在40年代发生过作用的一个新诗流派。第二，应着重介绍当时的时代背景和诗坛情况，谈《中国新诗》由《诗创造》蜕变而来和最后被国民党查禁的经过。第三，谈1949年后由于受到一些影响，这一流派被迫中止诗艺探索。第四，从《中国新诗》再谈及九人各自的艺术特色，同时不必避讳有些人所受的外国现代派和中国新月派、现代派的影响，比之前人大大地前进了一步。因为他们生活在40年代中国的土地上，真诚地反映了当时的生活，也代表了一部分人民的愿望和感受。

对袁序有所不足之处，曹辛之理解因为袁可嘉没参与编刊，对当时的情况不太熟悉，对有些作者不太了解，也就不够全面。序言后经唐湜和辛笛加工，较前有提高，尤其原文对唐湜诗只提了一句，引得唐湜不太满意，后补充了一大段，还是很必要；只是缺少袁可

① 袁可嘉致辛笛信，1980年3月17日。
② 陈敬容致辛笛信，1980年3月17日。

嘉自己对作品的评议，曹辛之和陈敬容曾要求他能补充一段，但袁可嘉仍“以为不可”，没有增加，这是个欠缺，却也令人敬佩。

序言的终定稿经过袁可嘉三四次的修改，在京众人有六七次的讨论增删，又由唐湜、辛笛做后续补充，陈敬容、曹辛之最后又略做改动，成为定稿。但出版社仍提出序言要修改的地方，尤其建议取消提“流派”，认为容易引起对立。陈敬容致信辛笛：“序言中关于流派那一段，辛之与我都认为本来说得很清楚，似不必删。请你考虑。”[①]早在1980年10月23日陈敬容就认为：“若没有流派，哪来《九叶》!《九叶》名称本身就表明是个流派。流派近年文艺领导是提倡的，并未见明令取消，因此拟建议出版社保留。”经与出版社商议同意此点不做改动，终定稿成为《九叶集》正式出版的序言。

封面的精心设计

一本书的精美封面能给人直观的美感，引发翻看阅读的兴趣，而外观能和内涵相辅相成的书更是令人爱不释手。曹辛之对装帧艺术十分热爱，尽心尽力。他著有多篇有关书籍的装帧设计长文，具有经验和理论的阐述。他对封面的设计独具匠心，对文本的版式了如指掌。他精心设计了《九叶集》的平装封面和精装封面。当时的平装封面用的是进口鸡皮纸(又称橘皮纸)，也被称为软精装或软装本。

1980年3月上旬曹辛之已将《九叶集》正文版式(字体、字号、行空及排版规格)全部标出，并写了一个排版要求，一并寄给出版社。7月中旬他又对修改过的序言稿和文本版面都加了排版批注，并画了样子，然后寄出版社编辑，希望早日发工厂排版。到1981年1月底曹辛之拿到校样，发现正文并没有按他设计的做，而是有很大的改动，行空加大，版心高度大出一行，使天头缩小了；每位作者原本要求另页起排，但也被改成连续接排，弄得眉目不清。曹辛之赶紧给章品镇去信，希望改过来，同时给辛笛写信，想让他也能促进一下。

而对封面他花费的心血更多。1980年4月中下旬将封面设计好，寄给了出版社。他设计的这种封面在制版上是最经济最方便的一种，

① 陈敬容致辛笛信，1980年11月27日。

只需几个小时就可制一副版子，制版费并不贵，属于普通版。第二次封面印刷样子是7月寄给曹辛之，第二天曹辛之就给章品镇去信，说：“样子印得很好，就照这样印。如能把假金色印得稍浅些(掺进些白墨)，效果会更好。”①

后来，曹辛之收到《九叶集》一册样本(平装本)，他觉得印刷装订质量照当时的出版情况可属上乘，封面用纸不差，印得也均净明快。但他还是从精益求精的高标准看，感觉比先前打样来的封面样品稍有逊色，缺少浑厚沉静的效果，颜色也过于鲜亮，缺少点朦胧的诗味。当然，总的来说，还过得去。

出版社拟向港澳台地区及国外发行《九叶集》，提出印制一部分精装本，封面设计要得很急，曹辛之只好推开手头最要紧的工作，花了好几天时间设计精装本的封面。② 为了能尽可能接近国际水平，他是费尽心血，要求面料用真丝绸面，凸版图案，烫金字，外加护封，还绘制彩色样子，描画制版墨稿，并详细写了制作方法和要求，再三叮嘱出版社要提高印制质量，用料好，印刷、装订都精良，那样的话，估计效果不会差。但出版社只让他放心，强调这是他们的“重点书”，一直未告知具体落实的情况。他的操心最后还是落了空，感觉枉费心血。出版社印刷厂自作主张，没按他的设计制作，所做的硬面精装本只是将平装本的封面加一层硬纸板，这种偷巧的做法事先又没有估计好，结果把封面图印偏了，即图案拉向书脊偏在一边了，远不如平装本。另外，缺了一张扉页，把扉页上的书名等印到了双衬纸上了，这点出版社已经补救了。

曹辛之本还想对精装本封面做些补救，但出版社一直没给回音。到后来出版社表示对精装本封面已别无补救之法，但稿费可以从丰。而对曹辛之来说，只要把书印好，他完全尽义务也心甘情愿，此刻即使给他“稿酬从丰”，他心里也不舒泰。不过，其他诗友收到平装本《九叶集》样书还是很满意，认为样子极好，字形也好。辛笛更是尽力安慰曹辛之：“《九叶集》各方反映都很好，首先就是装帧、设计、印刷无一不佳，这当然归功于你和章品镇两位的努力。开本非

---

① 曹辛之致辛笛信，1980年8月3日。

② 曹辛之致辛笛信，1980年8月3日，1981年10月10日，1981年11月3日等。

常大方，纸质也很好，只卖九角一本，不贵。”[1]出版社对平装本也甚满意。曹辛之告诉辛笛：“前日接章品镇信，说软精本样书已装出，封面用进口橘皮纸，效果很好，说该书质量是‘高水平’的，是工厂的‘卫星’。但愿能如此。章信说‘软精本国庆节后当可陆续出厂’，并说‘当与工厂交涉先寄一部分给诗刊’和我们。想最近便可见到我们久久盼望的解放后第一个‘婴儿’了。”[2]

只是直到1981年10月中旬，众人仍迟迟未见应大批寄来的《九叶集》，不少熟识的友人、读者都来催问什么时候能看到书。大家等得心焦，望眼欲穿，曹辛之更是担忧惦记着精装本样书的质量情况。于是，辛笛第二次奔赴南京，目的有二：一是催出版社尽早寄出大家所预购之书；二是应曹辛之的提醒与出版社面谈时，一定要仔细检查一下精装本的质量。[3] 如果确实精装封面反不如平装本，大家就酌情减少所订精装本数，增加平装本数，此事也由辛笛在南京即时就地解决。

曹辛之甚至建议辛笛：“你去香港，最好都带平装本，平装质量还过得去。精装本土气，实在不能和香港的出版物相比。”[4]他还曾寄希望于出版社再版时能按照他原来的设计方案装订一小部分真正的精装本。当然，再版并没有重新制作精装本，这一耗尽曹辛之大量心血的精品设计未能付诸现实，留下了永久的遗憾。

《九叶集》终于问世

从1979年5月萌生出版诗合集的想法，到12月《九叶集》交稿，到1980年5月得到出版社肯定出书的答复，并告年底可出版。但之后又有所反复，1980年10月出版社开出删诗篇目，在诗人们据理力争后于1980年12月《九叶集》初稿已通过。1981年1月底作者们收到出版社寄来的二校样加以核对，发现目录和文本均有出错之处，需要更正；好在扉页后的纪念页——八位诗友深深怀念身心曾受到

---

① 辛笛致曹辛之信，1981年11月3日。
② 曹辛之致辛笛信，1981年10月4日。
③ 曹辛之致辛笛信，1981年10月16日。
④ 曹辛之致辛笛信，1981年11月9日。

严重摧残而早逝的穆旦诗人那页没出任何差错，让他们放心。到 4 月审读了三校。6 月得知各地对《九叶集》征订数大增，九叶诗人感到兴奋：从出版社最初拟印 6000 册，到最后印数为 9000 册，大 32 开，字数 18000，定价 0.90 元。真正成书在 1981 年 9 月，诗人们收到样书，而在 1981 年 10 月 17 日辛笛到南京后看到《九叶集》平装本开始在市面上发售。因此，这本诗集从筹划到问世历时两年有余。期间九叶诗人们焦急地询问、期待、担心、重获希望……在他们的通信中不断地表露出来，到集子终于出版，他们还是满意的。当时在美国讲学的袁可嘉甚至提出把《九叶集》翻译成英文在美国出版，后来因种种原因未能实现，而是由美籍华人学者、诗人叶维廉将九叶部分诗作译成了英文收入他在国外出版的英文书里。

在筹备《九叶集》的同时也激发了“九叶们”诗情再次勃发，而编此诗合集，又引发了陈敬容、郑敏等写诗的兴致，想“趁着如今上下思想解放，更当勉励奋发，不负岁月”[①]；他们互相鼓励要写、写、写，写出比以前更好的作品，以便继续编选《九叶二集》《九叶三集》，即他们在 1949 年之后，尤其在 80 年代的新创作。当然，还有更宏大的计划，希望编出《九叶译诗选》《九叶诗论选》《九叶评论选》等等。最终只实现了一个愿望，即收入 20 世纪 50 年代至 80 年代的新诗的《八叶集》(唯独缺了忙于装帧设计的曹辛之)由香港三联书店和《秋水》杂志社在 1983 年联合出版。

初版《九叶集》畅销，供不应求。1981 年年底辛笛出席香港中文大学举办的“现代文学研讨会”，带去的书全部送完，而香港三联书店订的 500 本也一下子卖光，赶紧向广州要书，总算勉强应付下来。其实，第一版还没印出，出版社就觉得印数保守了些，得考虑“再版”了，而章品镇更力促其成。1982 年 9 月出版社获再版的批准，后于 1983 年 3 月再版 3000 册。1984 年读者发现三版上市，但未告知作者，印数为 4500 册。直至今日还有友人或读者来询问哪里可以买到《九叶集》。

值此 2021 年《九叶集》出版 40 周年之时，写下这篇文字作为对此书问世的纪念；同时陕西师范大学出版总社已在重版《九叶集》，

---

① 陈敬容致辛笛信，1979 年 6 月 20 日。

应该是更好的纪念。

2021年9月于上海西南一隅

（本文系教育部人文社会科学重点研究基地重大项目“百年新诗学案”中期成果，项目批准号：17JJD750002）

[作者单位：华东师范大学]

一首诗的发现

一首诗的发现(一)

林　莽

［编者的话］

“一首诗的发现”，是读诗者或诗评者对一首优秀诗歌的推荐或点评。

本文是诗人林莽对7首中外诗歌的点评与介绍。

无论中外，一首优秀的诗歌都应有自己独特的写作内容、创作手法和审美取向。每一首优秀的现代诗，在结构、布局、音韵、语言方式等方面都是独创的，自成一格的，不可重复的。这既是现代诗写作难度的体现，同时，也是现代诗独有的魅力。

◆沈浩波的诗：《诗有时是小麦有时不是》

【重点提示】诗是什么？诗是微妙的感知与领悟，它源于心灵，依赖有意味的语言来完成。

诗有时是小麦有时不是

沈浩波

如果你见过小麦
闻到过小麦刚刚被碾成面粉时的芳香
我就可以告诉你
诗是小麦
有着小麦的颗粒感
有着被咀嚼的芳香
这芳香源自阳光
如同诗歌源自灵魂

诗有时是小麦有时不是

如果你见过教堂的尖顶
凝视过它指向天空如同指向永恒
我就可以告诉你
诗是教堂的尖顶
有着沉默的尖锐
和坚定的迷茫
你不能只看到它的坚定
看不到它的迷茫

诗有时是教堂的尖顶有时不是

如果你能感受到你与最爱的人之间
那种永远接近却又无法弥补的距离
在你和情人之间
在你和父母之间
在你和子女之间
你能描述那距离吗?
如果你感受到但却不能描述
如果你对此略感悲伤
我就可以告诉你

诗是我与世界的距离

阅读体会:

我想强调“微妙”两个字。诗不是简单的、直来直去的、分行的文字,许多意味隐含于字里行间。

诗如果是小麦,它要让人感到小麦的颗粒感,咀嚼的芳香,而这芳香有它的根源,它来自灵魂的阳光。诗歌最根本的核心属于内在的心灵体验。

如果诗是教堂的尖顶，它有自己明确的指向，但它不被简单的概念所禁锢，它是宽泛的，变化、发展与生长的。诗有些时候是弥漫的，无法简单说明。

诗是生命中一种隐秘而内在的精神，它需要诗人认真地领悟与体会，寻找那种微妙的、闪烁的、稍纵即逝的情绪，并通过精准的语言把它呈现出来。

这是一首写“诗是什么”的诗，如果你领悟了其中的内涵，你已经进入了现代诗歌。

◆休斯的诗：《思想之狐》

【重点提示】作品完成于想象力、细节、触觉、嗅觉的加入。调动生命的所有官能，诗就活起来了。

思想之狐

［英国］休斯

我想象这午夜时分的森林
在座钟的寂寞
和我手指移动的空白纸张之旁
还有什么活着

透过窗户我看见一颗星
什么东西更近一些
虽在黑暗中，又深一些
正在进入这片寂静

冰冷地、轻微地，如那黯淡的雪
一只狐狸的鼻子碰着树枝、树叶
两只眼睛亮了一下，于是现在
又是现在，和现在，和现在

将整齐的足迹印进雪里
在林子的中间，在树根旁
和在敢于越过林间空地的
一具躯体的空洞中，一只跛脚的

影子姗姗落后，一只眼睛
一片展开去的，深进去的碧绿
明亮地，全神贯注地
忙着它自己的事，直到

最后，突然放出一股狐狸热辣辣的臭气
它进入了头脑这个黑洞
窗户上没有星，一动不动，座钟滴答
这一页已经印成

阅读体会：

这是一首描写诗人灵感外化过程的诗。

一个活着的灵感，它触碰了你，它犹如一段乐曲、一种调子，你还抓不住它，但它触动你的心灵，让你有写的冲动，你感到它来了，犹如一只黑暗中移动的狐狸。

在某些瞬间，你看到、听到、触到、嗅到了许多细节，冰冷的、黯淡的，眼睛闪了一下又熄灭了……

一只跛脚的狐狸，它不全面，你还要细心寻找，体会生活的树林、积雪、林间空地，在许多许多的变化中捕捉，捕捉那些有意味的可以连接在一起的细节与情绪。

也许在某一刻，诗人的心灵突然通透，座钟滴答，这一页已经印成。

看看诗人是怎样将一些感觉，用形象化的、可感知的语言表达出来。精准的观察，细心的体验，微妙的组合，完成了这首关于灵感呈现的诗。

◆胡续冬的诗：《海魂衫》

【重点提示】真切的生命感受，语言的知觉化，少年的情感萌动，感觉的独到与精确。

海魂衫

胡续冬

1991年，她穿着我梦见过的大海
从我身边走过。她细溜溜的胳膊
汹涌地挥舞着美，搅得一路上都是
她十七岁的海水。我斗胆目睹了
她走进高三六班的全过程，
顶住巨浪冲刷，例行水文观察。
我在冲天而去的浪尖上看到了
两只小小的神，它们抖动着
小小的触须，一只对我说“不”，
一只对我说“是”。它们说完之后
齐刷刷地白了我一眼，从天上
又落回她布满礁石的肋间。她带着
全部的礁石和海水隐没在高三六班
而我却一直呆立在教室外
一棵发育不良的乌桕树下，尽失
街霸威严，全无狡童体面，
把一只抽完了的“大重九”
又抽了三乘三遍。在上课铃响之前
我至少抽出了三倍于海水的
苦和咸，抽出了她没说的话和我
潋滟的废话，抽出了那朵
在海中沉睡的我的神秘之花。

阅读体会：

这是一首表达少年性萌动的作品，我们要讨论的不是人的生理和社会现象，而是现代诗所体现的与生命体验相关的真切与写作艺术手法。

注意这几种感觉：搅动、恍惚、神秘，因无知和生命需求而生成的某些向往。我想这一定是作者的切身体验，会有加工，但体验的真切感，是这首诗成功的关键。

一个穿着海魂衫的17岁的少女，她生命的活力搅动了另一个生命的海水，那海水令人恍惚。那对神秘的小小乳峰的浪尖上，是两只小小的神。既有向往中的“是”，又有道德与生理约束中的“不”。在少女高傲的白眼之下，一切都归隐于“高三六班”。让那个“发育不良”的少年，心中开出了神秘之花。

形象生动而真切，让读者仿佛看到了一幅全景画面。内在的生命感受，让读者感到了心灵的战栗。

一首诗想要立体而丰富，除了真实的感受，还要有准确、细微的画面，细致的语言描写以及潜在于语言之中的心理变化。诗歌写作需要精确的语言选择能力与高超的语言组合能力。

◆赖特的诗：《幸福》

【重点提示】生动、细腻，现实生活的融入；诗的内在结构：递进展开式，最后突然升起。

幸　福

［美国］赖特

在明尼苏达通往罗切斯特公路不远的地方
暮色在野草上轻柔地跳荡
两匹印第安小马的眼睛也暗淡了下来
它们高兴地走出柳树林子
来迎接我和我的朋友
眼神如暮色一样多情

我们跃过铁丝网走进牧场
两匹小马在那儿寂寞地吃了一天的草
它们紧张地抖动着身子　难以掩饰
看到我们时心中的欢喜
它们彼此相爱　像潮湿的天鹅　羞怯地低着头
可谁也不知道它们有多寂寞

终于安定下来了
它们在黑暗中嚼着初春的嫩草
我真想把那头瘦小的抱在怀里
因为她向我走来
用鼻子拱我的左手
她的毛色黑白相间
鬃毛洒脱地披在额上
微风吹来　我禁不住抚摸她的长耳朵
那毛皮柔和得像姑娘的手腕

我突然感到
如果能脱离开自己的躯体　我就会怒放如花

阅读体会：

詹姆斯·赖特(1927—1980)与罗伯特·勃莱(1926—2021)一起创建"深度意象"诗歌流派，是二战后涌现的那一代文学精英中的一员。这首《幸福》是题目与诗行结合得非常好的一首具有高层结构的现代诗。

具体、清晰的语言表述。诗人从现代"水泥森林"的大都市来到郊外的牧场，看到暮色、野草和印第安小马暗淡下来的眼睛。小马脖颈弯曲，像潮湿的天鹅，毛色黑白相间，耳朵的毛皮柔软得像姑娘的手腕。视觉、触觉的精准形象表达，人与马的互动，构成了一首诗的整体环境与诗情的基础铺垫。

结尾一句看上去突兀，但一个生命在如此自然的环境中，内心愉悦、放松与敞开，他感到自己如果是一棵树，一棵会开花的树，此刻，一定会花蕾怒放。

这就是一种“幸福”，一种隐含于整体文字之上的“幸福”。诗歌语言平铺开后的突然上升，题目与整体文字的相互映照，构成了一首“深度意象”的现代诗。

◆张真的诗：《时差》

【重点提示】现代诗与传统文化并无矛盾，它和中华传统文化相通，读者能从中发现新意。

时　差

张　真

这几天
我注意到一种似有若无的清香
拐角上私人庭院里的梅树
突然探出矮墙
令人驻足翘望

而停车场中的那棵橘树上
依然悬着去秋的果实
我得踮着脚经过
怕那灿烂的东西在眼前陨落

我和梅一起怀春
浓艳得使心窒息使血凝结
经验使我痛苦使我预知花埋春泥
秋橘在夜间飘落落在另一个庭院里

那个地方似曾相识

四季的花开在一处奇香无比
我见到自己午睡正酣
而静脉被割破血轻轻流入池塘

这几天
时间之河在倒流
一些名称与另一些混杂
花哨的或破烂的形象从雨雾中越出

我故意表现得令人失望
我会枯坐长久感受微弱的地震
也许消极的意愿倒能产生奇迹
天空在最黑之时会轰然打开

这闰月又短又湿
穿着一身丧服便匆匆出走
我独享这一树梅这一树橘
喜不自禁而忧心忡忡

阅读体会：

在中国旧体诗词中，有许多闺怨之词。诗人张真这首现代诗，同样写出了这一古老的主题。

诗的意象有许多也是中国传统的。如：庭院、梅树、橘树、怀春、花埋春泥……诗的题目《时差》道出了现代人与传统的微妙间离，同是闺怨，不再仅仅是怀春的感伤与无奈，而是似有若无的内心的一种情绪。

诗中的场景都是现代的，后半截的诗歌中开始出现了时间倒流，停车场边的私人庭院，死亡的临近，内心中微弱的地震，有意的人为的矛盾，意愿的消极产生了奇迹，世界轰然打开，在忧伤和欢喜的矛盾中，面对变化多端的生活。

这是一首别致的现代闺怨诗，写出了一个现代女性触景生情的内心感受。它自然、深邃，于悄然的寂静中听生命的节律。

有幻觉，有梦境，有静脉被割破的生命逝去之感。它是立体的、多线索的、超现实的，也是生命的、灵动而真切的。

◆塞弗尔特的诗：《月球上的五金店》

【重点提示】口语，叙事，展开式的松散结构，在平静中潜在的激情涌动。

月球上的五金店

[捷克]塞弗尔特

谈到爱情或女人
都会越扯越长
如果谈诗
汉词及字的隐义等等
更会说个没完
真是天晓得

黑暗将近，曙色微露
有时候我陪伴着诗人何拉赴哥西勒途中
在那漫长的巴辛斯卡路上
早来的露水沾满我们一身

我们会越过
那早已废弃了的小城墓园
坟墓依旧整齐排列，如
一局待开的棋
马上就是横车跃马的时分了
在黑夜与浑红旭日之间

那夜，月亮这迷人的女郎

一直跟在我们的背后
浪漫诗人都迷恋她
而她的魅力
像一只金耳环
从诗人间传宗接代般
传递下去
最后落在玛钗手里

何拉早已死了
而且还是英年早逝
在何伦镇，春日来到他的后园
果树花蕾怒放
诗人悠然想起他那轻快柔韧的诗句
我匆匆赶去诗人坟场的纪念堂
我有入门的钥匙

我进入里面
轻敲那些壁龛内
刻有他名字的瓷像
可是一切只是坟墓的寂静
只有在某一刹那
我仿佛听到了一下轻微的叹息

我常重访
那些心爱的旧地
就像用手轻抚一块
令人心醉的天鹅绒

我经常坐在
柏郊主教何恩夫斯的墓畔
他的墓像跪在小城墓园

双手合十
已有一百五十年了

也许不止我一个人在那儿
的确，真的不是
一阵春风，黄昏的阵雨陡然降下
我们避雨在墓栏旁的小教堂
一阵风过
就把大门关上了
自教堂破裂的窗隙
流淌入一阵阵月色
那么朦胧苍白，苍白朦胧
明着一张害怕的脸
月亮冰凉
如死者的手
但那少女的双唇是灼热的
我还尝到了唇间的雨滴
在那一刹那
全世界至美者皆臻于此

主教大人
请为我代祷

那数年的变化
也是白云苍狗
小教堂早被拆掉了
而雨点再也不会为我
在温馨的时刻而落

即使那蹑足走来
我窗间的月色

也和往昔不同
当人类的脚印踩上
她身体的那一刻
她便已经死了

也许她死得更早一点
就在人类把仪器
滑落在她冰冷的裸体上
我们如今在天空看到的
只是一个死去的星球
它空空如也的岩石
咀嚼不出任何东西

至于那被扯下的玫瑰红面纱
月亮仍拖着横曳过太空
在星辰下被践踏

她仍绕地球而转
但如今已毫无意义
就像混沌初开
快乐的美国人
留下一座完整的五金店在上面

阅读体会：

塞弗尔特(1901—1986)，捷克诗人，1984年获得诺贝尔文学奖。有人评论他说：在饱经沧桑和长期患病之后，他的诗无论是在思想上还是表现手法上，都已趋向于返璞归真。诗人的情感如大海般深沉，表面宁静内在却潜流涌动。诗人用极其平静的语言书写了他内心的感受和他对人生真谛的认知。

这首《月球上的五金店》是一首如同叙事诗一样的口语式的书写，流畅地从闲淡的生活开始，写到小城墓园，写到诗人之间传递的如金耳环一样的月亮，写到浪漫情怀、死亡以及触景生情的年轻时期美好的恋情。

时间流逝，那些都已经不复存在。回忆像“令人心醉的天鹅绒”“那数年的变化/也是白云苍狗”。当人类将金属的卫星落在月亮上，那个诗人心中的月亮已经死了。

从诗的叙事变化看，这是一首口语的、叙事的、展开式的、结构松散的，但不失为与潜在心灵相通的现代诗。其中有许多美好的、浪漫的抒情片段。诗中整体的内涵是丰富的，有很大跨度的，诗人的行文方式是自由而流畅的，这些语言方法尤其值得借鉴。

◆侯马的诗：《伪证》

【重点提示】一首典型的汉语口语诗，简单的叙事，准确细节的描述，少年微妙的心理过程与记忆，揭示了一种有意味的社会生活现实。

伪　证

侯　马

我在农村念小学的时候
班里有一个很脏很丑的同学
有一天我情不自禁
用两手狠狠地掐住了她的脸蛋

她毫不示弱
用长长的黑指甲
也掐住了我的脸蛋
疼痛难忍
最后我俩同时放手
各自脸上布满血痕

老师向几个她信赖的学生

（就是几个长得好功课好的女生）
调查此事
她们一致作证：我是后动的手
噢，我的童蒙女友：小玉、翠香和蓝蓝

阅读体会：

这是一首典型的口语诗，一个乡村少年的回忆，随口道来，像一个人讲了个小故事。全诗一共三节，清晰地交代了时间、地点、事情的全过程，让读者心中十分清晰。

有细节（“用两手狠狠地掐住了她的脸蛋”“长长的黑指甲”“各自脸上布满血痕”），有情绪（“我情不自禁”“她毫不示弱”“疼痛难忍”），有意味深长的感叹（“噢，我的童蒙女友：小玉、翠香和蓝蓝”）。

一首口语诗，不成为口水诗的秘诀在于：语言要控制得恰到好处，语言后面要有生活体验的支撑。这首诗前面两节简单、准确的叙述是为后面一节的感叹做坚实的铺垫，不是没有目的的文字分行。后一节的五行，老师找人调查，她们一致作证，让当事者诧异和感慨。

少年时的一件事，因为它体现了人性的某些微妙的心理问题，让一首诗有了存在的价值。看见一个长得又丑又脏的女孩，就情不自禁地下手掐住了她的脸蛋；几个长得好、学习好的女生都做了伪证……总之，一首诗，无论如何写，它的语言背后一定要有意味。

口语诗也是一种讲究的诗歌文体，它绝不是简单分行的话，那些言之无物的分行散文构不成一首诗。

［作者单位：《诗探索》编辑部］

谢克强研究

是桂冠，也是荆棘

——谢克强诗歌论

霍俊明

在有着军旅经历的诗人当中，我接触较多的有李瑛、韩作荣、峭岩、刘立云、汤养宗、王久辛、曹宇翔、姜念光、江非、丁戎耕、丁小炜等，当然也包括谢克强先生。

一

我与谢克强的交往最早来自他参与创办并主编的《中国诗歌》，因此我也与湖北诗歌有了更多的接触。每次见面，他都会与我极其认真地讨论当下的诗歌生态以及编刊时的感想，而无论对于编诗还是读诗和写诗，谢克强的这种认真我更多认为不只是一种情怀，更是难得的操守，“时下，诗人的桂冠似乎随地可拾。然而，诗作为艺术向来是吝啬的，你为创造它所付出的辛苦的程度，也就是它展现给世界的存在价值的永恒程度。因此，真正的诗人，镶在他的桂冠上的珍珠是一滴滴汗、一滴滴血，而那珍珠闪耀的光芒，是他赤诚的心灵的闪光。诗人的桂冠，其实是荆冠。”①是的，诗人首先应该是“真诚”的，然后才是其他。近年来在读诗的过程中我越来越看重的是一个诗人的精神生活、生命态度以及智性能力，我也坚信“诗”和“人”是不可二分的。无论诗人的风格和写作路向如何的不同，他们都必须通过诗歌这一特殊的精神共时体结构来打通时空的限囿，打通个人与现实乃至整个世界万物的通道。甚至如果我们对诗人的要求再提高一些的话，真正的诗人应该是具有“同时代性”和“超越性”的。

谢克强于 1947 年出生于黄冈——由黄冈我们又总会想到苏东

---

① 谢克强：《独白：徘徊诗与美之间》，《星星》2016 年 11 月上旬刊。

坡，1970 年开始发表诗作，无论从哪个角度来说都是我的前辈，而像这个时间段的人仍然能够进行持续性的创作已是非常难得了，这一难得还关涉诗艺和多变的社会文化语境，"'还写诗吗?'不止一次，我被人问及。是的，还在写。如果对朋友善意的关切我可以这样简单地回答的话，那么我内心无悔的追问却不是一句话可以回答的。是的，我感到了刺痛，不是为我，而是为诗。如今，实用感性文化已经势如惊涛裂岸，人们用五官思想，沉沦于对外来刺激的被动接受之中，主体性则转换为选择流行方式的个人行为。这种文化环境与诗歌高度个性化实在是相悖的，包括诗人在内的整个社会都失去了诗意感，诗歌自然陷于危机之中，艰难地生存着。"①

谢克强曾谈及中国诗歌仍处于不断的实验和探索之中，而这也同样适用于评价他的诗歌生涯。谢克强是诗体兼备的诗人，50 年历程中他不仅写过长篇政治抒情诗、抒情长诗(《三峡交响曲》)、民歌体诗歌(《巴山情歌》)以及散文诗(《断章》系列、《峡江之旅》二十章)，而且他的诗歌与生活、现实、时代之间的互动呈现为深度对话的过程。谢克强有过一次夔州(现在的奉节)之行，他在山川江河和前人行迹中想到的只有一个人，这就是 759 年 7 月流寓此地的伟大诗人杜甫，而诗人和诗人的灵魂对话往往会成为精神共时体的结构，能够一次次超越个体、时间和空间，"儿时读杜甫诗，一摇三晃，长吁短叹，然而多不解其意，囫囵吞枣；而今，当我徘徊在白帝城下，漫步瞿塘峡西，寻觅这位我国历史上最伟大的现实主义诗人当年寓居的遗址，又轻轻吟诵《又呈吴郎》时，心中不禁泛起一阵凄楚，为那无食无儿的孤苦老人，为寓居乡野同情贫苦劳动人民的落难诗人，泪水止不住从眼里缓缓溢出。"②

对于评价像谢克强这样的具有半个世纪诗歌创作史的老诗人，其难度是巨大的，你不仅要通读《谢克强文集》(八卷)中他不同时期的文本，而且还要在"诗""史""人"的共通视角中予以一番综合性的认定与"历史化"的评价。从 20 世纪 70 年代末至今整个中国诗歌的发展几乎是翻天覆地的，身处其中的诗人也必须随之做出调校，这

① 谢克强：《生命的盐——关于我的散文诗》，《写作》1997 年第 12 期。

② 谢克强：《杜甫晒枣》，《中国三峡建设》1997 年第 11 期。

也自然包括谢克强，其诗歌的精神词源和创作实践经历了非常明显的变化、转换甚至裂变。他早期诗歌创作受到新民歌、战歌，以及贺敬之、郭小川的政治抒情诗的影响。20 世纪 80 年代以降的世界诗歌和现代（主义）诗歌风潮也深刻地影响着谢克强，比如他中后期诗歌中意象、场景、象征和精神重力的加入，抒写方式的内化和多元路径，以及时间体验和命运感的强化等。见其代表性诗作《远眺祁连山》："这时车晃动了一下/我看见远处山峰起伏的雪线/骤然往上退了几米"。

二

谈到诗歌，我们又不得不再次关注我们自身的内心世界以及身边这个快速变化甚至裂变的既熟悉又陌生的世界。每个人面对自我和内心的时候很容易出现"相信"和"怀疑"这两个相悖的向度，这个时候"自我的诗"就诞生了。这样的情感指向的诗既需要外物和想象化的精神指引，又需要诗人一次次的自我认知和重新审视，而这最终呈现和剥离出来的也正是"时间之诗"。诗歌从时间序列上构成了一个人的语言编年史，而在所有的文体中最难持续进行的就是诗歌。由此我想到的是奥登关于"大诗人"的五个标准：必须多产，在题材和处理手法上范围广阔，在洞察和提炼风格上显示出独一无二的创造性，在诗体的技巧上是一个行家，就大诗人而言成熟的过程一直持续到老死。

实际上就民歌体写作来说诗人是要冒着极大的写作风险的，甚至在现代性和世界性的诗歌视野和评价体系中民歌体写作往往是不被待见的，甚至还会被指认为"落后""过时""保守"等诸如此类，而当年的新民歌运动也确实对诗歌的发展产生了负面影响。而谢克强的"赶五句诗"的民歌体（拟民歌）尝试是有益的，比如随举一例，《心不真诚种莫撒》："阿哥莫要嘴巴滑，眼睛盯人火辣辣。阿妹心是地一垄，种子落地就发芽。心不真诚种莫撒。"民歌多以情歌为主，所以"巴山情歌"的写作和出发点是非常精准的，而民歌体重点在于"体"的规范以及诗人如何在这一规范下进行个人化的创造和转化。谢克强这种"赶五句诗"以奇句式的结构与别的诗歌、民歌相区别，有着自己鲜明独特的艺术特色，因为它对韵脚要求极为严格，一、二、四、五句必须押韵合辙，一、二、三句不管是白描、起兴、排比都是作为铺垫之用，第四句是结句，第五句深化主题。

值得提及的是，伟大诗人杜甫在寓居夔州时曾经向当地的民歌（夔州民歌“竹枝词”）学习并写出了相应的诗作《夔州歌十绝句》，譬如：“中巴之东巴东山，江水开辟流其间。白帝高为三峡镇，瞿塘险过百牢关。”而在当代诗歌视野中谢克强的民歌体诗歌写作也不是孤立的个案，近年来像沈苇、叶舟、霍竹山等诗人都尝试过民歌体的写作而且大抵是成功的。那些具体到诗歌以及现实中的显性或隐性的诗歌传统会对个人写作才能产生挑战，甚至个人才能即使携带“考古队员式的目光”也很容易被这一传统的巨洞吸附进去。这也必然是文化现实、经验现实和修辞化的想象现实的互相抵牾。沈苇也有过这样的写作焦虑，比如他深受地方传统影响的《占卜书》（仿突厥文）、《谎歌》（仿哈萨克歌谣）以及“新柔巴依”“雪的柔巴依”“格则勒”等个人化“仿写”。这些文本由一行体箴言、二行体、颂文、类经文、谣曲和文人化的民歌体构成。关于谢克强的民歌体诗歌写作尝试我还想就传统与现代性的问题再多说几句。传统（文化）与现代性已经是老话题了，但仍有人会惯性地强化二者具有天然的排斥性和差异性，现代性越来越成为衡量现代文学和艺术的重要标准。实际上，即使在今天，传统和现代性似乎仍然是难以界定的，究其原因，二者本身就具有一定的流动性和开放性特征，而社会现代性和美学的现代性显然是矛盾和龃龉的。传统与现代性往往被认为是处于两个分割化的线性时间序列中，即传统属于过去时态，现代性是现代社会实践的当代产物。而实际情况则是传统与现代性这两个主导性的话语体系无论是在阅读、写作还是在译介和评价的过程中往往具有互文的交叉性、往返和共通的质素，只可惜这两种话语的融合和对话在中国诗人这里经历了长期的搁置或对立。传统和现代性都属精神共时体结构，它们具有精神化的“时间结构”和“共有空间”。所以，这给我们的诗人和写作重新提了个醒儿，“现代性”、“叙事化”、“繁复经验”和“多元技巧”自然是诗歌发展的元素，但是这并不应该妨碍诗歌真正意义上的多元化的尝试和实验，“民歌”和“古典”、“传统”和

"现代性"应该是交互往返的，诗人的精神词源应该能够向它们同时敞开。

三

在一个个时间的碎片中，人和历史都是瞬间的化身，而真正伟大的诗歌"圆顶"如何能够不被时间的暗夜所淹没就成了诗人必须面对的诗学难题了，"从昏昏欲睡中/我骤然醒来　看见词的院子里/满院子　满院子的词/也在昏昏欲睡""但我还是想让词振作精神/去组合卑微瘦小的诗//直到　卑微瘦小到/成为尖锐而瘦小的刺"（谢克强《唤醒》）。诗人不断直面词语和内心时，"元诗"就诞生了。元诗（metapoetry）作为原型式的文本结构体现了诗人对词语的自觉，对诗歌本体特质的理解，对诗人自我形象的确认，对诗歌功能的张扬，以及对"终极文本"和"范本化语言"的追赴。质言之，元诗作为一种"终极文本"最为直接地对应于词语、诗歌和诗人本身的内在规定性和创造力，同时在终极化的比拼中也更容易产生词语和心理的双重焦虑。这是诗人的"我说"与"语言言说"同时进行的共鸣和对话的过程。这既是诗人"回答语言"的过程也是"倾听语言"的过程，甚至有时让词语直接呈现比诗人的夸夸其谈更有效。元诗，是关涉"词与物""诗与思""人与诗"的终极写作，是关涉诗歌发生学的总体秘密。任何人要想做一个"强力诗人""诗人中的诗人"或"总体性诗人""终极诗人"，就必须葆有个人化的历史想象力，甚至创造出属于个人的诗学才能或个人传统。随着智性因素在诗歌中的不断渗入和加重，晚近时期谢克强的很多诗歌带有"元诗"的元素，比如《寻找词的光芒》《斯夜》《写诗》《一个词》《唤醒》《记忆》《挖掘》《钥匙》《一群动词》《别惊动那个词》《问题词语》《游走的词》《词》《受伤的词》《焚稿》《改稿》《放牧》《辽阔》《灯下》等。这些诗特有的交织性的诗人的精神原型、原文和其他文本构成了明显的互文、共生以及彼此阐释的关系。由此考察，我们可以在"词与物"和"互文"的关系上看到一些诗歌文本在某些方面相通的精神构造，可以看到写作谱系和精神光谱上的相似性。这是重新命名的过程，在语言的层面呈现了词语的真实和精神的可能。这些诗人与词语和修辞的博弈的过程，让我们想到了当年谢默斯·希尼的“挖掘”——“我的食指和拇指间/夹着一支矮墩墩的笔/我将用它挖掘”，而这最终都是通过“元诗”完成诗人的精神自画像——

这是寒冬的一个夜晚/上帝也早已休息/可我的笔却醒着/醒着的还有桌上的台灯/那是我的另一只眼睛//骤然将房门关紧/孤独　是另一扇窗户/欲要洞悉世界/可台灯却沉湎于夜色/似乎更加注意/审视内心//生命之轻　让我有些气喘/心　却比冬夜还要宁静/为抵御风的侵蚀/我拈一片旧日的时光/泡入新茶/不想在杯子升腾的热气里/灵感骤然而至//奔腾的血戛然而止/于是　我走进词的旷野/在旷野一片苍茫里/寻找词的光芒/照亮夜

——谢克强《寻找词的光芒》

是的，谢克强的“元诗”写作印证了任何一个时代的写作者都会面对整体性的精神大势和诗学责任，比如“在诗歌里献祭”。这就是“向诗说话”或者“向命要诗”的过程，也是对更高标准诗歌的致敬，体现了诗人的文体自觉、经验和语言的再造以及自审。由诗到诗，由词到词，最终解决的是词语的挖掘和精神自审之间的交互。从诗歌史的发展维度来看，元诗不只是局限于“以诗论诗”的文体规定性动作，甚至带有不同代际、语际诗人之间的精神对话、影响的焦虑以及诗学立场上的较量和角逐。

四

就我的阅读观感，当下写作长诗的诗人并不在少数，但是一些长诗只是徒有其表，更近于一首首诗的简单拼贴，而没有任何纵深的架构和整体可言。只有建立于个人“真实感”和语言“可信度”之上的写作才能像火炬一样传递下去并照亮更多的人，这是对自我精神的维护，对生命内在意义的唤醒，哪怕更多的时候带给我们的是“收窄”的“紧缩”的悲欣交集的感受。确实，长诗对诗人的要求和挑战是近乎全方位而又苛刻的，不允许诗人在细节纹理和整体构架上有任何闪失和纰漏，同时对诗人的思想能力、精神视野、求真意志以及个人化的历史想象力也提出了更高的要求。反过来，也必须给一些嗜爱长诗写作的诗人泼一盆冷水，因为从汉语诗歌传统来看长诗未必是衡量一个诗人重要性的首要指标，甚至能够得以流传下来的恰恰是一些短诗以及其中耀眼的句子。汉语新诗一百年，诗人们在写作上的自信力显然不断提升，而很多浸淫诗坛多年的诗人也不断尝试进行长诗写作。这似乎都是为了印证自身的写作能力以及诗歌实力，也是为了给一个想象中的诗歌史地理建立一个可供同时代和后代人所瞩目的灯塔或者纪念碑。从一个更长时效的阅读时期来看，长诗与总体性诗人往往是并置在一起的，二者在精神深度、文本难度以及长久影响力上都最具代表性。长诗对于很多诗人而言更像是昌耀所说的，是一部行动的情书。

对于任何一代诗人而言，没有人会轻视长诗写作——可能有的诗人一生都没有拿出一首像样的长诗，长诗在他内心的分量却无比重大，尤其是对于那些具有写作野心、雄心和文学史情结的写作者更是具有一种超强的磁力和魔力。

谢克强 4000 多行的抒情长诗《三峡交响曲》(由序诗、10 个章节和尾声构成)则让我们看到了一个诗人写作长诗的突出能力，这也凸显了总体性写作的文本特质和诗人精神世界的深度。长诗写作对于任何一个诗人而言都是一种近乎残酷的挑战，这是对语言、智性、精神体量、想象力、感受力、判断力甚至包括体力、耐力、心力在内的一种最彻底、最全面、最严酷的考验。我想补充的一点是个人性似乎在当下诗坛得到前所未有的倚重，而诗人却很大程度上滥用了个人经验，自得、自恋、自嗨。个人成为圭臬，整体性不复存在，取而代之的是一个个新鲜的碎片。个人比拼的时代正在降临，而在“个体诗歌”写作已经泛滥、失控的时代，亟须“总体诗人”和“总体诗歌”的诞生。也就是说诗不只是“个体之诗”“此刻之诗”“片面之诗”，更应该具有时空共同体和精神命运共同体意义上的“总体之诗”“整体之诗”乃至“人类之诗”，当然后者的建构是以个体、生命和存在为前提的。

里尔克说作家天生就应该有三种敌意，对所处的时代、母语和自己。这三种古老的“敌意”最终成就的正是总体性诗人。而谢克强的长诗《三峡交响曲》就全景式地展现了个体与环境(生态、地理、地方性知识）、时代之间的对话和反思，这一交响曲是以“真诚”、“真实”和“现实感”为首要前提的，“人与自然　生存与发展/该如何协调/生态与环境　开发与利用/又该如何适宜/而这一切的一切/长江啊不只是你的思虑/也是我诗的题义”。而“人”“人性”“生命意识”永远是诗歌写作的基点和精神策源地，“男人常用粗糙的手指/卷动烟叶/眼光投向空荡荡的天空/女人伫立老屋的废墟前/像举行永诀的告别/告别烟垢累积的故事/只有孩子们显得有点兴奋/忙问阿爸阿妈/拆了世世代代居住的老屋/我们搬向何处”。时代的河流与个人生命的血液应该是能够交汇在一起的，而这正需要诗人具备生命感受力和综合的眼光，“真正的诗人，他的诗歌创作过程，实际上是他对生命的体验过程。当他在对外界与内在体验感受得来的启示化为诗时，他的诗便给人以启示。”[①]这是一次次的提醒、一次次的追问，也是一次次的精神叩访和灵魂摩擦。显然，谢克强的长诗《三峡交响曲》处理的是“当代题材”，但是又对此予以了适度的突破和扩展，这得力于诗人个人化的现实想象力和历史化的求真意志力，而它们又要同时融入和整合到每一句诗当中去，其难度是可以想见的。

对于当代诗人而言，最大的挑战必然是时间所带来的“未完成性”。谢克强的长诗《三峡交响曲》再次印证了真正意义上的诗人并不会满意于写出一般意义上的“好诗”，而是要写出具有“重要性”的诗。这也是对自身写作惯性和语言经验的不满——这关乎自我认知度，就像晚年的德里克·沃尔科特一样，其目标在于写出《白鹭》这样的综合了个人一生风格和晚年跃升的总体性作品，甚至在一首终极文本中我们同时目睹了一个“诗人中的诗人”的精神肖像和晚年风貌。我们需要的是这个时代具有启示录意义的诗歌。无论是一个静观默想的诗人还是恣意张狂的诗人，都要考虑如何在别的诗人已经蹚过的河水里再次发现隐秘不宣的垫脚石。更多的情况则是，你总会发现你并非是在发现和创造一种事物或者情感、经验，而往往是在互文的意义上复述和语义循环，甚至有时变得像原地打转一样毫无意义。这在成熟期的诗人那里会变得更为焦虑，一首诗的意义在哪里？一首诗和另一首诗有区别吗？由此，诗人的“持续性写作”和有效写

① 谢克强：《独白：徘徊诗与美之间》，《星星》2016年11月上旬刊。

作就变得不可预期。这不只是与个体时间、命运遭际、现实渊薮和历史法则有关，也与当代汉语写作的当代性有关。

问题是，很难有一个诗人能够在真正意义上成为一个时代文学的总体表征，汉语诗歌迫切期待着总体性诗人的出现。总体性诗人的出现和最终完成是建立于影响的焦虑和影响的剖析基础之上的，任何诗人都不是凭空产生、拔地而起的。与此相应，作为一种阅读期待，我们的追问是谁将是这个时代的"杜甫"或者"沃尔科特"？也许，一个诗人的终极使命或者情结就是做一个"诗人中的诗人"，从而在语言和精神上超越此刻、现实和肉体而得以永生。

［作者单位：中国作协《诗刊》社］

一个诗人和一个词互相寻找对方

呼岩鸾

谢克强的诗歌《一个词》，从一个主体展开虚幻的叙事，引导一个客体铺陈起伏的情节，在叙事与情节的纠缠中呈现实实在在的“思想和艺术”，显示诗歌生成学的潜意识迹象：语言和诗人互相经营，诗人以语言为本经营诗歌。

它在流浪，它一直在流浪
在我的笔没有遇到它之前
它一直在时间与空间流浪

它之所以选择流浪
就是选择自己掌握自己的命运
或者，选择历经沧桑
亦如我选择诗

它知道一个词的生命价值
它之所以选择流浪
就是选择一个合适的位置
彰显思想与艺术

它在流浪，我的笔也在流浪
像思想的弓弦拉响时间的小提琴
一个诗人倍感幸运的事　就是
一支笔与一个词的邂逅

只有那时诗人和词才找到

属于自己的光芒

一个词有了行走的腿开始流浪。一个词有了辨析的神经开始思考。它自己生出了流浪和思考的能力，还是他者赋予了它流浪和思考的能力？选择“命运”和“位置”的有效性具有多大的概率？一个词在此际不是几条笔画，而完全是一个精灵了。

在诗人眼里，语言中间有神灵存在。基督教的上帝耶和华创世，上帝说“要有光”，就有了光。“光”是一个词，照耀着世界。《圣经》是神的话。基督教专门设立神学诠释学，从人的视角对上帝的语言进行解释。佛教认为语言直达阿耨多罗三藐三菩提无上智慧，由文、名、句三身组成。名身者就是词，依事立名，揭示物质世界与精神世界的空而不空的万象。《坛经》《楞伽经》诸佛经都专门讲述过佛法与语言的关系。受中国佛教影响颇深的日本神道教，还传授解释神的话语的言灵学。中国道教崇奉“龙章凤篆之文，灵迹符箓之字”的神秘咒语，每一个词符皆有改天换地、超凡入圣的神力。诗人呢，也有自己的神——“诗神”。“诗神”和佛教、道教、基督教都有“亲缘”关系。诗人的一首诗，就是“诗神”关照下诗人和语言往返的神迹和灵象。

在同一首诗里流浪的，不只是一个词，还有诗人的一支笔。这个诗人此刻灵性附体，像一个修炼经年的伟大巫师，施以巫术，通灵于一支笔，驱动这支笔行走；又发现了一个词的灵性，以灵通灵，引发一个词行走。

被诗人引发了行走欲望的这个词，必须一直流浪，在诗人的笔由于流浪不断变换的空间以外的空间，在同一时间流浪，结束于二者进入同一空间之时。这也是一支笔流浪路程的结束。

一个词流浪的动因是，“选择自己掌握自己的命运”，“选择历经沧桑”，给“一个词的生命价值”，“选择一个合适的位置/彰显思想与艺术”。这一个词觉得自己是选择者，到头来的结果却是一个被选择者。

一支笔流浪的动因是，它是诗人麾下的笔，而诗人“选择了诗”。诗人的一支笔必须抱住一个词，把这个词的“命运”“沧桑”“生命价值”，完整接受并转移到诗人的一首诗里，彰显出这一首诗的“思想与艺术”，实现诗人的愿望。

然而，诗人的灵性就像“思想的弓弦拉响时间的小提琴”，只相信瞬间的倍感偶然的“幸运”。不是一支笔追上了一个词，也非一个词追上了一支笔，而是“一支笔与一个词的邂逅”。它和它在异向的流浪中猛一抬头，发现了对方，紧紧拥抱在一起了。诗人对这一个词多么谦卑，不相信自己法力无边，只相信缘起缘灭的“邂逅”。这时候，一个词进入了一个诗人的一首诗里；在这一首诗里，一个诗人和一个词皆大欢喜地放射出好不容易寻找到的“属于自己的光芒”。实际情况应该是，诗人最初只是感觉到了这一个词存身的彼方，待引发它显身时才知道是“这”一个词，而非其他词。或者，一个诗人和一个词互相寻找千年而不遇，世界就少了一首好诗。

一支笔和一个词的流浪故事，在好多诗人身上都发生过。俄罗斯未来派诗人马雅可夫斯基在睡梦里看见了一个想要的词，迷迷糊糊爬起来，用火柴棒的灰头写在火柴盒上；唐代诗人王勃作诗，先磨墨数升待用，再躺下盖着被子睡觉构思，找到了好词好句起而写下；诗人李贺，每日都有意骑马早行，背负锦囊，马背上构思诗篇，有所得即下马书之投囊中；诗人贾岛，路上行走还为“推”“敲”两字费心，不知用哪一个好；当代诗人谢克强身上，我想也已经发生无数个一支笔和一个词流浪的故事了(一首诗就有一个笔和词流浪的故事)，但只有他才把众诗人的这种故事写下来，写成了这样子的一首诗。

《一个词》，不只是表达了一个词的宿命，也特别表达了一种诗法诗技。诗的法则和技巧千条万条，都只是从一个词开始的。诗是诗家语，所有的词都重要，不过只有一个词特别重要。诗人派遣一支笔去寻找它设计构想中的一个词，不是“寻找”，而是机缘的碰头。谢克强特别感受到了一个词对一首诗的重要性，一支笔和一个词在诗人心灵的时间与空间的流浪中互相寻找得如此漫长又艰难。诗人为何非要得到这一个词而不是那一个词，因为这一个词是一个磁力场，吸引来许多同性同质的词，促使一首诗的完成；原来由一个词承担的“思想与艺术”，现在由一首诗中的所有词承担。这是一个像领头羊一样的领头词，领着词们前进。这一个词是诗眼，诗人先看见了这只眼，这只眼也看见了诗人，成了诗人诗路上的指路明灯，指使诗人的想象力投于一场创造性的大兴奋中喷发灵感，不到高潮绝不歇息。这个词又是坚韧的，诗的张力以它为主力骨架支撑着。这个词是原子核，不到百分之一克重，却蕴藏着摧枯拉朽的巨大能量。英国诗人雪莱诗歌中的“西风”一个词，吹跑了一个时代。一个这样的词寄身的句子，是句眼，一个诗人由于一个词、一个句子而千古不朽。宋代贺铸因一句“梅子黄时雨”而得“贺梅子”美称传世留名；张先因“无数杨花过无影”“云破月来花弄影”“隔墙送过秋千影”三句而得“张三影”美称传世留名；宋祁因一句“红杏枝头春意闹”而得“红杏尚书”美称传世留名。想起古今中外的伟大诗人，我们一下子想起说到嘴里的，往往是他们诗篇里的一个词——他们走到不归的时间与空间流浪前留下的最后一声脚步。我现在看到的，是诗人谢克强对一个词的流浪的多次回环垂顾，充满怜爱；又给一支笔的流浪，用拉响过命运的小提琴伴奏。

汉语言的一个字往往就是一个词，发展下来，两个字、三四个字也能是一个词——复合词。汉字构成“六书”说：象形、指事、会意、形声、假借、转注。我们的方块字啊，每一个字是一个意象，每一个词（尤其是复合词）是一个更丰满复杂的意象。美国诗人庞德很懂汉语的字和词，由唐诗尤其是李白诗歌开悟，开创了现代意象说与意象派诗歌。他的著名的《华夏集》，就是唐诗（主要是李白诗）的英文意象性转译，也可以说是创新意象诗。庞德太看重汉语的一个词了，他最主要的作品《诗章》第78章，在横行的英文中，突兀地以黑体字站立着一个汉语词“道”，这个汉字不用英译，外国人看见它的形象就能会意；而《诗章》的封面就赫然印着一个汉字“诚”。汉字母国的中国诗人出于遗传本能，出于本分与使命感，自然最注重汉语的字和词，他们像道教的炼丹术士一样炼字炼词，以自己的秘术各逞其功。炼字炼词是诗人的基本功夫，虽然是写出好诗的基本条件，但没有写出好诗的必然性，写出好诗也只是小概率。倒是谢克强《一个词》，表明了“一支笔与一个词的邂逅”的偶然性中，出现好诗的概率更大。谢克强独辟蹊径，不提一个“炼”字，不见高温与火，但“流浪”岂不是更能体现对词的持久磨砺？中国诗人为求取一个词、一首诗做得很决绝，杜甫“为人性僻耽佳句，语不惊人死不休”，做得很艰苦；李贺“长歌破衣襟，短歌断白发”，做得很辛酸；贾岛“两句三年得，一吟双泪流”做得更是让人同情。倒是谢克强有着“思想的弓弦拉响时间的小提琴”那样的幸运，但对一支笔、一个词邂逅前的流浪，也极其焦虑。怎样释放这烦人的焦虑？一支笔与一个词邂逅后结成灵胎，孕育出一首诗，大门就开了，一切都好了。谢克强用一个词，除了拉响小提琴，还使古筝、二胡、笛子、管子、琵琶发出声音，写出了著名的《中国音乐》组诗十八首；他又举起一个词的光芒，去照看幽深的艺术殿堂挂的绘画，写出了著名的《世界名画》组诗十八首和《中国画意》组诗十八首。谢克强一个词的意象，仿佛李白一个词的意象在儒学、道家与封建主义峰峦的隙缝中腾跳自如，仿佛庞德一个词的意象在资产阶级意识与法西斯主义黑潮的旋涡中腾跳自如。

谢克强在《寻找与坚守》一文中，郑重提出：“诗是发现，或者说是寻找，而非表现”。诗去发现什么？去寻找什么？就是去发现去寻找一个词。诗和他的诗人的唯一作为，就是“寻找词的光芒”。一个词有光芒，一首诗就有光芒，而这也就是诗人的光芒。谢克强的诗《岁末》的一个词是“思想”，蜡烛照不见而被岁月追赶。《清晨，听布谷鸟叫》的一个词是“布谷鸟”，叫得令诗人像父亲背犁一样拿起笔。《灵感》的一个词是“灵感”，站上了诗人发光的笔尖。《孤岛》的一个词是“孤岛”，像孤独的人不再歌唱，也无人去辨识。《读报》的一个词是“报纸”，读报人被刺眼的标题绊倒，思绪开始流浪，寻找充满活力的词，带着真实回到报纸上。《晚窗》的一个词是“窗口”，窗口在傍晚打开，像人的眼睛洞视生活；世界就像打开的窗子或一部书，关闭的心灵也应该开启。《一个词》的一个词就是“词”，诗人和词互相寻找，诗歌和词互相滋润生发。一个词是主题词，职责是给诗歌发光。谢克强执意寻找词的光芒，就是要让自己的诗歌“没有简单地停留在生活或事物的表层，而是洞悉生活或事物中所蕴含的某种潜在的东西，加以表达”。由于“语言是存在的居所”(黑格尔语)，一个词就是一种生活方式或一种事物；生活或事物的潜在内核一旦被诗歌用一个词找到并收容，就像莎士比亚戏剧《麦考尔》中的一个人物所担心的那样："语言是有魔力的，一旦说出来，就永远缠绕你"。中国当代诗歌大都以肤浅表现为旨归，这种可怕的误解应当放弃了。

我阅读的记忆中存贮着康拉德的一句很阴沉的话："文字像青草一样生长"。当代中国诗歌、中国诗论的文字就像青草一样生长得繁密茂盛，但很难找到一个词的光芒。我在谢克强的诗歌中，看到了一个词的光芒，感到很高兴。《一个词》是诗歌，用朴素明畅的人间语言架构灵界的奥秘色空叙事，凸显玄言诗的创新，有"思想和艺术"。《一个词》是诗形诗论，不像一般诗论那样铺锦列绣、雕缋满眼，却没有一句创见。《一个词》讲述了从一个词开始的诗法诗技。诗从一个词开始，到生活深处结束。谢克强在几十年中，编辑诗歌，写作诗歌，出版八卷本《谢克强文集》，一个生命和一个词打交道，深知一个词的成分、出身、经历、性格和脾气，感受到一个词在自己脑部沟回里的流浪。只有一个词的是诗人(小众纯诗意义上的)，有许多词的是散文家(大散文意义上的)。诗人谢克强背后，站着"诗言志"的孔子等中国先哲，站着"缺陷产生艺术"的德国大美学家黑格尔，站着"旋涡意象"里的美国大诗人庞德，站着"挺住意味着一切"的奥地利大诗人里尔克；他的面前展放着古今汉语的《尔雅》《说文解字》《康熙字典》《辞海》《辞源》《新华字典》；他的四周是无边无涯的生活。诗人的后援、背景、潜力与资源是如此宽阔与厚实。一个词是诗人的一个命，他使一个词归顺，就能调动千百个词，皆供奉在诗神的殿堂里，有了神性。宗教的经典由一个词一个词组成，一个词也不得改动。一首诗要像宗教的经典一样，多么硬的錾子也再凿不下一笔一画。词和诗距离很远的时候，对诗人无所谓憎爱。一个词爱上一个诗人了，因为它在他的诗里有了显要位置。一个词恨上一个诗人了，诗人今后在另一首诗里给它找到了合适的位置，它就改变了对诗人的态度。

在当代中国诗人中，没有谁能像谢克强这样对词语纠缠不休了。这就有点儿像博尔赫斯在《诗艺》中对语词的穷追不舍。例如他把"锥子"一词从字源学赶到他眼下的诗歌里变幻成"匕首"存档。谢克强把他与词的缠绵悱恻的关系，化成了一首首诗，只不过《一个词》似乎最有故事，但《流浪的词》里的词却是有奇遇的。一万个字在《新华字典》里静卧，却有一个词从字典里跳出来流浪，迎面撞上了诗人，他就用一首诗把词与诗人的因缘做了正面介绍。

诗人的劳动时间在黑夜，或如黑夜一样幽深的冥想时。黑夜渴望光芒。诗人有什么资源呢？只有词。“我走进词的旷野/在旷野一片苍茫里/寻找词的光芒/照亮夜”(《寻找词的光芒》)，实质上是寻找能发光的词照亮夜。

诗人除了看见了那个著名的流浪的词，还看见了各种各样的词，在各种各样的词的后面是各种各样的时代实相。

活蹦乱跳的动词们。在《一群动词》里，他赞美动词“年轻力壮、精力充沛、激情高涨”，“惹得我搁置已久的笔/也骤然醒来　渴望/入木三分”。这就是我们时代的主流力量啊！诗人们都重视动词，庞德在《罗曼斯精神》里把真正的诗人定义为“不使用形容词而喜欢单纯表达的人”，而使用动词是最单纯的表达方式，“以词的张力与神性/浓缩更深更多的意蕴/跃居更高的境界”。

“在词的院子里”昏昏欲睡的词。《唤醒》的对象就是它们，这些词被时代的香风醇酒与弥天的利益熏倒。诗人“一声断喝”将它们唤醒，“喝令它们打起精神/重新振作起来”，“去组合卑微瘦小的诗”，“成为尖锐瘦小的刺”，刺中社会腐败的原点。

历经沧桑的词，思想抽象的词，富有张力的词，“总是那么神神秘秘/不知藏在何处”，诗人的目光像钥匙在寻找门；“一个词　对于一支写诗的笔/犹如钥匙对于一扇紧闭的门”。诗人用自己的《钥匙》打开笔，解放了宏大壮丽有思想的词，诗人的笔下就有可能出现宏大壮丽的诗。诗人是聪明的，没有随着时代的渣滓沦为白痴。

《游走的词》这首诗表达了对那些“深一脚浅一脚/不知摔了多少跟头”的词们的爱怜。它们不是流浪，是有目的地游走；“走累了/想歇歇脚”，走到诗人的稿纸上安家，诗人便像“母亲照料孩子”一样照料它们；这些经济的、政治的、历史的、人文的词，都“干净利落、兴高采烈”，长大了长成一首诗。

《别惊动那个词》里的词，在历史上有如下特征：“惊心动魄”“丰富而深刻的内核”……但是现在它不行了，“疲惫不堪”地睡了。说开了吧，从那个时代过来的人，都知道“那个词”是这些词里的一个：阶级、剥削、压迫、专政、斗争、批判……诗人不想惊醒它们跑进诗里，使自己的诗平庸化。

《问题词语》开列的黑名单是：“雾霾”“污水”“冰毒”“妓女”，我们还可以加上“贪官”“贿赂”“赌博”等等，编成一部厚厚的名册。诗人想把它们赶回原先睡觉的词典里变成死词，还人们一个青山绿水、天蓝云白的纯净社会，又自叹诗歌的无力。

《听雨》展示夜晚的美好。雨来了，茶香飘起来了，词汇们也聚拢过来了。诗人铺开稿纸：

坐在词汇和语法中间
我开始虚拟一场组合竞赛
再借雨声　将一把诗质的镢头
朝向内心深处

诗人将在这个夜晚决定一个、几十个，甚至几百个词的命运。真正懂诗的诗人认定在文字的旷野上，词就是语言。语词、诗歌与诗人是命运共同体，一荣俱荣，一损俱损。三者在这个夜晚有些轻微且无伤大雅的不和谐，诗人就服从灵感的意愿放笔入梦。“明早我会在新叶初萌的枝头/读一夜春雨的抒情”——诗人对他的词是充分相信的，更对他的诗充满期待。

诗人谢克强在黑夜里孤独地集合他的词们，检视、赏析、谛听、触摸它们，把它们人格化，互为朋友亲密起来——也在诗人的本分内自给自足起来。谢克强通过对词的发现，申明自己的诗歌主张——诗写的价值取向与美学取向，同时显示了时代的一般面影。

没有哪个时代的人比这个时代的人对语言的追求更具有炫异性、蔓延性、广告性与逐利性了。一个新词出现了，通过广播、报纸、杂志、书籍、电视、手机及强大的互联网等新旧媒体，迅速流行到各领域各人群，掀起一波又一波利益浪潮。

只有真正的诗人对语言无利益之欲，把心凿空，收容词语，培育诗歌。语言成为诗人的肉体与灵魂的一部分。博尔赫斯后来眼睛全盲，在黑暗中只能感觉一片“橙橙的黄”，用心灵创作出诗集《老虎的金黄》里所有的诗歌。诗人谢克强的乡党——诗人胡风，在长达20多年的囹圄黑暗中，无书籍纸笔，仅凭对一个词一个词的记忆堆垒，默想默诵诗歌数千首，烙印在心版上，维持了分裂着的精神的统一。

诗人的语境狭窄了，但他的语词在拓疆。诗人爱他的词，用语言去爱自己的世界。

[作者是诗人]

感悟生命

——谢克强《孤旅》读后

吴　兰

当我准备写这篇文字的时候，心中总有种怅然若失的感觉，总觉得有点不合时宜。

是的，物质排挤精神、金钱腐蚀灵魂的现象存在于现代社会，在这样的人文环境中，人们可能丢失了那种摆脱功利纠缠的艺术自由，抛却了那分超越利害的人性清纯。然而，尽管如此，当我不经意重新翻开诗人谢克强的诗集《孤旅》，追寻他诗的脚印，寻觅他的精神之旅时，我发现这部诗集中诗人显现的生命体验、潜在的思想深度以及他不断进取的艺术意识被很多人忽视了。

人究竟为什么活着？生命又是怎样的？千百年来，历代哲人、诗人为解答这个问题，进行了孜孜不倦的探索，而每一个哲人或者诗人对生命的静观与弘扬都有自己的探寻和认识。

> 所有的退路都离你而去/苍茫的落照/推出沉重而坚定的脚步/你以不可战胜的欲望/走向荒漠//是的　后不见来者/前不知去向/你和你坚毅的脚步/依然在走//不管黄昏黎明　你走过/没有路的路

读着这首《孤旅》，不禁使人想起唐人陈子昂的那首《登幽州台歌》。与其说谢克强从这首唐诗中受到某种启示，还不如说诗人将从严酷的现实生活中得来的体验，构成人生路上“苍茫的落照”，“无路的荒漠”，以及“后不见来者/前不知去向”，“所有的道路都离我而去”，让自己的意志与信念，经受种种考验。如果说《登幽州台歌》里体现了一种不能主宰命运的压抑感、痛苦感，那么《孤旅》则恰恰相反，表达了人类不断受挫而仍不断追求的不屈意志。

> 亦如我匆匆而来/我又匆匆而去/令人向往的地方/总在前面//迟到的列车/耽搁在我的期待里/催征的笛声响了/车站　离别而遥远/填写人生的履历//窗外　太阳如一叶红帆/漂泊太空/点燃蓝色的孤独/默默　沉潜一种意境里/我听见车轮击节而歌//从无始来/奔向无始去/在终结与开始的站台上/我是个匆匆过客
>
> ——《驿站》

《驿站》直白而朴实，却生动地描绘出“我”在某处驿站匆匆的片刻停留。一颗浮躁的心时时向往前方，而生活的现实却常常使期待落空，但还来不及细细感受这片刻宁静的生活，它已成为生命中的一段记忆。漫长的旅途中，旅客如漂泊在宇宙中的太阳，寂寥无依。蓝色的孤独幽深、彻骨。当时间在一分一秒、一年一月地消损，当旧的生命结束，新的生命开始，回首往事，无不感慨光阴似箭，“旅途”仓促。诗人将人类在无垠的时空中，在无所谓始无所谓终的“站台”上，喻为“一个匆匆的过客”，使读者领悟人生之于整个无始无终时空的渺小与苍白，将生命的原貌艺术地显现，也将人类共同的生命孤独感表达得淋漓尽致。

又如《远方》，诗人借“远方”暗示人的未知命运。诗一开始，远方给诗人的感受是“远方是谜”，人的未知命运永远是那样神秘，引人遐思。通向未知远方的路是漫长的艰辛岁月，这是生命未来的显现方式。接着，诗人写对远方的向往与猜想，虽然奔向远方“途中的风雨/可会折断我想象的翅膀”，美好的希望也会破灭，但幸福的彼岸仍吸引着我前行。然后用“不用回头/告别往事的尘封与记忆”，迈开脚步“延伸意志”，表达了诗人到达远方的坚定信念和果敢行动。最后，诗人对远方上升到理论认识：人的未知命运从他的诞生之日即始，永远扑朔迷离，难以预测。显然，《远方》是诗人对人类自身命运探求的抒写。

人生注定是孤独而短暂的。“自从我孤独地来到世间/世间投我以孤独/我成了孤岛/在苍茫喧嚣的海水中/颤栗//岁月又涨潮了/那一层一层细细的波浪啊/和着溶溶月光/漫过我生命的沙滩/不知何时/将我淹没”(《孤岛》)。这分饱经沧桑之后对生命最清醒的真切感悟，这耐人寻味、意境幽远的诗句，谁读后都会在心中激起一阵阵强烈的共鸣。对于一个诗人，我以为亲身经历固然重要，但比亲身经历更为重要的是深刻的体验，诗人们对自己的某些经历可能闭目而过，瞬间即逝，只有那些被他们深刻地体验过，真切地激动过他们，并成为他们精神上不可分割的一部分的东西，才能够成为他们创作的对象。

《苦难》虽然整首诗没有出现“苦难”两个字，但诗人通过比拟，将看不见摸不着的苦难物化了。“你是一块石头/一块沉默的石头”“你是一块石头/一块坚硬的石头”。将苦难比作石头，来得悄然无声，来得不可抗拒，但面对生活的苦难诗人却坦然以“汗水浇向你/却融为意志和血”，声称是“铁铸的镰刀”，“愿我的刀锋/在你的砥砺中/磨出比钢铁更深刻的/光芒”。

从这些诗中我们可以看到，诗人在创作过程中绝对不是对事物被动介入，而是主动地体验，不是事物感觉了诗人而是诗人感觉了事物，从而显示诗人在反映事物的主观色彩时所付出的一种变动能量。在我看来，这对诗歌创作实践是非常重要的。这种生命意识，是诗人个体感情冲决生存压迫而展现的境界，是诗人内心宣泄所突现的东西，是诗人主观能动的感觉震撼世界的产物。

请看诗人谢克强又是如何用生命意识去观照他所要写的题材。如《手掌》：

> 细看　掌心密布许多掌纹/清晰且纷乱/莫看纷乱　注定不会翻云覆雨/却可起伏多重性格//待我凝视/生命线崎崎岖岖伸向远方/远方　落日苍茫/那是生命的走向吗//无须感伤/缄默的掌纹谁也无可选择/但创造与力攥紧了拳头/命运就可握在手中

诗人不相信那先天生成据说可以记载或预示人生命运的掌纹。他相信人的命运只能自己主宰，因此“审视手相/我说还不如审视灵魂/你会在自我审视中/面对沸沸扬扬的尘世/渐渐握紧拳头/握紧命运”(《手相》)。手相，或者掌纹，这是人们熟悉的，但诗人就从司空见惯的事物中，发现人们心中所有笔下却不能自言之理。这“理”，不是政治概念，也非道德伦理，而是冥冥生命的一种感悟，是诗人特有的生命体验，让人们抛开封建迷信的宿命论，认识生命历程的本质，自主掌握命运，创造未来。“创造　我向往海啊/汗水　河的源头”(《掌上的河流》)。诗人还机智而俏皮地告诉人们，看待事物要通过自己的眼睛，“画不画嘴无关紧要/重要的是要有一双深邃的眼睛/好以不安分的目光/注视/缤纷的大千世界”(《自画像》)。

诗歌是高贵的，它需要来自生命的真诚与恳挚。每个人的生存状况，不可避免地影响他的思想感情乃至性格、气质。诗人与生存状况的冲突与抵牾，迫使其诗浸淫着人生的际遇与苦难。正是如此，谢克强才选择“生命”作为抒情命题，这显示了他深刻的人生体验。有人这样评价他的诗：在“希望中透出感伤，感伤中满怀希望。希望源于生命本身，感伤源于环境对生命的挤压。在生命与环境的抗争中，他的诗充满了个性硬度，一种生命的硬度”。而我认为，有过漫长的创作实践历程的诗人谢克强之所以不再描绘生活表面色彩以自慰自娱，而是以冷峻的目光审视包括自己在内的这个民族的精神情态，这实则是一种生命意识的觉醒。正是由于诗人对生命与生存状态悲怆而真实的体悟，对苦难的承载与超越，对命运的审视与排斥，对终极意义的求索与冥想，使他对诗的意义有了全新的认识。在他看来，诗不仅仅是载道或宣泄情感的工具，还是诗人灵魂的撞击，是诗人生命存在的方式，也是生命在瞬间的展开……

也许正是这种生命意识的觉醒，才使谢克强从自己的内在精神出发，透视自己内心情感，继而去透视具体生活事件的意义，使他的诗具有较高层次的诗美。

一切样式的文学作品，都是通过鲜明的艺术形象来反映社会生活的。没有形象，则没有文学作品自身。作为渗透着作者主观情绪、情感和对客观事物感情化的诗，则更是依靠形象来表达诗人的强烈感受，以激荡读者的情怀。由此可见，“象”是构成诗歌的“基础材料”，是表现诗意的最初基因。因此，在我国传统的诗论中，有人认为“无足不成鼎”，“无象不成诗”。

夜的尽头/黎明如期召唤着我/待我匆匆走近/日子便直端端站在面前/如一座门

——《日子》

既要深刻有力地表达诗人的思想感情，又要使形象生动可感，关键在于善于选择最恰当的形象。用“门”隐喻日子不仅生动形象，使抽象的日子富于立体感，而且也显得独特，不能不说是诗人的一个创造。

命运/纵使我无法选择位置/我却可以选择椅子/并且 心安理得与之厮守/与之相依为命

——《椅子》

椅子、位置、命运，如果让社会学家去写，他完全可以写出一篇论文，分析关于椅子、位置、命运间的种种关系、种种社会现象及其根源，然而诗人却将这一切借助于哲理与诗美融合的形象，得心应手地表现出来，灵动而真切。

走出墙/走在比水还要纯粹的宁静里/来不及折一朵蓝色的安慰/抚我痛苦的沧桑/一抬腿/蹚响那片月光/月光拥着我 走进/淡泊高远的诗境

——《踏月》

“走出墙”“蹚响那片月光”，如果诗人不是采用象征或者隐喻，而是直接叙写，纵然叙写得十分逼真，其概括性和感情色彩绝不会如此强烈，其诗意也不会如此隽美，意境也不会如此淡泊高远。

真该诅咒/夜 黑暗了我的生命/迷茫中/你在无边无际的黑暗里/释放生命的光//光的语言 灼灼/一片殷红/洞穿层层夜色

与我交谈/这信念与血的语言/骤使困于黑暗的灵魂醒了

——《红烛》

别林斯基说："诗的本质就在于给不具形的思想以生动的、感性的、美丽的形象。"可以这么说，这种"生动的、感性的、美丽的形象"是诗意美的基础，缺乏这种基础，不但不能给人以强烈的艺术感染，而且也不能深刻地反映社会生活。在这首诗里，红烛的形象实际上是诗人生活感受的深化和凝聚的反映，也是诗人托物言志、托物寄情的具体呈现。

从这里我们不难看出，诗人谢克强总是善于通过自己独特的艺术感受，去摄取生活中那些诗的元素，并调动自己的联想与想象，对那些元素进行"发酵"，进行"化学处理"，从而营造出诗的意象。不是吗？门、椅子、月光、红烛等这些人们司空见惯的事物，经过诗人感觉经验的再现，都变成了寓于意义的意象。而意象营造，使诗人智慧的灵光和生动的感觉经验在寓于随机性的意象间闪烁，让读者时时可以读出几分诱人的神性意味来。

应该指出的是，意象虽然能唤起诗人生动的感觉经验，用以传达情感、寓以思想，同时又引起诗人内心感觉的再现，但是，要表现诗人某种复杂的情绪，反映现实生活中某种复杂的社会现象和客观事物，有时仅用直接的意象还不够，还须借用间接的意象，把看不见摸不着的思绪、情感转化为具体的画面，给人以深切的感受，同时以比拟、暗示、隐喻、象征等，将抽象的理念具象化，使艺术效果显得突出而鲜明。

月光蹒跚地探进窗来/顿生许多伤感/然后　以水样的温柔/抚慰墙角的鞋子//走过无数坎坷之后/一双双鞋子破了/破了的鞋们很悲哀/坐不安稳//站也站不出风度……抚着墙角悲哀的鞋子/月光　似乎也不再温柔

——《墙角的鞋子》

诗人对物象的描写，看似随意，细细体会，却很精巧，并且加以精心的布置，犹如一幅油画构图。诗人所要表达的主观体验和哲思，便是经过意象的画面、富于张力的语言渗出的。一双破旧的鞋子，几缕淡淡的月光，这些平凡至极的事物，寄托了诗人对生命与生活复杂的心绪与无限感慨。我们不正是透过月光抚慰墙角的鞋子，感受鞋子昨日的气派与今日的冷遇。看透了现实生活中的人情冷暖与世态炎凉，不禁使我们浮想联翩，骤然想起那些昔日流血流汗，为革命和社会主义建设做出卓越贡献，而今却被一些人遗忘的“无名英雄们”，以及被喜新厌旧的“爱情”、被善意或恶意欺骗利用的“友情”，并对“旧人”产生同情，在内心深处反省自我。这首诗中弥漫着的人文情怀与质朴的语言、隽永的意境浑然一体，一股淡淡的凄美与无可奈何的惆怅读来令人怦然心动。

马拉美曾说，与直接表现对象相反，我认为必须暗示。对于对象的观照以及由对象引起梦幻而产生的形象，这种观照和形象——就是诗。诗人谢克强是深谙其味的，他在选择诗的意象时，多用暗示、隐喻、象征，使之更好地消融主客观间的界限，用幻觉的方式透入另一个世界，即通过暗示与隐喻，将主观境界过渡到诗美世界。

在我看来，人生价值的形而上的反思应该是哲学家的任务。诗，说到底其实离不开人的感性感受、情感触发；然而诗人在生活的感受与体验中，越是受到生活力量的制约，越是竭力想悟彻生活之谜，反思人生的苦恼。因此，我们可以这样说，思想的痛苦成全了哲学，而灵魂的痛苦则成全了诗歌。诗歌的感悟与哲学的沉思都源于对生命的体验，只是他们把握世界本质的部位不同而已。

请看诗人谢克强是如何把握的。如《岸礁》：

垂下躁动的头颅/将期待/缄默成一块怒耸的礁石/站在黑色的海边/我沉思//任海水/一次一次疯狂而愤怒/宰割蹂躏/迷惘与困惑纷纷远遁/留下坚毅//无意举旗/白帆也早在远方飘逝/孤独不是我的过错/纵然瘦骨嶙峋/也要向命运/露出锋利的牙齿//抬起刚毅的头颅/黑色的风涛更铸我坚贞/来吧　痛苦、忧郁、孤独/以及粲然的挽歌/我渴望

“纵然瘦骨嶙峋/也要向命运/露出锋利的牙齿”，形象的雕塑与凝重的思考，将感性与理性、形象与抽象、伟岸的形象与坚定的信念冶铸在一起，歌唱着诗人对人生与命运的思考，以及人的不可征服的意志。在这里，诗人谢克强对人生与命运的思考，不是概念术语的演绎，而是基于自己对生活与命运的深刻体验，基于自己饱满充实的情感，将自己的真知灼见或者隐含的哲思借“岸礁”这一具象做诗意的诠释，从而引发了读者的深沉共鸣，产生了强大的艺术震撼力。

> 生命既已掷向向往/血　无疑会滴进路碑/然而走岔了道/就不只是多走些冤枉路//路总会有岔道/面临岔道就意味着选择
>
> ——《岔道》
>
> 用不着后悔/纵然夜将渴望延伸成痛苦/我依然迈着踉跄的步履/走向夜的尽头//当脚步　走出黑暗/黎明的曙光就属于我
>
> ——《夜路》
>
> 世上有路与路相连/就有人与人相遇/真要感谢命运让我/遇上了你……两个孤独/走到一起便不再孤独/不做路的奴隶/你邀我前行
>
> ——《远行》

诗，对于今天的读者而言，仅仅有美是远远不够的，仅仅宣泄一种情感也是远远不够的，还须有理性深度。不能给人一点启示或者启悟，算不得诗人，也算不上诗。因此，诗人谢克强已不再对社会及自然现象本身作一般的诗意的描述，而是注重从更深的层次表现自己对人生的感受与思考。正因如此，他的诗集《孤旅》中的诗，较之他早期那些做一般诗意的描述的诗给读者所留下想象和美感，要深刻、丰富得多，同时也会在读者的审美心理上产生很强的理性诱惑。譬如，在这几首诗中，诗人均选择了“路”这一具象，正是由于诗人将自己的主观情绪或曰人生体验渗透于“路”中，才使“路”这一人们司空见惯的普普通通的事物变成了蕴含哲理的载体。

又如《沉默》，整个诗篇的氛围，应该说是沉郁的，甚至有点沉重："注定今夜的情绪/是一次沉默/你选择窗前独坐/深邃的目光注目窗外/夜一样深沉"，但诗中传达出的意象却是俊美而昂扬向上的。请看，纵然"杯中的语言/昨日早已一饮而尽"，纵然"说不出的痛苦/且用无言的沉默/埋在思想里"，然而诗人不回避这严峻的现实，也不因生活的艰辛与困扰而失意，而是用一种雕塑式的形象："瞧，背负黑暗/你背负岁月的沉重/坐立的姿势/如岩石般有棱有角/单调且丰富/自然而神圣"，表达了诗人自己坦率、真诚而犀利的思考："无须去猜　沉默/决非生命之歌的休止符/而是一种意见/一种表达。"

应该说，诗歌艺术有其自身的艺术规律，除了感知内部的语感、语言营造的氛围外，还需要诗人将诗与自身的经验和时代观念联系起来，以他的诗唤醒人们的良知，使人们感悟诗人所要表达的那种伟大而动人的精神。类似的例证还有：

> 倏忽/远方　跳出一盏灯火/这孤独的生灵/骤以一种无言的爱语/呼唤//追着远方孤独的生灵/我不再孤独
>
> ——《孤灯》
>
> 许是耐不住寂寞/那些发光的伙伴都走了/只有它执着且辉煌/以燃烧的血和我一起/与夜抗衡
>
> ——《灯火》
>
> 心灵之火痴情地燃着/那渐渐耗尽的热情/我猜是你生命释放的爱吧/不然我沉沦黑暗的信仰/怎在你光的抚照下/蓦地崇高起来//由你　我想生命倘可选择/我便要一百次选择你/在需要光的地方/(纵是一隅角落)/用燃烧的血添些许辉煌
>
> ——《红烛》

一个诗人，他的精神向度与力度在面对物的挤压时更能充分表现出来。这是因为诗人较之一般人感觉更灵敏、情感更丰富，因而他们对人间的冷暖自然有着不同寻常的感受，也自然会有着不同寻常的感喟，因此，他们献给读者的自然也是与其生命血肉相连的至真至美的东西。很难想象，一个没有思想质感的诗人，能写出他灵魂深处的思想质感。在这里，我们所说的质感，其实就是诗人深刻的生命体验和对生活独到的颖悟。也就是说，诗人心灵的深度与广度，也就是诗的深度与广度，这就是诗的生命之所在。诗人谢克强那些闪烁着哲理光彩的诗作，有的是撼人心灵的警句，有的是令人深省的箴言，有的又是教人处世做人的座右铭。它们不仅是诗人长期观察、思考生活的结晶，也是诗人心灵与人格魅力的生动展示，折服着每一个读者，净化着人们的心灵。这是因为诗人谢克强清醒地认识到："艺术较量实质是人格的较量，因此，我在追求诗歌艺术境界的同时，更看重那人格的境界。"

如果说《孤灯》《灯火》《红烛》是一个觉醒了的自我对人生的自省，那么在《命运之门》、《日子》和《门》中，就是诗人对命运和人生际遇的一种颖悟：

> 有门　就有通向门的路/路在脚下/不用徘徊/徘徊　或者退却/都会留下遗憾
>
> ——《命运之门》
>
> 日子　总随开门而来/又随关门而去/在开关之间/门　注释人生的美丽
>
> ——《日子》
>
> 凡有墙的地方/总有门/墙　妄想禁锢一切/门却向世界开放//有时关在门里/心　欲知门外的世界/有路从门前通向远方/诱你出门//有时脚在门外徘徊/又像无家可归/这时便渴望有把钥匙/打开门//每扇门都朝向路/每一条路都通向一扇门/然而门与门并不关联/路与路却条条相通//是的　我见过许多门/也认识了许多门/无论走近或者远离/都是选择机遇
>
> ——《门》

诗的酵母应该是诗人对生活或人生真谛的领悟。诗人品尝了、咀嚼了、消化了，这才将从生活中获得的诗的素材在艺术思维中进行酿造，注进诗人自己的感受，注进诗人自己的体验，然后用富于张力的语言将他的感受与体验吟诵成诗。从《命运之门》、《日子》和《门》中，我们不难发现，诗人谢克强的创作实践表明，他经常是以一种顿悟的方式，直逼所选择具象的底蕴而获得哲理之光的。可以说，就是这种悟性缩短了诗人感知认识对象的距离与时间，而这种悟性在刹那间所结出的智慧之果，有时是理性所难以企及的。同时，我们还注意到，这几首诗与其他一些诗所蕴含的哲思也是深刻的、新奇的，但是这些诗形之于外的语言却是浅显的、平易的，既呈现出一种质朴的美感，又蕴含着深刻的启示性。难怪诗人谢克强说："一个有出息的诗人，应该这样要求自己：以最精练的语言表达最丰富的思想内容；以最浅显的语言表达最深刻的哲理；以最朴素的语言表达最美的诗情……"

我在本文开头就说过，当我不经意重新翻开诗人谢克强的诗集《孤旅》，追寻他诗的脚印，寻觅他的精神之旅时，我发现他显现的生命体验、他潜在的思想深度以及他不断进取的艺术意识被很多人忽视了。正因为如此，当我潜心研读《孤旅》之后，不禁为这部诗集里多姿的意象世界、深邃的理性之光所感染，更为诗里灵动的觉醒的生命意识所感动，也许，这就是我写这篇文章的动因。

作为谢克强诗的一个热诚的读者，我特别欣赏他在诗集《孤旅》压卷之作《灯火》中结尾的几行诗："黑夜隐喻什么又诞生什么/我不想去理会/渴望诗与灯火一样发光/夜夜　我的灯孤零零亮着"。

这便是一种诗歌精神。正是这种诗歌精神，支撑着诗人谢克强在人文景观凋敝的季节，坚持着文学的信念、操守、品位，并与文学的信念、操守、品位的异位、沉沦、泯灭相抗争，艰辛地跋涉在他的精神之旅途中。我们完全可以相信，走出《孤旅》之后，诗人谢克强会迈出更新的步伐，唱出更加动听的歌！

这有他的诗作证：

> 所有的退路都离你而去/苍茫的落照/推出沉重而坚定的脚步/你以不可战胜的欲望/走向荒漠……
>
> ——《孤旅》

［作者系华中师范大学研究生］

姿态与尺度

峭岩诗歌精神谱系探究

彭流萍

军旅诗，在中国浩瀚的诗歌版图里，是呼啸的一条大河，奔腾不息，一往直前。尤其在当下，中国新诗无论从艺术形式还是表达方式，都发生了天翻地覆的变化，随着网络的更替递进和自媒体的飞速发展，诗歌介质也发生了突变，但传统基因和文化精髓仍源源不绝地流淌在中国诗的精神血脉中。

俯瞰军旅诗一代又一代诗人，我们会发现一个个兀立的身影，他们将家国情怀、民族的荣辱兴衰、时代的发展变化，以及胸中的忧患意识谱写成诗歌，或歌颂，或鞭挞，或励志，或感召……他们试图用独特的语言之美记录群体的伟业与英雄的壮举。究竟是什么引领峭岩，让这位年近八旬的老诗人紧跟时代，笔耕不辍？他的精神世界又暗藏着怎样的生命纹理和艺术图景？

我想，在峭岩的诗歌精神谱系中可以清晰地追溯和印证。

一、家国情怀与诗歌火焰的明亮交融

诗以言志，歌以抒情。千百年来，生命在延续，爱情在延续，人类的文明在延续，民族与国家在延续。同样，诗歌作为一种拥有高贵血统的文学体裁，它也在延续，且形影不离地伴随人类文明发展与进步。时至今日，诗歌仍在人们生活中扮演着重要角色。

从先秦的“岂曰无衣？与子同袍。王于兴师，修我戈矛。与子同仇！”[①]发展到当代的“我是一个士兵/士兵与您是侍郎和神的关系/星光下/我把您举上月亮/我决意做一粒子弹/等待您的口令。”[②]自古以来，家国天下、王朝兴衰、边疆战事、民族气节被历代文人挥毫泼

---

① 《诗经·秦风·无衣》。

② 峭岩：《写给祖国的圣词》，《中国汉诗》2020 年第 1 期。

墨写成千古风骚，他们反复吟哦，高亢传唱，一代又一代文臣武将、诗人墨客以激昂雄壮的诗篇奠定了中华民族优秀传统文化的深厚底蕴。

军旅诗人的家国情怀，向来以从容大度、豪放悲怆的审美风貌，热烈健硕、宏壮明亮的文化因子激励一代代将士守边卫国，以其磅礴铿锵、悲壮沉郁的风骨独领风骚。峭岩作为一名当代杰出的军旅诗人，慷慨悲歌、家国梦想始终贯穿他的创作生涯。他出版著作多达五十余部，其长诗占有重要分量。峭岩将民族大义与家国豪情统一起来，在诗歌中点燃思想的富矿，给人以温暖与浪漫。其思想的恢宏性、通透性，语言的独特性、绵柔性，凝聚成了峭岩明亮的诗歌精神火炬，奠定了他在中国军旅诗坛的牢固地位。

峭岩擅长中国红色文化和宏大题材诗歌创作，他写了十余部长诗，构成其诗歌精神体系的坐标。从早期的《高尚的人》《静静的白桦林》《一个士兵和一个时代的歌》，到近期的《烛火之殇——李大钊诗传》《遵义诗笔记》《萧萧班马鸣——一代传奇萧军诗传》《落红——萧红诗传》《赵一曼》等，无不给人以灵魂的震撼与精神的洗礼。这些诗作被广泛传播，谢冕、吴思敬、绿岛、章闻哲、许庆胜、李利维等评论家以论文或专著的形式对其进行客观分析与评论。峭岩在创作中始终坚持崇高的革命情怀，他以中国共产党人的高洁精神和奋斗史实为思想经纬，通过天马行空的想象，以瑰丽、灵动、温婉的语言抒发了一名军旅诗人的家国情思和自豪的民族情结，他以超时空的"抒情链""美学链""史实链"展现了新时代军旅诗人的精神风貌，呈现了一系列壮丽、辽阔的新军旅诗的画卷。

在文学体裁形式上，如果说长诗是洪钟大吕般的巨制，那么短诗同样闪烁着灿烂的艺术之光。黄土高原是中华民族优秀传统文化的地标之一，千百年来一直被历代文人反复歌咏，它孕育了以黄土地为标志的地域特色文化，诸如信天游和陕北说书等民间文艺，曾激励一代代读者，使人们感受到民族文化的魅力。诗人贺敬之于1956年3月在革命圣地写下了经久不衰的抒情名篇——《回延安》。百年芳华恰是新征程，诗人峭岩胸怀赤子之情再度出发，在中国共产党建党百年之际，他以饱满、热烈而又不失浪漫的军人情怀，站在黄土高坡上挥毫泼墨，写下了《延安，那些诗意的往事》(组诗三首)。在诗中，诗人将革命圣地延安的历史风物和伟人毛泽东以及延安精神，通过诗意再造，采取穿越时空、整合的方式，实现了诗歌本质的飞跃，展现的不是历史的复述，而是活在诗中的延安精神。

峭岩作为中国当代杰出的军旅诗人，他的诗歌语言、抒情方式，以及思想的“放射性”，有别于老一代，也有别于同代的军旅诗人。他常常在诗作中构建英雄梦想与家国大爱，他擅长慷慨激昂而又委婉沉郁的抒情。在《延安，那些诗意的往事》中，诗人高瞻远瞩提炼出延安精神的深邃内涵，如在《城堡上空的图腾》中写道：“我说/它是一团五彩的祥云/肯定/大地做了它强大的盾/无数的鹰群从黎明出发/乘风而来/踏水而来/驻足黄土高坡上的山河”。诗人开篇以天穹起势造境，通过具象的捕捉，运用象征的修辞手法，将中国工农红军在延安的历史影像定格在诗歌的意象层面之中。作者以诗歌的“第三只”眼睛，从高处俯瞰工农红军在延安的历史，以一种居高临下的姿态，抒发了诗人的豪迈胸怀和对革命圣地的崇敬之情。他在一首诗中这样描述延安往事：“有人/叉腰眺望无边的庄稼/打湿的地图/映衬了天边的黎明/这些命运之神哟/思索一个更大的命题……”语言大气、沉郁、冷峻，有别于传统的直抒胸臆式表达。他将神圣与世俗同时注入诗歌中，从而形成了峭岩独特的诗歌美学风格，思路灵秀，色彩斑斓，语言明丽，句式晓畅，温婉而又不失阳刚之美。再如组诗的第三首《黄土高坡的意义》，它所呈现的是一种不拘绳墨、超逸不羁的精神雕塑。细品《延安，那些诗意的往事》，其语言之清新，笔触之细腻，情感之丰沛，意境之优美，犹如晶莹剔透的露珠，跟随诗意的节奏，在南泥湾的红枣树叶上摇曳，色泽光鲜亮丽，清香四溢。它的血性气质与黄土魅力隐于诗句的幽香之中，它的亮点在于有别于一般性的叙事方式，极力避开事件罗列、轻浅式的抒情，而是以高蹈的姿态凝望延安，从历史的深处探寻延安，在哲学美学层面思考延安。这是诗人的高明之处。整组诗歌穿越时空，以黄土高原风物为基本创作元素，语言质朴灵动，贴近读者心声且朗朗上口，抒发了激昂高亢的赤子情思。

峭岩的诗歌美学风貌与他的出身经历是双向并行的“平行关系”。

他戎马一生，与诗为伴，从他的一系列诗作中，我们不难看出诗人的内心世界与诗意旷野是如此的豁达和辽远，充分彰显了诗人热爱民族、心系家国的高洁情怀，为当代诗坛呈现出一个军旅诗人的精神雕像。

二、激情岁月与诗意年华的蜕变重生

峭岩早年家境贫寒，父亲长年在外工作，母亲独自一人拉扯六个孩子。不幸的是，父母离异，家庭的变故，使原本并不富裕的一家人雪上加霜，沉重的担子压在母亲羸弱的肩膀上。16 岁那年，原本考上滦县中学的峭岩为减轻家中负担不得不辍学，在一家军人服务社当起了售货员。他一边工作一边学习，仍然保持对理想的追求。1958 年，峭岩首次实现了人生大转折——参军报国。由此，他成为中国人民解放军的一名战士。入伍之后的峭岩在火热的军营生活中，一边训练，一边学习，逐渐写一些新闻宣传报道和话剧、小品、相声之类的作品。经过艰辛、漫长的探索，峭岩在 1960 年开始发表作品，成为“战士诗人”。此后，他一边驰骋在热血激荡的沙场，一边写出刚劲有力而又柔美内敛的诗篇，为中国当代军旅诗的发展做出了重要贡献。多年后，峭岩从一名普通战士成为解放军出版社副社长。在峭岩文学创作 50 周年的时候，诗评家吴思敬曾撰文评价峭岩在军旅诗发展史中的地位，峭岩“在军旅诗写作的道路上跋涉了 50 年。他是当代军旅诗发展的重要参与者、见证人，为中国军旅诗写作做出了重要贡献。”①

峭岩的创作从军旅诗发端，逐步向更广阔的社会空间展开，这与他的成长经历有着不可分离的血脉关系。作为一个诗人，他对大地、对万物怀有深切的感恩。这种感恩激励他时刻永葆初心，不负韶华。给他留下刻骨铭心记忆的是读小学时候的王曼恬老师和入伍后的朱更生首长，他坦言这两个人对他有再造之恩，还给了他温暖的亲情。

孩童时代的峭岩感受到了恩师王曼恬母亲般的疼爱。他常在和煦的暖阳中回忆大雪覆盖着村庄、道路、学校的操场，他衣单鞋破，

① 吴思敬：《峭岩与当代军旅诗的新变》，《文艺报》2014 年 11 月 3 日。

在寒风中簌簌发抖。王曼恬老师拿着红毛裤走近他，泪光闪闪地说："孩子，把它穿上……"这母亲般的疼爱，成为峭岩一生抹不掉的记忆。可以肯定，童年的苦难——战争带来的伤痛，父母离异追加的心灵创伤，求学无望的苦恼，无不生成峭岩独特的个性。多年来，在峭岩的心幕上投射着一个由敬仰而萌生的意象，那就是星星——母亲的眼睛。那无助的悲伤、遥远又渴望的瞳孔里散发出的灵光，使峭岩的军旅生活与母爱永远联系在一起。尽管，峭岩承认他身世不幸，但他从不认命，他"逆天改命"，把一颗聪慧诗心和满腔感恩之情化作精神境界逐步升华的强劲推力。

"苍天兮，知否？撕肝者我！裂肺者我！上天寻，入地觅，魂飞九天，哪堪漫漫？吾老亦老兮，矢志不移!"这是峭岩在《更生赋》里的诗句。更生，朱更生也，峭岩的恩人。在峭岩服役期满决定去留的关键时刻，朱更生处长力排众议，将峭岩提干。从此，峭岩实现了人生的跨越式转折。峭岩的内心像圆月般晶莹、透亮，他在照亮、关心人间疾苦的同时，也回放了自己艰难曲折的人生历程。在长达60多年的创作生涯中，峭岩用诗歌的弯月作银针，缝合了他布满荆棘的人生。

1971年，总政一纸调令将峭岩从北京军区工程兵部队调到解放军画报社。正是画报社这个特殊的阵地使他无数次接近火热的军营生活，贴近士兵跃动的心灵，让他在第一线经受了彻底的灵魂洗礼。1985年夏天，作为解放军画报社的副社长，峭岩和另一位记者带着相机和笔，奋不顾身地奔赴老山前线。他们急匆匆地从北京飞到昆明，再从昆明坐上战地汽车，日夜兼程到达老山前线指挥部……然而，到达前线采访后，噩耗传来，他的发小马兰护士在救治伤员的时候被敌人发现，牺牲在机枪的烈焰中。峭岩按捺住悲痛，缓缓说道："有谁还能在同一个时间失去战友和亲人的吗？有谁虽然奔赴了战场，却在战火之中与他们无情地擦肩而过的吗？有谁在死神面前眼睁睁地目睹了亲人和战友由人变成凤凰的吗？战争啊，战争！你是把美梦奋起一脚就踢成碎片的冰冷的机器啊！你是魔鬼，是一个嗜血的魔鬼，吞噬着美好人性的恶魔啊……"峭岩麻木地站在那里，全身没有一点知觉，脑子里胡思乱想着。第二天，峭岩似乎从这种极大的悲痛中走了出来，痛苦地告别了医疗队和孟姗姗副队长，向着老山脚下麻栗坡公墓走去，他要找到马兰的墓，和她告别。[①]

峭岩首先是一名军人，其次是一名性情中人，最后才是诗人。比如流传军营的《一抔墓土》，写的是峭岩从老山麻栗坡烈士墓前采集一包墓土亲自送给烈士父母的真实故事。若说诗歌《战友，请给我一把土》是艺术写真，这送墓土的事则是诗人心性的具体体现。而在火车上，峭岩与一对上访夫妇萍水相逢，热心解囊相助的情节等，则是他作为一个普通人的善举善行，深深感染着每一个读者。

峭岩曾公开表达了他的创作态度："我必定死在诗歌的悬崖上。口吐诗的浆液，手伸向落日。我没有惦念的，只有诗的结尾，我只有带走，在天堂继续。"这是他的诗骨，同时也是峭岩的人格魅力与气质的完美呈现。军旅生活不仅实实在在地改变了峭岩自身的生命气质，同时还重新编组了当代政治抒情诗的"基因序列"——社会主义美学精神与新时代人文精神的互通。

自古以来，军旅诗词作为一种特殊的文学样式，它的功能在于培养战斗精神，鼓舞士气，记录战士的军队生活，以及英勇作战的豪迈场景等，是历代军事文化的重要组成部分。我国古代有很多赞扬和弘扬军队英勇精神的优秀诗词，譬如辛弃疾的《破阵子·为陈同甫赋壮词以寄之》、苏轼的《江城子·密州出猎》，再到《安丰侯诗》"戎马鸣兮金鼓震，壮士激兮忘身命。被兕甲兮跨良马，挥长戟兮彀强弩。"峭岩在他众多的诗篇中始终保持着与古代军旅诗词的隐性联系。他从始至终以一名战士的视角与世界对话，他的语言清澈明朗，犹如一股涓涓的清流，又如一团熠熠燃烧的火焰：

当狂飙卷过灰暗的天空/当风雷横贯古老的苍茫大地/是谁的长枪/掀翻帝城的宫墙碧瓦/又是谁/手指苍穹/大声喝问："苍茫大地，谁主沉浮？"

——《枪之魂》

号角吹动旌旗戈刃/震颤男人的雄性火焰/暴脾气的钢枪从来都属于捍卫/伴随着大统江山/马革裹尸/将士的白骨磷光远

① 参见绿岛：《峭岩传：青铜的天空》，《文学月报》2021年第4期。

照/征夫泪依然在暮暮朝朝

——《捍卫军魂》

通过恢宏壮丽的意象讴歌战争中的血火风云，峭岩的诗歌大多与战争血脉相连，展示了一派刀光剑影、战马嘶鸣、烽火狼烟、旌旗铁甲的景象，为他的创作涂上了雄浑、豪放的底色。

峭岩早期创作的史诗《遵义诗笔记》《烛火之殇——李大钊诗传》，新近出版的长诗《七月！七月！》等，从不同侧面描绘了中国革命先驱慷慨激昂的血性和勇猛无畏、舍我其谁的气概，展示了中国共产党人在血与火的洗礼中，寻求真理、渴望自由以及团结拼搏的伟大历程，讴歌了伟人的政治智慧与军事才能。可以说，峭岩的诗歌一贯以史诗的磅礴之气引领读者心灵走进诗意世界，探寻思想的火花，诗学魅力与人格魅力的双重融合，造就了峭岩长诗的独特精神风貌，并激励着年轻一代的军旅诗人在广袤的诗歌土地上开疆拓土，大显身手。

三、诗歌美学与精神玉液的多重渗透

峭岩的创作以军旅诗为主体，但并不完全局限于军旅题材。他将诗歌的触角延伸到更广阔的领域，让诗的火炬在历史的时空中熊熊燃烧，照彻人心。他的长诗《跪你一千年——写给文成公主的99首情诗》，便是这方面的杰出成果。

走在无边的空旷里/我能听到脚步/踏住自己灵魂的声音/只因为/心有了归属/身子轻如高原的风/无处不是我的港湾/无边的胡杨林啊/请收敛我的欲望之火吧

——《跪你一千年——写给文成公主的99首情诗》

在这首长诗的背后，暗藏了一个幽深而痛苦的往事。早年，峭岩曾计划与一位解放军画报社的记者前往西藏采访，但峭岩临时有事未能成行，从而躲过了一场劫难。这场发生于岷江的车祸，五人丧生，这使峭岩的心绪难以平静。他认为自己能避开这场劫难，冥冥中也许与“文成公主”有关，于是埋下了要给文成公主献上一首诗歌的伏笔。这首长诗从1980年产生创作意向，到2013年才落笔，33年的心路历程，在峭岩心中凝结成石破天惊的一句话：“跪你一千年”！

《跪你一千年——写给文成公主的99首情诗》，其美学价值远远超出了原有的历史故事的价值。长诗定位于“身世自述”的视角，采取超时空的对话，深刻抒发了诗人对神圣爱情的向往和对历史事件的追寻。正如峭岩所说：“一生，我就唱两首歌：一首唱给我的母亲；一首唱给爱我的爱人。”爱情是人类永恒的主题，千百年来一直被人们反复歌咏。在爱情诗创作中，峭岩从他的钢性诗歌围城中实现了突围与嬗变。在《跪你一千年——写给文成公主的99首情诗》中，他与诗中的文成公主在历史空域展开对话，赞美、歌咏、热恋、追逐。诸如诗中这样的句子：“雁儿/今天，太阳蒙羞/没有了原本的高度/宇宙混沌，天日不开/这是不是又一个命题/人类回归始初？/我以为，这就是末日的悬念/玛雅预言遥远/只是推后了时间/雾霾的外衣将不再脱去/如果是这样/生物会转身/四季模糊/眼睛被放大/身子缩小/而爱情将在另一番情境中发生”。诗人大格局、大手笔，把大自然的运动规律嫁接到崭新的时空链，进而采用对话式的咏叹将新一轮的美学链与抒情链无缝对接，最后由情感的升华实现了艺术的突破。这是峭岩抒情长诗的亮点，他不仅仅是直抒胸臆的表达，更是紧扣情思、爱恋、思念这条主线，在历史与艺术的基座上建立了浪漫、委婉、动人的情感楼阁和精神宫殿，充分揭示了诗人对祖国西域边陲的眷恋，同时也折射出峭岩对爱情的热烈追求，他将个体生命体验的微观镜像与历史事件的宏观影像进行剪辑与对接，从而造就了其诗歌的独特美学特征。

峭岩诗歌美学的独特性究竟在何处？通过大量阅读，我得出的结论是：关键在于其艺术意境和语言创新，二者相辅相成，形成了峭岩系列长诗的不可复制性。综观峭岩的多部长诗，例如《烛火之殇——李大钊诗传》《遵义诗笔记》《跪你一千年——写给文成公主的99首情诗》《七月！七月！》等，他在叙述中使用的人称超越了现实的情感界限。譬如“我的目光移向李大钊/——我的父亲/面前/展开的一本书/它是轰鸣在山林中的响箭/它是穿越苍茫的一束圣火……/几乎在同一时刻/就在同一座异国古都/陈独秀和李大钊的目光/聚焦在一起/迸发簇簇火焰……”(《烛火之殇——李大钊诗传》)峭岩把歌咏的主人公当作自己的父亲，甚至在定位上远远高于自己的父亲，同时把宏大的叙事与微观的抒情糅合起来，诗的思绪在辽阔的草原上任意飞奔，如骏马，铁蹄生花，昂首嘶鸣，豪放不羁。

再看峭岩的语言创新。他的众多诗句在情感转场中不断突围，在《遵义诗笔记》中，佳句迭出：

> 娄山关的高度/只有鹰知道
>
> 乌江/勇士们插翅飞过暗夜的枪口
>
> 我要过江/把军衣撕成两片/一片作船/一片作帆/把肋骨抽出两根/一根左桨/一根右桨/我要过江

这是诗人的主观情感与外界的客观形象的有机结合，是他人格魅力与气质的高度融合，其所拥有的血性、浪漫、豪放、悲壮、沉郁的文化因子和恢宏、明亮、激昂的精神气象，形成了峭岩长诗的共同特征——文本形式的不可复制性和美学结构的独特性。

思想的能量可以解释一个世界，也可以包容一个世界。峭岩新近出版的长诗《七月！七月！》，最大特色是抛开了复述历史，从而完成了诗意再造。它不拘泥于历史的过程，是消化后的精神再现，是分解后的诗美整合，因此诗人捕获了抒情的自由。全诗分十章架构：序篇“站在灵魂之岸”，依次是“它的名字叫：七月”“站在时空边界的眺望”“举起田野的绿色光芒”……“峭岩的长诗《七月！七月！》打破了多年来重大体裁叙事的窠臼，不再是编年史的分行，不再是政治术语的叠加，不再是廉美颂词的堆积，而是高扬诗歌的主体性原则，塑造了一个融个性与共性为一体的抒情主人公的形象。全诗以强烈的民族自信拥抱大地，以冷隽的目光审视历史，以理想的光芒烛照未来，从而为当代诗歌的宏大叙事开出了一条新路。”①

① 吴思敬：《主体性凸现的诗意架构与创新——读峭岩的长诗〈七月！七月！〉》，《文艺报》2021年4月9日。

峭岩的长诗魅力与他自身的人格魅力在某种意义上其实就是同一个“精神母体”，也就是说他们的“身体”流淌着同一种“DNA”，大度、无私、乐观、向上、沉郁、稳重，而又时而激荡，这些性格特征正是一个诗人内心的标志性秘密花园。通过对峭岩诗歌精神的分析与创作动机的探究，可以肯定他将生命的价值定义为“诗的骨血”，穷其一生都在继承中国诗歌精神，把生命的“动能”转化为诗歌的“势能”，从而实现了诗歌美学与精神玉液的多重渗透。

这些年来，峭岩以一名诗坛“老将”的身份站在新时代，通过独特视角创作了大量的诗篇，无论长诗短歌，在峭岩的诗歌精神价值体系中都闪烁着独特的光芒。像这首歌咏“十月”的诗作：“何曾想象/一个时代/崭新的时代/被一双大手托举在13亿人的目光里/那是小康人家的彩虹图/金戈铁马的强军梦/是‘一带一路’的伟大倡议/是华夏子孙梦寐以求的盛世美景……/十月呵，我就这样拥抱你//拥抱你秋光镀亮的巍峨身躯/拥抱你霞光环飞的红旗/我还要接过秋收的重托/遵循你勇往直前的手势/劈山蹈海/创造人类的下一个奇迹……”(《十月，我这样拥抱你》)。其语言瑰丽、生动，抽象与具象交融，既有可爱、严肃、活泼的情感基调，又不失强劲、明亮和慷慨的豪迈之情。再如：“向你/以虔诚的姿势/张开或合拢/扑向一条大河/一条长路/用儿子见到母亲的惊喜/以士兵热爱祖国的赤子之血/拥抱，十月/十月啊，你从拥戴的欢声中走来/身披盛装的金色田野/高举航天圣火/威震天空海洋陆地的绿色大军/列队在红旗的波光里/聆听你奏响的第十九支圣曲。”诗人以铿锵有力的对话抒情方式打开了情感与时空的大门，犹如一记掷地有声的响鞭。

新时代，正处于中华民族伟大复兴的关键时期。如何使有中国特色的军旅诗与强军、兴军同步前进？回望当代军旅诗，自新中国成立以来出现了以魏巍、白桦、公刘、李瑛等为代表的第一代军旅诗人，他们在中国当代新诗发展的历程中起到了中流砥柱的作用。我想未来军旅诗的繁荣与发展要寄托在第二代和第三代军旅诗人身上。峭岩作为新中国成立以来第二代军旅诗人的代表人物，有着60多年的创作生涯，是中国当代军旅诗的一株常青藤，在当代诗坛有重要影响。这些年来，峭岩在对新时代的讴歌抒怀中不断推陈出新，他在实践与探索中获得了新的基因传承，结出了光彩夺目的诗歌艺术之花，深邃、灼耀而又温暖，并且在自己的诗歌精神谱系中呈现了人类、民族、家国、军队、社会的面貌，圆满地回答了思想、艺术与灵魂抛给诗歌的问号。

［作者系军旅诗人］

慢与静的生命美学

——评郭卿的诗

王立世

我们处在一个竞争最为激烈的历史阶段，一不小心就有可能被时代的浪潮拍在岸上，也会见到传统价值观被现实残酷地碾压，广告学取代美学、利益牺牲道德、精神让位物欲的现象。很多人每天行色匆匆，根本没有闲暇与自然对话，和自己的灵魂交谈。在这种时代背景下，诗人郭卿没有被裹挟，以慢与静为自己的灵魂让道。她多次被生活逼入墙角，但始终没有屈服于命运。她善于从大自然中寻找温暖、感悟美好、汲取力量，实现精神的超越和灵魂的救赎。正如美国诗人玛丽·奥利弗所言："如果你愿意保持好奇心，那么，你最好不要追求过多的物质享受。这是一种担当，但也是朝着理想生活的无限提升。"①

一

人生之初命运就没有对诗人露出笑脸。郭卿在《庚子春》中追忆："母亲怀我时，大概是忧愁的/奶奶拎着我的脚丫拍打着/口里喊着又一个女子/不仅脐带绕颈，还很不受家人欢迎/因此我的忧愁来源于母亲的失望/并且这种与生俱来的忧愁贯穿我至今的命运……"加缪认为人活着最重要的是真实，可很多诗人喜欢用华丽的词语遮掩自己的尴尬和落魄。郭卿却不避命运的坎坷和苦寒，不怕凡夫俗子的嘲笑和鄙夷，更不奢求别人的同情与怜悯，饮着命运赐她的一杯苦酒，感慨着人生的荒谬和疼痛："我的生命注定是一场纠错/总是在跌倒中纠正跌倒/总是在后悔中纠正后悔……哦，这些记忆只能徒增

① [美]玛丽·奥利弗：《去爱那可爱的事物》，倪志娟译，外语教学与研究出版社 2018 年版，第 19 页。

我的焦躁/命运的大手挥舞着，玩弄我于股掌之中/我有时读诗经，有时绘画/有时把自己拳打脚踢，恨不能重新选择一次命运……”塑造命运的过程是痛苦的，她一直在和这种痛苦抗争。年轻时不甘于命运的摆布，毅然背井离乡，只身来到繁华的城市闯荡，到了人生的不惑之年，命运仍然没有多大改观。多次的人生变故和挫折使她被迫退居陋室，与蚂蚁朝夕相处。就是这样，她仍然不愿随波逐流，不愿苟且偷生，不愿与命运妥协。她在《陋室铭》中写道：“也采薇，寄梅花，开三径，传尺素”。苦中取乐，志趣高洁，一点也没有布罗茨基《蓝调》中的幽怨和愤怒。苦难并没有改变诗人的从容和优雅，甚至使她愈挫愈勇。她靠的是什么？庄子的生命哲学？诗歌的精神力量？爱情的巨大鼓舞？对故土的眷恋？对真理的热爱？对理想的憧憬？

郭卿漂泊城市三十多年来，一直没有适应城市的快节奏和灯红酒绿，某些时候还持排斥和拒绝的态度。城市对她的改变微乎其微，她执拗地把乡村的处事方式和做人原则带到城市，给与她相处的人以温暖和安全，但其特立独行不可能改变城市的人情世故，自己反而常常被伤害得体无完肤。在《在山里》她写道：“一个融不进山里又走不出山里的女人/像大山的败笔/山顶的草以统一的姿势倾斜/而我却迎着这势不可当的倾斜/向相反的方向抵御。”彰显了诗人身份的尴尬，她是乡村人，因为受到城市的某些影响，难以完全融进乡村。她是城市人，又带着乡村人根深蒂固的观念，也难以完全融入城市，只好在乡村与城市的夹缝中挣扎、拼搏。她是乡村里的城市人，是城市里的乡村人，一直在乡村和城市的边缘地带徘徊。她的身体从乡村辗转到城市，灵魂却又从城市返回乡村，城市是安身立命之地，乡村是灵魂的家园，二者都无法割舍，身心分裂的痛苦在折磨着她坚韧的神经。她在城市怀想着乡村点点滴滴的美好，在诗中抒写着自己的人生理想和灵魂皈依。

二

《天梁河》是郭卿的代表作之一，重点不是写河，重点是写河边散步的“我们”，河只是带着乡野色调的背景。“我们”是谁？开始是模糊的，可能是朋友，也可能是恋人，不管什么关系，凸显的都是精神的默契和灵魂的亲近。“我们慢慢地走着”，只有慢，才能更好地欣赏风景。走马观花，是对花的不敬。“谁也不说话”，只有静，才能感悟世界的美好。嘈杂，是对灵魂的冒犯。诗人一开始就用慢与静为这首诗定下情感基调，似乎与时代的突飞猛进背道而驰，与周作人式的闲情逸致并无区别。在市场经济背景下，利益成了人们行为的重要杠杆，旧有的价值观土崩瓦解，新的价值观正在重建，传统道德面临严峻的挑战和危机，人们易在物欲中迷失方向和自我。诗人的可贵在于保持灵魂的清醒和人格的独立，没有被物质绑架，没有被利益左右，对时代的盲动是一种抑制和矫正，对泛滥的物欲是无声而坚定的反驳，她的意义更多的是在灵魂和精神。诗人也没有回避现实的复杂，远镜头的“危崖”和近距离的“大雨”，就是隐喻人生的远忧近患。“碎石之间/丛生的那些草，散漫而安静”。诗人以卑微的草自喻，在严酷环境的碎石之间，依然“丛生”，反证出生命力的茂盛和强大。“散漫”是自然而然的天性，“安静”也是本性使然。诗人敏锐地找到了与生命共振的自然意象，融入深刻的生命体验和感悟：“仿佛我们的一生/可以被践踏，可以被埋没/而从不被所爱的人忽略”。散漫的草难以摆脱被践踏和埋没的命运，这似乎是宿命，也是自由的代价，自然有了悲剧意味。好在“从不被所爱的人忽略”，山重水复时突现柳暗花明，人生的希望如闪电划过沉闷的天空。从人写到草又回到人，“我们”的指向更加明确，主旨归依到现代社会严重缺失的爱。纯净的爱是诗人实现人生救赎的重要方式，这一点与前辈诗人冰心不谋而合。这首诗虽然没有米沃什的《礼物》意境开阔、哲思深刻，但确有米沃什诗歌的味道和意趣。

《寂静》巧妙地引用了鲁迅《秋夜》中的枣树意象，却一点也不突兀，感觉自然贴切。诗人的枣树没有鲁迅那样深刻的社会内涵，只是表达生活的平凡与寂静：“你看见树上缀满了青果/你没看见的是/春天的夜晚，那些翠绿的小花朵/一点一点地开，像我对你/一点一点的爱。”看见与没看见的对比，也许是无意识的，但抓住了现代人急功近利的浮躁。结果固然重要，但美却在过程。从因果关系分析，没有花，哪来果？从时间上看，结果的时间短暂，开花的过程漫长。

诗人伤感的是美的过程反而被忽略。“一点一点地开”，诗人欣赏的正是这种符合自然规律的慢，不受世俗干扰的静。“一点一点的爱”才是真爱。现代科技虽然发明了催化剂和激素，但往往是欲速而不达，甚至走向反面。爱情与自然一样，需要一点一点地积累，需要水滴石穿那般的坚韧。《寂静》除了题目外，再没有出现一个“静”字，但处处是静，与鲁迅《秋夜》中沉闷的社会环境截然不同，这种静是诗人向往的生存状态及追求的精神境界。

郭卿的《草木断想》让我想起流沙河的《草木篇》，不是为写草木而写草木，而是展现一种不寻常的人生际遇和精神风范。怀揣各种念想的爬山者，最终抵达目标，在诗人心中却“高不过山头之草”。虽然都在高处，一个是人力所为，欲望所驱，一个是自然而为，无意攀高。“高不过山头之草”，只是一种感觉和内在的精神尺度，并非实际的高低。她既写高处的草，也写低处的草。低不卑不亢，高不张扬显摆，真正达到了超凡脱俗的思想境界。悬崖上的花，丝毫没有高处的优越感，诗人关注的是素雅的花色和动人的姿态，既契合淡泊名利的心境，又具有临危不惧的风骨。“像你这样的花/大片大片地开就成了诗经/一朵一朵地遗世独立/就成了情窦初开的女人。”于坚的“反文化”在于卸下文化的重负，与自然融为一体。郭卿对花草的钟爱往往与文化有所关联，但一点也不牵强附会。没有文化的自然，还有多少精神趣味？郭卿深知这一点，所以她笔下的花不可能是姹紫嫣红、争奇斗艳的那类俗物，展现出的是自然而独立、高雅又深情的生命气象。人具有主观能动性，但很多事情并非人力可达，诗人意念里的慢不是消极，静不是无为，而是知天命的顺其自然。

从《炊烟里的家》可以看出诗人最想过的是“慢与静”的生活，在生活方面她没有多大野心，安贫乐道足矣。居住环境不是耸入云天的高楼大厦，而是偏僻山庄的“几孔窑洞”。家中摆设不是琳琅满目的现代化设备，而是简单的“一桌一椅一灯，几卷书”。夫婿不是达官贵人或商界精英，而是一个“会腌制酸白菜，会做南瓜饼”，会轻轻喊她乳名的普通男人。她不惧清贫甘于寂寞，有别于欲海中沉浮的红男绿女。她醉心于“晨点炊烟，夜枕松风/门前种花，房顶看星星”这种古朴又浪漫的生活。“削根竹，做个箫/吹给他一个人听”。就连这个箫都不是市场上买来的，而是就地取材亲手所制，如此一尘不染的爱情和雍容静好的岁月成为市场经济时代稀有的风景，真实地反映了诗人风轻云淡的生活情趣和人生的价值取向。

在嘈杂的世界里，郭卿乐静崇静。她的静，有时化为孤独，在《月无眠》中写道：“世间那么多的灯盏/在月亮的孤独里攥着”。没有谁这样写过灯盏，温暖中透出一丝寒凉和孤苦。写月亮的孤独可以说前无古人：“月亮生于孤独/月亮死于孤独/月亮成也孤独/败也孤独/月圆即更加孤独/月缺即二分之一孤独/没有月亮即陷入孤独/孤独即是/看月亮掉进河里摇摇晃晃/像余秀华的世界一样//月亮沉在酒里/一杯一句/一句一杯/李白，李白/把酒满上。”是孤独的月亮还是孤独的诗人在借酒浇愁，并与“诗仙”李白纵情对饮？朦朦胧胧，难以说清。月亮即诗人，诗人即月亮，物我合一，不分主次，颠覆了月亮在传统诗词中的被动和温婉。从《时光》中可隐约感到诗人内心的动。虽然“兰花静静地开着”，“无人扣响的门关住了世界”，但“月亮，树梢，烟火，还有你/烟火里的尘埃都去往自己的故土”。静不同于古代的隐逸，不等于与世隔绝。诗人要去往哪里？嘈杂的城市无法安放她的灵魂，她一次次地返乡，寻找生命之根和精神之源。结尾突然写道：“狭长的走廊，黑洞洞的/更方便一个人唱歌”。“狭长”“黑洞洞”是她置身的环境。方便唱，是她的自由。唱没唱都没关系，意在表达倾诉的冲动。即使唱，也不会是歇斯底里的摇滚，肯定是慢节拍的、低声调的、优雅的、从容的、忘怀的，这与一个人的精神格调无法分开。有时化为“竹林七贤”一样的知音，寄情山水，暂时忘却人间烦恼。她在《煮人间冷暖》中写道：“择一陋院，有青苔几点/煮一壶连翘茶，蝴蝶绕我三圈/最好蝉声鸣露/蜻蜓藕断丝连/恰好有知己忽至/此刻，我们忘记秋风落叶/忘记人间冷暖/忘记来自无端的杀戮/忘记明枪与暗箭/品杯中花，酌尧羽液，弹无弦琴，望山门月，可好？”有时化为爱情，写《柿子树》：“你说怎么长就怎么长/你说要什么结果就给你什么结果”。打破了一贯的慢与静，表达听从爱情召唤的心声。《等你》依然是优雅的慢、自然的美：“你看，桃红坡绿，水草很快丰美/你看，羊群散落在土坳捡食露珠/采薇的女子像罗敷一样俏丽/这些不知名姓的草籽随时准备装点大地/哦，天空的小雨打湿我的罗裙/白雪与芦荻飞上我的三千烦恼……穷尽一生我能给你什么/除了这些，我拿不出更贵重的礼物/我，我，我，我有一颗木桃，有一颗木瓜，木李//等你。”结尾像普希金的抒情诗一样优美真挚。这是乡村风味的爱情，也是诗人理想的生活。在《俗尘》中写道：“把你的笑容当作杯酒饮尽/我就可以迷离、恍惚地看你/看你独善其身，看你疏离红尘的背影”。诗人陶醉于“你”的是“独善其身”和“疏离红尘的背影”，不求大红大紫、风光无限，但对道德尺度始终不肯放松。“这里的植物都是初见世人/没有人知道我采一枝柴胡/插在鬓角/只是为了来生与你有个约定”。环境幽静，生态宜人，可理想的爱情在现实中又难以找到，遗憾的是只能寄托于来生。有时化为亲情，她写母亲能写会唱，多才多艺，但命运却是《半生烟火半袖寒凉》：“临走那夜你站在屋后的田家岭上/唱腔悠远吐字铿锵/一生的风霜雨雪/在儿女心里铸就不屈的脊梁/母亲，若有来生/您做我的女儿，我做您的妈妈/让女儿偿还您一辈子都还不完的牵挂。”拳拳之心跃然纸上，母亲的唱腔更反衬出时空的静寂和命运的苍凉。有时化为生命的疼痛。“心怀一把明晃晃的刀子在古老的月光下切割生活/有时会切到自己的心/有时会切到自己的骨头/有时切割记忆/有时切割回乡的路/路越来越短/心越来越碎。”(《丹雀怀想》)一连五个“切”，心能不碎吗？诗人是一个理想主义者，但现实生活常常使她寸步难行，在理想与现实的夹缝中品味着生活异常的艰辛。有时化为羞涩的欲望，在《灵空山九杆旗》中她写道：“站在万树谄媚的目光中/他想成为燃烧的凤凰树/也想成为稀有的红杉树/甚至他想要一架紫藤花环绕着他/并且有万鸟朝凤那样的殊荣/他想着想着，圣寿寺传出了钟声，山谷回荡，万物入定/他为刚刚的那些想法而脸红/举起九只臂膀合十向天/以独特的身姿为群山焚香诵经。”钟声使九杆旗觉醒，诗人用拟人的手法写“他”由心动到脸红、到拜天、到诵经的情感波澜和内省过程。郭卿笔下的静，明显受到现代生活的影响，不是单纯原始的静，不是一个平面上绝对的静，是动的、外部环境下的静，也是自身与欲望斗争胜利后内心的静。

郭卿不断地拓展静的丰富内涵，挖掘静的深刻哲理。《一朵山花》中的钟声反衬出山里的空廓和寂静，命运乖戾的山花修炼得有了佛性："叶子像菩提叶/花像水莲花"。这是诗人精神探索的另一个出口。在《良药》中她把静的精神作用写到极致："于是这山村静寂/抚慰疗愈各种疾苦/一草一木都是人间良药/童年是药引子"；《山中寻月》不单纯停留在"寂寥幽深"的层次，"那清晖/在草虫低鸣中错落有致/再高的山，再矮的草/平分秋色，甚至暖阳/甚至这中秋的月色"，蕴含着朴素的民本思想，诗人为此而感动；《站在自己的废墟上一点一点长高》题目就耐人寻味，"自己的废墟"暗示自己把自己打败，透出人生的荒凉。"我不知道我在向着哪里走"，诗人在城市里不知所措，"但我知道我想去哪里/我想去的那个地方有我爱的人/也有我爱的各种事物"。那个地方就是故乡，安放灵魂和爱的地方。在那里，"我很悠闲，多好，我有二胡我有青石，我有一棵秋天的柿子树"。除了慢与静的知足外，还有一点小兴奋。在《秋日私语》中写道："五十岁的女人，都有一颗秋天的心/我也不例外/有的人眼里长满了稻谷/有的人眼里含着一颗落日/我是一个草木之人/做好了凋零之备/但我，必须在霜冻那天，开出最美的花。"秋天是收获的季节，诗人却像草木一样"做好了凋零之备"，这是生命的顿悟。有此顿悟，生命就不会被物欲牵着鼻子走，就不会被红尘淹没，就不会被异化，就不会丢失灵魂。"必须在霜冻那天，开出最美的花"，不正是王安石"凌寒独自开"的梅花吗？读到这句诗，我才恍然大悟，她钟情于画荷，很可能与周敦颐的《爱莲说》有关。她钟情于画梅，很可能与王安石的《梅花》有关。她的慢和静，既体现在诗中，也体现在画中，很大程度上是摆脱物质奴役和现实困境后的自由和自在。城市的快节奏与诗人追求的从容，城市的喧嚣与诗人追求的宁静，实质上是物质与精神、现实与理想的落差和矛盾。诗人在物质上的窘迫与精神上的富有、现实中的尴尬与理想中的从容反差之大，颠覆了哲学意义上的互相依存关系，这种分裂必然带来精神上的痛苦和理想的虚幻。

郭卿的静与慢不等于顺从和颓废。《花坡》在所有草木篇中最具锋芒，隐喻着民族以及自身的苦难历史，具有唤醒的力量和反抗的意识。写花的诗举不胜举，但没有谁想到"互相击掌"，一方面体现花坡的地理特征，另一方面面对严酷“捶打”的考验时，不是明哲保身，而是彼此鼓舞，共同抵御，才有了“在无数次的击倒中又站起”的顽强和悲壮。两个“击”，“击倒”是被动的，“击掌”是主动的。花本来是被动的，诗人赋予了主动。这时候的安静就是消极逃避，只能被摧毁。“无数次的击倒”可以想到风的残酷，“从不同方向”向敌人围剿，“无数次的站起”体现出宁死不屈的民族精神。这一切都是为了“努力完成自我的完美性与生存的权利”，是被迫无奈时的反抗，是血泪滋养的正义，是对生命权的英勇捍卫。在《鹳与鹤》中写鹳：“偏偏雨将至而鸣/每当它仰鸣时天便晴了，俯鸣则天阴”。鹳本来可以成为鹤，因为鸣没有成为鹤。这种鸣不同于甚嚣尘上的嘈杂，不同于无边无际的自吹自擂，而是为真理而发声，并以牺牲自身利益为代价。鹤因为保全自己而得了绅士、优雅之名，成了鸟之贵族，鹳却失去了这一切。诗人以反讽的笔调写鹤的圆滑和优雅，对鹳充满了理解和赞美。诗人在《证据》中生出做一只刺猬的念想，来保护自己，但又担心伤害心爱的人，转而想做一只温顺的小狐狸，“为了你而放下一切”。两种不同的动物代表动与静不同的状态，可以窥探到诗人内心的矛盾和困惑。故乡最适宜她的慢与静，但过度的开采开发又破坏了她理想的慢与静，因而内心充满焦虑、惋惜、伤感、忧愤、茫然。她在《沁源组诗》中写道：“沁源，一个快被掏空身体的县城/一车一车的乌金往外拉/压得县级公路遍体鳞伤/一块一块的伤口/重复被拉煤的车压疼/路越来越窄/被碾压过的灵魂上不了天下不了地/我远隔千里，夜夜听见故乡的呻吟。”写家乡的灵空山：“其实，我压根不想让别人识得她的面容/木秀于林风必摧之，儿时的树林丢了/树林里的蘑菇，地皮菜都再也找不到了。”字里行间弥漫着对故乡浓浓的爱。她像流离失所的杜甫一样自身难保，但仍然心系故土家园和国计民生，泣血的文字袒露出“位卑未敢忘忧国”的无私情怀，以及对那些急功近利者的批判和否定。虽然聚焦于一方水土，但具有典型性和辐射性。如果经济的发展以牺牲环境为代价，必然影响到社会的可持续发展。她的感悟与国家的新发展理念不谋而合，获得了厚重的社会学意义。诗人郑敏就认为：“如果诗中有历史的声音和时代的声音，这种诗就属于大家之作”①。

因为慢，才有时间观察世间万象，细品人生百味。以慢反衬时代的盲动，不激烈，但比那些激烈的诗对灵魂的冲击力更强。因为静，才能听到各种声音，包括内心的声音。以静反衬时代的喧嚣，不尖叫，但比那些尖叫的诗更震撼人心。郭卿的诗属于生命的在场写作，她善于从日常生活的平凡景象中发现诗意和哲理，把乡思与爱情、个人与社会完美地融合在一起。当我们面对她的诗时，首先面对的是自然，她崇尚的自然不同于原生态的自然，也不同于人定胜天观念下被蹂躏的自然，是物我合一的自然，是形神皆备的自然，是外在与内在统一的自然。人与自然的关系由紧张趋于缓和，由剑拔弩张变得风和日丽，彼此在融合和抵达，人的内心摇曳着物的影子，物中有人的感觉和思绪，彼此交错和回应。诗中的“我”不是锋芒毕露，凌驾于万物之上，而是休戚与共，生死相依，成为真正的命运共同体。其次，必须面对时代这个大背景，否则无法消化她富有傲气的柔软、伤感的低调、昂扬的缓慢、内心骚动的宁静。柔中之刚最易击准时代的命门，也成就了郭卿的灵魂写作，用真情绘制出物质时代独特的精神景观。动与静、慢与快是两个方向上展开的精神向度，静与慢不等于软弱，动与快不同于浮躁。静与慢有可能落后，动与快也可能适得其反。在优胜劣汰的市场经济时代，从郭卿身上可以印证，动与静、快与慢、物质与精神、现实与理想辩证地共存于一体，但她明显偏向于静、慢、精神、理想，也有善良与超然的一面。如何科学处理二者的关系，是时代以及个人需要破解的重大命题。

诗人李杜认为，诗歌属于弱者，诗人的一生都在做着英雄的悲壮的努力。诗歌是郭卿人生的避难所，也是她精神最美的家园。她通过对寂静乡村慢慢地回望、体察，重构出寄寓着自己道德、价值观的精神图谱和理想世界。无论在生活中还是在诗中，她都想做最好的自己，以期达到至善至美的人生境界。她写的不是雕栏玉砌，而是小桥流水；不是雷鸣电闪，而是蒙蒙细雨。留给读者的印象不是姹紫嫣红，而是冰清玉洁；不是胭脂口红，而是蕙质兰心。她骨

① 郑敏：《我对新诗的几点意见》，《北京日报》2001 年 1 月 7 日。

子里本来就是一个古典主义者，凝聚着永不消逝的浪漫主义情怀，笔下的每个汉字具有君子儒雅的气质和翩翩风度，携带着人性之善美和神圣不可侵犯的尊严，温婉地传承着中华民族五千年来形成的道德、文明和文化。

三

一个诗人语言上的平庸注定了写作的平庸。布罗茨基说："诗歌是语言最高的存在形式。"[①]辛波斯卡说："在诗歌中，每一个词语都被权衡，绝无寻常或正常之物。"[②]这些精辟的论述都阐明了诗歌对语言的特别要求和语言对诗歌的极端重要。郭卿诗歌的语言既不同于口语诗的稀松和拖沓，又不同于学院派的绕口和晦涩，呈现出淡雅而悠远、质朴而深邃的风格。在《命运之网》中她写道："落单的我，落魄，落草，落雨，落无枝可栖"。有虚有实还有悖逆，一连五个"落"字像密集的雨点砸下，砸出了命运的漂泊、恍惚、凄冷、惘然。在《横岭村》中，用"嗓子眼里冒烟"形容它的干旱，又把它比作"深居简出的山里女人"，具有"越是缺水越水灵"的天然之美。写女人命里缺水，"咳嗽一声就把云吓跑/云里的雨水错过横岭"。诗人不拒绝修辞，传统的比喻、拟人、夸张交错使用，因贴近日常生活，没有一本正经的感觉。不离奇但又出新，容易接受但又能产生独特的审美。她常常打破一般语言固有的格式和惯性的思维，让读者感到突兀，但没有丝毫的生涩和谬误之感，反而像花熟蒂落、水到渠成一样。在《草木断想》中写道："一个个村庄端坐在丰收的枝头"。端坐在枝头的本来是青核桃、黄柿子、野酸枣，诗人故意用村庄借代，打破了习惯的搭配，生出葱茏无比的诗意。语言与情感密切相关，传导着情感的温度和诗人的意绪，但那些纯净而美妙的感情，却不是每个诗人都具备的。郭卿诗歌的情感既不放纵，又不扭捏，真诚又含蓄，明朗又理智，朴实又深沉。《一棵开花的树》写逝去且无法挽回的爱情。"一曲乡谣，唱断春风流水"。一个"断"字大煞风景，春风

① 雷格编著：《诗歌的秘密花园——20世纪伟大诗人名作细读》，北京联合出版公司2020年版，第285页。

② ［波］维斯拉瓦·辛波斯卡：《我曾这样寂寞生活——辛波斯卡诗选2》，胡桑译，湖南文艺出版社2014年版，第2页(译序)。

不再，流水凝噎。诗人用的是通感，隐喻内心的失落苍凉。“今天我回来/看你硕果累累/在山野长成一棵老树/开满唐诗宋词”。诗人用树的苍老隐喻岁月无情，用树的硕果累累隐喻曾经心仪的人已经儿孙绕膝。时间跨度之大，特别耐人寻味。尘世沧桑，青春难觅。写树“开满唐诗宋词”，内心一定是五味杂陈。苍老的“你”遇到曾经年轻的“我”，内心一定会翻江倒海。诗人故意省略了许多，就像画画一样，布下大片的留白让读者放飞想象，这才是诗的凝练和弹性。人和树交错着写，情趣顿生。写树是为了写人，而且抓住了共同特征，处处形成对比，悲喜交集，明暗映衬。情感表达得含蓄委婉，把控又适中。以浪漫写现实，不失为一大特色。通感运用自如，极大地增强了情感的张力，为诗歌的审美有效地扩容。在情感的把控上体现了一位优秀诗人伸缩自如、游刃有余的驾驭能力。郭卿的语言有意淡化女性特征，不扭捏，不娇嗔，不虚饰，有返璞归真之美，缓慢并不迟滞，宁静并不死寂，简朴并不简单，现实不乏浪漫，质朴蕴含神奇，柔弱透出坚韧，让你体味到从容中的窘迫、沉着时的忐忑、智慧外的疼痛。

诗人是用意象说话的。庞德认为：“一个意象是在一刹那时间里呈现理智和情感的复合体的东西。”[①]很多诗人凌空高蹈，缺乏意象的支撑，要不就落入同质化的陷阱。郭卿善于用意象表情达意，她的意象大多天然生成，毫无做作之态，即使是别人使用过的，也能敏锐地发现别人没有发现的东西，有让人眼睛一亮的新鲜感。很多诗人在使用原型意象时自觉或不自觉地存在模仿、套改的现象，给人似曾相识的感觉，这是新诗同质化的重要原因之一。李生春先生认为：“郭卿成功使用了大师的原型意象，一个原型意象节约了那么多文字与修辞，却营造出一大片典型意境，收容密集感觉生长开花结果。”[②]没有感觉的意象就没有生命力，诗人在《春》中写道：“我的心仍然幽居在一朵桃花里”。这种奇妙的感觉与诗人的心性和精神追求密切相关。她诗中的花草、山河、星月不是别人的花草、山河、星月，其意象具有鲜明的个性色彩和情感特征，给读者留下深刻难忘

① ［英］彼德·琼斯编：《意象派诗选》，裘小龙译，漓江出版社1986年版，第152页。
② 李生春：《用爱点亮生命——评郭卿的诗》，《火花》2020年第11期。

的印象。没有想象，凝滞和呆板在所难免。特朗斯特罗姆认为："诗是对事物的感受，不是再认识，而是幻想。诗最重要的任务是塑造精神生活，揭示神秘。"①郭卿无与伦比的想象给她的诗歌插上了翅膀。如《花坡》一诗，想象奇特，又富有情趣和思想，不但形似，更达到了神似。古今中外的诗歌中，都没这样写过花，这是她作品辨识度高的重要原因之一。郭卿还擅长营造诗歌的整体性意象，在一首诗中，句与句之间、节与节之间情感逻辑严密，形成结构上的紧凑和浑然一体，很好地克服了当代诗歌严重的散文化倾向。

郭卿的诗是物质与精神、传统与现代矛盾冲突的产物。在物质与精神之间，她倾向于精神，但并不完全鄙弃物质。在传统与现代之间，她迷恋传统，但并不仇视否定现代。她的诗以静与慢为基调和特色，是属于时代浪潮背景下的静与慢，又反衬出时代的激荡与快速。林红教授认为："郭卿的诗歌营造了一个属于自己的乌托邦：大地，家乡，村庄，炊烟，其中生活着母亲、弱小而倔强的自己，还有意念中琴瑟相和的爱人。透过诗歌，我们感受到美丽的哀愁，领略过愤懑与不甘，更见证了她如何实现着人生的蜕变。"②她的痛苦既来源于自身多舛的命运，又是知识分子在社会转型期的痛苦，闪耀着思想光芒的痛苦。她企图以痴迷的静化解市场经济时代刺耳的噪声，以优雅的慢与时代的浮躁盲动拉开距离，以庄子的超然化解现实刻骨铭心的痛苦，但又感到力不从心，无所适从。正如希尼所言："在某种意义上，诗歌的功效等于零——从来没有一首诗阻止过一辆坦克。在另一种意义上，它却是无限的。"③郭卿的意义不在于对个人痛苦的精雕细刻和对时代弊端的尖锐批判，而在于对传统道德和价值观的英勇捍卫，对尊严和人性的深切呼唤。

诗界赞誉郭卿为诗歌而生，她确实视诗歌为生命，蘸着生命的热泪写下很多有灵魂的诗。她的诗歌呈现出特有的生命气象和艺术特色，既是缪斯的青睐，也是生命的馈赠。她的诗具有真正意义上

---

① 雷格编著：《诗歌的秘密花园——20世纪伟大诗人名作细读》，北京联合出版公司2020年版，第249页。

② 林红：《桃花源的冥想》，《太原晚报》2021年4月10日。

③ ［爱尔兰］谢默斯·希尼：《希尼三十年文选》（修订版），黄灿然译，浙江文艺出版社2021年版，第250页。

的纯粹性，灵魂一尘不染，情感发自内心，思想明朗健康，语言返璞归真。在艺术上，她以自然为美，面对茫茫宇宙，总像一个人在自言自语，有时又好像有心仪者站在面前。她迷恋人间烟火，又保持适度的疏离，贴近澎湃的内心，又懂得有效地节制，不拘泥，又空灵，总是恰到好处。在写作时，她只听从内心的召唤，避免了空洞的说教和同质化的抒情。在静与慢的节奏中，爱使她的生命变得愈来愈明媚、纯净和美丽。当然，我们也不能回避她明媚中的暗影、纯净中的孤独、美丽中的柔弱。诗歌在弘扬真善美和核心价值观的同时，也应提升鞭笞假恶丑的信心和斗志，除了阳光和鲜花外，也需要鲁迅那样的“匕首和投枪”，温婉中确需增加一点犀利，为有尊严的爱和生活扫清前进道路上的一切障碍。

［作者单位：山西省委编办］

新诗
理论著作述评

持存于“上游”的诗性时空

——读《沈奇诗文选集》

张大为

作为诗人与诗歌批评家的沈奇先生，相信很多人不陌生。但当由中国社会科学出版社出版的七卷本的《沈奇诗文选集》摆在眼前的时候，人们看到的不仅仅是沈奇先生本人多年的诗作和包括诗歌在内的各门类文艺批评文章的一次汇集与总结，更是让我们了解到一个更加全面、立体的沈奇。这一过程，不只是可以用“博大精深”一类词汇加以形容的“量”的充实与扩展，而且也是质性的聚变。贯通诗歌与文艺、写作与批评、文字与生活，让我们豁然之间，充分地理解了沈奇的追寻与向往之所在。我们看到的是一片持存于“上游”的、光亮的诗性时空，它仿佛近在眼前，但又不能轻易触及；它仿佛是来自更高的维度，但又并存、浸润于当下经验之中；它不仅仅是作者的诗艺实践与学术观点，更是其圆融、通透的生活态度与生活方式……这部《沈奇诗文选集》似乎在证明：若不能达到如此地步，无论写诗为文还是理论批评，不仅会让人怀疑其内在的真诚度，也会导致艺术思致与理论观念上的结构性窒碍与缺陷，而难以做到周备圆通。在沈奇这里，诗与文、写作与理论、文艺与人生，完全可以互通、互证、互换。

一

西方现代性的观念与价值谱系的核心就是从“低处”来理解人性和世界，是一种主动寻求的“无甚高论”的卑俗之论，而不仅仅是一种时间刻度和历史标尺。它充满为了叛逆而叛逆的偏执，处处追求自我合理化的自说自话的逻辑，以及消解一切人性化标准以外的价值系统的虚无主义，所以，它更像是西方在数个世纪以来积累的一种病理性特征。对于现代汉语新诗、“现代诗”来说，从理论上说固然此“现代”非彼“现代”，但人们实际上看到的却是，在中国百年新诗历史上，无论是在写作实践还是批评领域，“为了现代而现代”永远是可以通行无阻的正当性来源与说辞，甚至直至今天仍然如此。而这种自我合理化的“现代性”强迫症，正是西方文化历史的“现代性”逻辑的虚无核心。在这种情况下，说现代汉语新诗之为“现代”，已经摆脱这种当初主动卷入、依附、寄生的观念参照系统与文化价值旋涡而得以长足地自主性成长，实在令人难以置信；说新诗，其实在多个维度、多种意义上“枉道以从势”，倒是更接近事实：

> 新诗百年，初以“浅近”为开启，争得“与时俱进”之先声，横空“标出”，立身入史，后来也便在自得于“势”的层面之“浅近”功利，难得本体澄明而潜沉修远。新诗后来又被称为“自由诗”，也便“作了”浅近的自由。再后来新诗又被称为“现代诗”，也便“作了”浅近的现代。[①]

在这种情况下，新诗修辞技艺层面上的“模仿性创新”与“创新性模仿”，就不仅仅是体现在诗歌艺术表层的一种迟滞或者惰性，而是刻写在现代汉语这一新诗母体当中的文化缺失与文化基因混乱：“你操持的母语原来并不完全是‘你’原本的母语……你翻译的外国诗原来也不完全是‘他’原本的外国诗”。但这不仅仅是诗歌翻译或翻译体诗歌的问题，这种或被动或主动的“翻译性”，是现代汉语诗歌的本源性生成机理，当然也是其本质性缺憾。“只要我们还在依赖现代汉语的‘编程’，我们就走不出听由‘养父’主导的阴影。亦即，我们的新诗写作，极而言之，大体只能是翻译诗歌之‘另一种汉诗’的模仿性创新或创新性模仿的‘子文本’，而很难完全真确地写出汉语诗性的‘你自己’。”[②]就此而言，在“模仿性创新”与“创新性模仿”的表象背后，其深层根由在于沈奇所精审地加以概括的“主体精神之弱”“诗体

① 沈奇：《浅近的自由——说新诗是种“弱诗歌”》，《沈奇诗文选集》（卷二），中国社会科学出版社 2021 年版，第 16 页。

② 沈奇：《浅近的自由——说新诗是种“弱诗歌”》，《沈奇诗文选集》（卷二），中国社会科学出版社 2021 年版，第 19 页。

意识之弱”“汉语气质之弱”①；或者换一种大体对应的说法，也就是“缺乏高远的理想情怀”“缺乏深广的文化内涵”“缺乏细切的诗体意识”②。新诗或许是西方诗歌、语言与文化的“梦中的产物”，是西方文化地图上的旅者。

因此，新诗的这种匮乏与“弱”质，就不是局部性、技艺性与偶发性的，“钥匙或许并不在聚光灯下”③，因而是新诗从自身出发难以索解的、根性上的先天隐疾与底气不足。这就涉及中国新诗的所谓“大传统”与“小传统”的关系问题。关于新诗有没有自身的“传统”问题，已经争执了许多年，但新诗时至今日的状态似乎说明，新诗有没有自身的“小传统”其实都无关紧要。在这个问题上的不同结论，只是表明了不同的认知角度、主观态度与“乐观”程度。问题的关键在于，无论新诗有没有形成自己的“传统”，新诗仅仅立足自身“小传统”，通过否定依赖三千年古典诗歌“大传统”来确立自身合法性与前行“动力”的“方案”与“策略”，都只能走向空乏无力的失重与虚无状态；新诗仅仅从含混不清、来源不明的所谓“现代性”观念与价值谱系出发，无论如何都已经不足以驱动自身的发展与创造，明晰自身的道路与目标。

在这种情况下，谢冕先生提出的“百年和解”说④，当然不是终点和结论，而是可以看成一个新的起点、新的开端。“百年和解”不只是一个说法上的转变，“百年和解”之说背后，是走出进化论的单向通道与历史窄门之后的、比较宽绰的文化语境与相对从容的文化心态。事实上它指向了一种可能性，即古典与现代、“中国”与“西方”之间原有关系格局的松动与新的价值坐标的重置：“现代”如果只是一个时间刻度，又有谁不属于“现代”、不存在于“现代”？“现代”如果也是某种价值谱系，那这样的“现代”怎能如此不加检点就标榜自

---

① 沈奇：《浅近的自由——说新诗是种“弱诗歌”》，《沈奇诗文选集》（卷二），中国社会科学出版社2021年版，第20—24页。

② 沈奇：《“自由之轻”与“角色之祟”——有关“新世纪诗歌”十年的几点思考》，《沈奇诗文选集》（卷二），中国社会科学出版社2021年版，第285页。

③ 沈奇：《从“别立新宗”到“百年和解”——新诗百年反思兼谈汉语诗歌之“大传统”与“小传统”》，《沈奇诗文选集》（卷二），中国社会科学出版社2021年版，第74页。

④ 沈奇：《从“别立新宗”到“百年和解”——新诗百年反思兼谈汉语诗歌之“大传统”与“小传统”》，《沈奇诗文选集》（卷二），中国社会科学出版社2021年版，第64页。

己的正当性？仅仅因为时间上属于“现代”就能证明价值上的正确？时间上的“现代”标尺什么时候变成了价值标准？它不是拿西方所谓“现代性”的观念与价值谱系进行的偷梁换柱、自觉不自觉的偷换概念，又是什么呢？这里需要更根本、更丰富、更全面、更具体的内容，来取代所谓“现代性”的虚无尺度的自我标榜。

所以，“百年和解”之说背后，集聚着新诗一个世纪以来的成败得失的经验，有待人们以更坚实的立场、更高远的视野与更沉静的心性，从更内在与更复杂的关联性层面，重新审理与疏通两个“传统”的关系，寻求新的视域融合与价值会通的理论基点与工作平台。这实际上是诗学理论发展的新的契机与新的基点：“百年和解”应该走向的，是“小传统”的小“统”小“宗”，放弃偏执与“我执”，对于“大传统”的认祖归宗，而不只是情绪化的对立与反叛姿态，以及“为了现代而现代”的、自欺欺人的“现代性”的自律性逻辑；同时，这个“小传统”也应自觉担负起为“大传统”别开生面的职责担当。具体来说，基本路径就是“内化现代，外师古典，融会中西，重构传统”[①]，而核心任务或许就是“返回对汉语本质属性的再认识”[②]。“新诗自身的传统”这种说法本身就是权宜之计，汉语新诗要走向成熟，就要及时明了自我放逐的俄狄浦斯终究无处可去，浮士德式的渴望、野心与无限性其实都是虚无的幻象：这里其实没有什么选择余地，舍此之外基本别无他途。

要完成“重构传统”的任务，所需要的就是从“诗”与“思”两个维度，同时领悟与通达汉语的本质与汉语诗歌真正的传统，并在写作与批评当中驻守、融汇这种汉语诗歌传统的本质与本源性的渊源。为此，沈奇所做的工作就是“返回”，即回到中国诗歌与汉语文化传统的这种“源头”，回到“上游”：“上游的孩子/还不会走路/就开始做梦了/梦那些山外边的事/想出去看看/真的走出去了/又很快回来/说一声没意思”。中国诗歌的所谓“上游”，肯定是出自沈奇的某种深层次的生命价值与文化价值体认，而不仅仅是学理观念。沈奇这首早

---

① 沈奇：《“味其道”与“理其道”——中西诗与思比较谈片》，《沈奇诗文选集》（卷二），中国社会科学出版社 2021 年版，第 61 页。

② 沈奇：《“汉语诗心”与“汉语诗性”散论》，《沈奇诗文选集》（卷二），中国社会科学出版社 2021 年版，第 11 页。

期的诗作《上游的孩子》[1]，隐然揭示了中国新诗的文化轨迹与发展历程，对于沈奇本人的诗艺观念乃至人生历程，或许都有着某种原型性的规定，映衬着中国新诗百年发展历程，以及沈奇所从事的诗歌写作与批评工作，“上游”以某种近乎宿命般的逻辑轨迹，最终熔铸、落实为沈奇所说的“上游美学”。

二

沈奇的“上游美学”说，一方面针对的是百年新诗功利化的进化情结、造势运动及其“浅近”的价值诉求；另一方面，也是出自汉语诗性文化自身的内在逻辑与自我超越格局，是出自本源性汉语诗性心灵的汉语文化之自我理解的高维度的澄明性：“一是已然典律化的、历时性的、可重新认领的‘上游’，如上文所提及之‘汉唐精神’；二是隐于当下的、共时性的、需要重新探究的‘上游’。”因此，“上游美学”就是“诗意”“自若”与“原粹”的境地[2]，“上游”既是艺术的，也是生命和生活本身；“上游”既是不妥协的，也是随和的、包容的；既是严格的，也是自由的。它是“高过真实/高过梦想”的“高妙之界”[3]。“诗者，持也，持人情性”(《文心雕龙·明诗》)，“上游美学”在沈奇那里，所指向的就是那样一种光亮的汉语诗性时空的高维度持存。“上游美学”召唤着中国新诗这一“上游的孩子”及时“返回”与“回来”。

把沈奇当作“口语写作”群落及其批评的代言人，是一种包含了时间历史的错位、耦合关系的简单化与标签化认识，它会遮蔽很多东西。沈奇早期的诗歌写作实践，接近于一种以富于生命质感的口语性、叙述性诗歌语言为主基调的“生命诗学”形态，而“禅味”及其与中国古典诗学精神的会通，是沈奇发自文化生命深处的、由来已

---

① 沈奇：《看山·上游的孩子》，《沈奇诗文选集》(卷一)，中国社会科学出版社 2021 年版，第 5 页。

② 沈奇：《诗意·自若·原粹——“上游美学”论纲》，《沈奇诗文选集》(卷六)，中国社会科学出版社 2021 年版，第 14—16 页。

③ 沈奇：《天生丽质·如焉》，《沈奇诗文选集》(卷一)，中国社会科学出版社 2021 年版，第 288 页。

久的自觉探求目标[1]。这种诗艺探索的踪迹，体现在沈奇的多个诗集，如《看山》《和声》《生命之旅》《寻找那只奇异的鸟》《淡季》《印若集》等所铺就的诗歌实践路途当中。这是一条既有风格与主旨的连续性，同时又在明晰的理论引领与观念觉悟当中逐渐走向成熟与“完成”的诗歌道路。在这其中，作为现代诗体诗话的《无核之云——现代诗体诗话二百则》[2]是一种探索方式与方向，而《天生丽质》是目前为止沈奇诗路历程的最高成就，也是当代诗歌史上的一次重要事件。

《天生丽质》的写作，是在明确的理论意识与理论思考指引下的实验性写作，同时又具有极大的理论蕴含与理论阐发空间。它的成绩取决于沈奇的诗艺才能与正确理论，以及二者的对等、平衡与互证、融通——这一点在当代诗歌领域堪称奇迹，也是作为诗人与批评家的沈奇的不可替代性之所在。《天生丽质》是沈奇诗思并进、通过多年的诗艺实践与理论探索，在当代汉语文化与当代中国人的生活世界当中所开拓出的一方高维度的、“上游”的诗性时空。它是沈奇诗艺与诗思的集成与升华，它的意义与价值是全方位的，从某种意义上说，或许也非沈奇不能为。

从起源性的、本质性的意义上讲，汉字和汉语的“诗性”是一个令人神往、同时也令人困惑的问题，还或许是一个容易被带向神秘化的思考歧途的比较性特征；但就结果与现实而言，说中国当代诗歌写作与当代诗人，处于一个伟大的汉语诗性的传统当中，则是无可争议的事实。问题只在于，我们对于这个传统与其所谓的诗性，对于这种语言和文字的诗性机理，理解得还太表面、太肤浅。在这样的基础上，当代诗歌写作喜欢标榜的所谓“创造”“开拓”“自觉”“可能性”之类，只是经不起推敲的“沙丘上的城堡”与追新逐异的表面文章。而沿着西方“现代性”“现代诗”的文化逻辑的诗性寻索，大概也只会走向愈骛愈远的虚无之境。《天生丽质》可以看作沈奇以作为现代汉语诗歌的命运“人质”的决绝与勇毅，进行的一次“返回”的实验。

---

① 吴思敬主编：《20世纪中国新诗理论史》(下)，人民文学出版社2015年版，第818—819页。

② 沈奇：《无核之云——现代诗体诗话二百则》，《沈奇诗文选集》(卷七)，中国社会科学出版社2021年版，第3页。

这样的“返回”，在一部分人看来或许是匪夷所思的，但对于沈奇自己来说，可能只是“顺流而上”的自然选择。

从“上游美学”视野出发，“自若”与“原粹”的汉语诗歌传统，原本就“在那里”，在“上游”。但它不是一种古典语言文字、古典诗歌体式意义上的自在存在的客体与客观性，而是汉字、汉语所联系着的一种诗性生活与诗性文化传统的绵延与弥散。然而，只有我们能够沉潜、进入汉字与汉语本身的诗性质地与诗意逻辑深处，才能重新“看到”它们，才能深度地接近、经验与重新激活它们的诗性；或者反过来，它们才能重新引发、照亮现代汉语的诗性逻辑、诗意秩序与诗性质地。否则，它们只是精致但无用的装饰品，或诗歌博物馆里的珍贵馆藏。但这个“上游”的诗性与语言传统，似乎与失重、粗粝的塑料般的现代汉语诗歌传统不相侔合、格碍难通，就像是两种文化、两个国家的诗歌，或就像是出自两种不同诗歌概念的诗歌：“热爱新诗是一种痛苦，有如热爱汉语的痛苦，因为我们百年来所遭遇的一切，说到底，都是汉语，尤其是现代汉语带给我们的；而不热爱新诗有如不热爱汉语更是双重的痛苦，因为我们生在新诗的历史进程中，有如我们活在汉语的‘基因编码’中，舍此又何以存在?!”[①]在这样的情形下，汉语诗歌成了有着文化诚挚与智慧心性的诗人的痛苦之源，却也是必须面对的唯一现实、再次出发的必然起点。

语言的“家园—本体”论与其反面“传达—工具”论一样，如果没有富有悟性的文化直觉与诗性智能的深度开掘，就只能闭锁在理论的抽象性与自我标榜的空洞旗号当中。是《天生丽质》的写作，让人们“看到”汉字和汉语本身的质性，“经验到”汉字和汉语本身的诗性。《天生丽质》让人们看到，是汉语的这种诗性质地与诗性系统本身，对生活世界进行编码、组织与加工，所谓“语言是存在的家园”在此情形下不再是一个比喻性修辞，而是语言当中的生活与诗性化的现实。《天生丽质》凸显了以文字、汉字为单位和范型的汉语诗性思维与诗性修辞之“字思维”的本质特征：“字与字、词与词偶然碰撞到一

---

① 沈奇：《从“别立新宗”到“百年和解”——新诗百年反思兼谈汉语诗歌之“大传统”与“小传统”》，《沈奇诗文选集》(卷二)，中国社会科学出版社 2021 年版，第 72 页。

起，便有风云际会般的形意裂变，跳脱旧有的、符号化了的所指，而生发新的能指意味，新的命名效应，及新的语感形式。”[①]在这种新的思维与意义逻辑当中，文言文与现代汉语之间的语言结构形态的古今隔断，被最大限度地跨越与消解。文字、语言也不再是表达工具，但也不是“语言本体论”式的物质实体，而是诗意的活跃的生产机制与萦回结构。

在这其中，作为穿越时间历史隔断的汉语本质的再次体认与汉语诗性的再次生成，古典诗文与古典字词、意象在现代诗歌语句当中的穿插与重置，往往有一种轻微的反讽意味。但这种反讽并不导向解构性，而是更加凸显出汉字、汉语“本身”的实质性、本质性在场，以及一种诗性的直接性、明晰度同诗性的复杂构成与纵深格局的并存关系：古典诗句经过重新排列（断句、竖排等）和重新识读（谐音、转义等），其被重新激活、引发的诗性，仍然顽强而又生动、鲜活地流溢在现代汉语诗歌的诗句与语境当中；反过来，现代汉语的诗性与灵性，也被重新打捞、淬炼、淘洗出来——从这个角度来看当代的旧体诗词写作，恐怕也就不是只用简单的“怀旧”情结就能解释得了的[②]。经由这些，也让人们看到一种复杂性与多维性的汉语诗性之基质构成。总之，诗性点亮了语言，语言联络着生活，通过所有的这些，古典与现代之间的时空与心理距离，被重新连缀与贯通起来：在二者的水乳交融当中，在汉语与汉字的深度质性当中，融汇出一条贯穿古今的汉语诗歌传统的河流。

《天生丽质》达到了一向为沈奇所神往的“语境透明”的艺术境地[③]，这种“透明”不是清浅与直白的透明性，而是汉语穿越时空的尘雾，所发散与熔融出来的诗性的光亮与明晰。《天生丽质》的“返回”的探索实验当然是现代的——究竟谁能够或者真的试图要回到古代呢？但《天生丽质》让人们从语言现实与诗歌实践的层面上看到，超

---

① 沈奇：《我写〈天生丽质〉——兼谈新诗语言问题》，《沈奇诗文选集》（卷二），中国社会科学出版社 2021 年版，第 97 页。

② 沈奇：《从“大中国诗观”与“天涯美学”——与洛夫对话录》，《沈奇诗文选集》（卷三），中国社会科学出版社 2021 年版，第 230 页。

③ 沈奇：《风清骨奇心香远——评吕刚的诗》，《沈奇诗文选集》（卷四），中国社会科学出版社 2021 年版，第 234 页。

出语言(文言与白话)、文体(诗体与散文)、形式(格律与自由)这些表层构造与价值标准之外，汉语诗歌显然有着更为深广的经验质地、诗性逻辑、文化坐标、价值谱系：在这样的层面上，说到底只有“一个”伟大的汉语诗歌传统。然而新诗百年求索，从整体上还没有走出上述那些表层化与形式化的认知格局、观念语法与价值格套，以及这其中在所谓“现代性”诉求当中的自我剥夺与自我放逐。在此前提下，沈奇的《天生丽质》不能说包含了现代汉语诗歌的全部可能性，但它是那条激进和浅表的诗歌传统河流当中的一个深沉的旋涡，即便不能立即导引这条河流从此转头他向，也是其深刻地返照、回思与彻悟自身的某种重要契机。

三

台湾现代诗是沈奇诗歌批评与诗歌研究的一个重要领域。沈奇将台湾现代诗定位为中国新诗的“三大板块”之一：“台湾现代诗的出发，落脚于‘横的移植’与‘纵的继承’之交叉坐标上，其起步是稳健的，方向是明确的。这里的‘横的移植’，不仅是指西方诗质，也主要包括了西方精神；这里的‘纵的继承’，既指中国传统人文精神和古典诗美，也含有对新诗前30年成就的承传”[①]。基于对台湾现代诗歌的这种认知，沈奇的台湾诗歌批评与研究，一方面通常并不突出，甚至“有意识地消隐”其特定历史与地域性的创作背景，而突出其“民族性”与“世界性”[②]；另一方面，其研究主旨是着力于提供一份“来自彼岸诗人之经验之提示之参照”[③]，为当代汉语诗歌提供一个“参照星座”。因此“三大板块”的说法，根本上不是在提供分离的理由，而是在强调整合的必要性与必然性，即超越种种隔碍与误读，将两岸现代诗的存在与发展作为一个整体，作为一个“大中国现代汉诗”场域来加以识读与考察。这些年来，随着两岸诗歌发展与交流的不断深

① 沈奇：《中国新诗的历史定位与两岸诗歌交流》，《沈奇诗文选集》(卷三)，中国社会科学出版社2021年版，第21页。

② 沈奇：《深渊之眼——痖弦诗歌现代意识散论》，《沈奇诗文选集》(卷五)，中国社会科学出版社2021年版，第11页。

③ 沈奇：《“意象的姿容”与“现实的身影”——简政珍诗歌艺术散论》，《沈奇诗文选集》(卷五)，中国社会科学出版社2021年版，第193页。

人，这样的境地应该虽不至亦不远了。

《选集》也收入了沈奇对于其他艺术形式，比如书画、篆刻、版画、摄影、陶瓷、紫砂等艺术门类的一部分批评、阐释文章。涉足于这些广泛的文艺门类当中，沈奇的解读文章也都贯彻着诗性的思维、诗性的逻辑与诗学的概念。所有这些文章，一方面让我们见识到了沈奇的风雅与渊博，另一方面也让我们重新确认了那种深入骨髓的诗性，及其从耐人寻味的纵深、宽博与厚度当中彰显的实在性：

> 只有不断由创作意识重返生命意识，重返生活现场的真情实感，和一己本真生命的个在体验，而非观念和主义的演绎，你才能坚持永远居住在诗歌的体内，并成为其真正的灵魂而不是其他。也才能不断超越时代语境的局限，活在时间的深处，并悠然领取，那一份“宁静的狂欢”。[①]

由此，也可以再次反证沈奇的“上游美学”与“上游”的诗性，不仅仅是一种文体的质性，也是一方悠然自若、粹然自持的生命本真光晕。在此情形下，所谓“重返”也就不仅仅是回归与退守，而是以其在“重返”当中持守自身的、加倍的丰盈与润泽，向着时间深处绽放开来的真意、厚重与狂欢。

［作者单位：天津社会科学院文学研究所］

---

① 沈奇：《我的诗歌写作——〈沈奇诗选〉自序》，《沈奇诗文选集》（卷七），中国社会科学出版社 2021 年版，第 287 页。

“识”的辩证与“史”的重审

——评张松建《华语文学十五家：审美、政治与文化》

宋雨娟

继2019年出版《重建家国：海外汉语文学新论》之后，张松建在2020年推出了又一部力作《华语文学十五家：审美、政治与文化》(以下简称《十五家》)。该书考察了20世纪50年代以来中国香港、中国台湾与新加坡、马来西亚文坛的15位知名作家，包括：中国港台地区诗人杨牧、张错、梁秉钧、覃子豪、余光中、周梦蝶、痖弦、洛夫、管管、郑愁予，新加坡戏剧艺术家郭宝崑，冷战时期活跃于中国香港与东南亚的诗人力匡、杨际光、燕归来、白垚。作者打破地区和国家限制，注重本土、区域和全球的重叠语境(overlapping contexts)论述，采用跨文类分析的方式，从多角度编排材料，不断逼近中心问题的研讨，从而绘制出一幅多元与流动的华语文学图景。行文过程中，本书注重文本、理论、历史的三边对话，有时表现为跨学科研究的志趣，例如，历史哲学之于杨牧诗歌的分析；有时表现为文学、文化、政治多重语境的交织与补充，例如关于郭宝崑戏剧的研究。对比作者此前的几本论著，可以发现，作者的文风由早期的逻辑思辨转向雅正平实，在素朴流畅的叙述与反思中达到了新高度。

一、华语文学新世界：多元与流动的图像

《十五家》绘制了20世纪50年代以来华语文学的多元与流动图景。“多元”有二义：一是指本书以现代诗评论为主，兼容小说、散文、戏剧等文类的分析；二是指论述内容既包括对文学文本的形式主义分析，也包括文化—政治议题探讨之间错综复杂的关系及其历史性的变化。“流动”：一是指作家跨地区、跨国家的身体流动(或离

散），二是指冷战时期不同区域之间的文学与文化的流动（或传播）。

《十五家》前三卷讨论的杨牧、张错、梁秉钧三人，均在美国著名高校获得了博士学位，都有丰富的跨地区、跨国离散经验，此后又一直在大学任教，属于“学者型”诗人，作品有着浓厚的历史文化气息。作者主要从离散经验、诗学理论、历史文化认同等角度，分析杨牧诗歌的历史意识、张错的离散诗学、梁秉钧的食馔诗学，指出他们创作的优长和缺憾，旨在进行“识”的辩证。杨牧、张错这两位诗人将“中国性”与“本土性”结合的文学观，可以说是张松建颇为欣赏的。他们不被西化风潮裹挟，始终与整体意义上的中国文化保持密切关联，巩固了“血缘神话”。然而，杨牧、张错等人念兹在兹的“文化中国”认同也日渐边缘化，例如，论及张错，张松建指出：“他发现自己竟然变成了‘异地的异地人’‘外省的外省人’‘边缘的边缘人’，他的身分（份）认同突然处于一种涣散、破裂、混乱和迷失的境地。”[①]而中国香港诗人梁秉钧对于食物文化主题的偏爱，对整体意义的民族、国家概念的忧惧与排斥，却逐渐成为一种流行的“政治正确”。

卷四论台湾现代诗对新加坡的影响，反思台湾现代诗如何在艺术技巧与主题思想两方面影响了新加坡诗人。卷五专辟“郭宝崑在全球1960年代”一节，探讨左翼思潮如何渗透于郭宝崑的意识深处，分析艺术与政治之间的相互作用。卷六“冷战时代的跨国离散作家”研讨冷战思维在文学中的再现、特点和后果，试图“为国际冷战研究和全球华语文学研究提供一个来自亚洲的观察视角”[②]。这三卷内容整体上有意从文化与政治相互影响的角度分析，有明显的历史重审意味。通过多重语境、深入浅出的分析，作者主要辨明了两个问题：一是20世纪50年代以来，华语现代诗虽然取得了瞩目成就，但现代诗并非“纯洁”的象牙塔内的高雅艺术；二是冷战时期，作家遭际与创作各不相同，既有主动远离是非的诗人覃子豪、郑愁予、周梦蝶等，也有自觉卷入政治旋涡的郭宝崑、力匡、白垚、燕归来，还

① 张松建：《华语文学十五家：审美、政治与文化》，秀威资讯科技股份有限公司2020年版，第76页。

② 张松建：《华语文学十五家：审美、政治与文化》，秀威资讯科技股份有限公司2020年版，第252页。

有刻意回避又曲折回应时代风潮的杨际光。

二、从理论、审美到文化、政治

有论者认为，《十五家》采用“评传式”解读①。这种说法虽然正确，但不够全面，“评传式”解读与传统的知人论世类似，强调对作家生平事件的详尽叙述，讲求真实与生动的效果。“评传式”解读这一说法显然忽略了张著的理论演绎，也忽视了张著以作品细读与文化现象为基础，重审20世纪50年代到70年代的冷战历史和中国港台地区、新加坡现代诗发展史的动机。

作者认为，“东南亚国家具有相似的殖民地历史记忆、多元种族文化、与中国的互动关系，使得东南亚成为理论的实验场。”②《十五家》涉及后殖民主义、性别研究、移民社会学、文化批评等理论概念，跨文学、历史、社会、政治等学科。所以，厘清一些理论关键词对于理解此书有重要作用，这里仅举几例：史书美在反对“中国中心主义”的框架下，提出与“离散”相对的“反离散”概念；杜维明提出的“文化中国”认同；地区、国家间人员迁徙造成的“移民”与“后移民”；历史变动造成的“殖民”与“后殖民”；等等。

《十五家》有时借助理论的运用来阐释诗人作品，如对杨牧历史诗学的分析和对梁秉钧食馔诗学的分析。有时透过理论的检视，探寻创作的价值与局限。比如解读杨牧的《热兰遮城》时，张松建认为，“杨牧没有从女性受害者的角度见证暴力、控诉不义，而是从殖民者的角度出发，……在男性/帝国主义的凝视下，无名台湾女子始终沉默无语，暗示殖民地台湾被客体化、他者化、边缘化了，苦难深重，无以自我表述。”③再如，燕归来作为女性诗人，作者认为她在冷战时期并没有因女性身份而“走向跨国女性主义，而是自觉转换为去性别化、中性化，甚至男性化的人物角色，戴着人格面具强力发声，带有阳刚气质和雄浑崇高的风格，吊诡地回归和巩固了父权制民族—

① 张立群：《谱写海外华文文学研究的新篇——评张松建的〈华语文学十五家：审美、政治与文化〉》，台北《创世纪》2021年春季号。

② 张松建、苏文健：《文心的追寻：访谈南洋理工大学张松建教授》，未刊稿。

③ 张松建：《华语文学十五家：审美、政治与文化》，秀威资讯科技股份有限公司2020年版，第42页。

国家的话语实践"①。

此外，不同于"评传式研究"更注重个人生活、社会历史背景等"外部研究"，《十五家》在文本细读方面同样展现出深厚功力。"台湾现代诗对新加坡的影响"通过翔实的文献述评与细致的文本解读，论述了中国台湾地区的现代诗如何启发了新加坡作家，例如，覃子豪的纯诗理论之于林方；痖弦诗歌的现代美学、写作技巧之于英培安、南子、林方；洛夫的超现实主义诗学、存在主义意识之于梁钺、周德成、周昊；管管诗歌语言的活泼风趣之于蔡深江；余光中、周梦蝶的古典意象和主题之于寒川、梁钺；郑愁予的婉约愁绪之于寒川、杜南发等。作者对文学现象的准确把握和诗歌作品的精彩分析，体现出端正严谨的审美分析与比较能力。这种写作方式与《现代诗的再出发：中国四十年代现代主义诗潮新探》②第二章"西方现代主义诗歌在中国 40 年代的译介"中的文章一脉相承，能看出作者受了早年从事的中西比较文学的影响。

早在研究抒情主义与中国现代诗学时，张松建就对中国文学与政治之间难以分割的关系做过分析，他认为"历经晚清以来的各种内忧外患，……物质资源非常稀缺，……'文学'作为一种能力巨大而成本极小的形式被调动起来，人们对新诗的'抒情'潜力极为看重，这是非常自然的。所以，抒情主义不仅是'美学的'而且也必然是'政治的'。"③冷战时期，既是"美学"又是"政治"的文学传统，在中国香港、新加坡、马来西亚等地区与国家同样存在。他认为：

> 新华现代诗从表面上看来是一种纯文学和高蹈艺术，但是背后的意识形态与政治自由主义有所关联(例如，最典型的例子是英培安，他以世界主义者自居)，所以有意无意地参与了东南亚的文化冷战。……长期以来学术界认为，现代主义文艺是纯文艺、高雅文艺、象牙塔中的游戏，与政治意识形态毫无瓜葛。

① 张松建：《华语文学十五家：审美、政治与文化》，秀威资讯科技股份有限公司 2020 年版，第 319 页。

② 张松建：《现代诗的再出发：中国四十年代现代主义诗潮新探》，北京大学出版社 2009 年版。

③ 张松建：《抒情主义与中国现代诗学》，北京大学出版社 2012 年版，第 68 页。

我希望这项课题能够挑战这种流行看法，为人们重新理解现代主义的文化政治，提供一个崭新的批判界面。[①]

更不必说，冷战时期活跃于香港文坛，宣传冷战意识形态的力匡、燕归来、白垚等人，有的甚至一生都难逃政治影响。白垚晚年回忆录中仍然“肆力宣扬文化冷战和西方民主，而对殖民帝国在南洋的奴役统治，抱着不置可否的态度，冷眼旁观，毫无批判精神”[②]，即是明证。而且，作者虽然高度肯定郭宝崑在戏剧方面的辉煌成就，并对郭氏为艺术发展尽心尽力的行为欣赏有加，但也敏锐地意识到郭宝崑式文化主义“过度强调文化艺术的绝对价值与优先性，何尝不是一种深刻的片面?”[③]与那些崇尚西方或宣扬左翼的批评家相比，张松建的立场显示了他坚守文学批评的姿态。

总之，《十五家》以审美分析和理论辩难为基础，溯流而上，探寻背后的文化与政治问题，这是一种融文学评论、文学史、文学理论为一体的学术模式。

三、“感时忧国”的志趣与平实雅正的文风

应该说，只要是严肃的文学创作，更侧重艺术探索还是更侧重现实观照，并没有什么高下之分，但张松建显然欣赏那种积极思考人类历史、社会发展的诗人诗作。比如关于杨牧，他认为“借助于历史诗的角色扮演，杨牧唤起悠远的历史记忆，克服认同危机，深化一己之生命体验，突破了单薄的抒情主义，达到艾略特所谓的‘非个人化’的诗学境界。”[④]所以，《十五家》在审美与历史的总体平衡之中也存在对“家国情怀”文学，也可以说是“感时忧国”(夏志清语)式文学的偏爱，与之相对的，则是对那些地方特质与个人化过于明显的

---

① 张松建：《华语文学十五家：审美、政治与文化》，秀威资讯科技股份有限公司2020年版，第69页。

② 张松建：《华语文学十五家：审美、政治与文化》，秀威资讯科技股份有限公司2020年版，第333页。

③ 张松建：《华语文学十五家：审美、政治与文化》，秀威资讯科技股份有限公司2020年版，第245页。

④ 张松建：《华语文学十五家：审美、政治与文化》，秀威资讯科技股份有限公司2020年版，第15页。

作家的不甚满意。以杨际光为例，作者认为杨氏“在寓居生涯中孜孜追求‘纯境’诗学，他把文学作为抵抗和反叛污浊现实的工具，数十年后，依然念兹在兹，这种高蹈遗世的姿态见证了现代主义与社会大众的疏离、自我孤立和转向内心的倾向，在当时的香港文坛，自备一格，引人侧目。”最后又引述了李维陵的说法进行补充，“这些作家与多难的世界和多难的人类的命运是脱节的，如果他们不甘心于单纯地自我禁锢或自我逃避，他们必须正视这个沉重的现实。”[①]再如，作者认为“郭宝崑是一个具有强烈人文关怀与社会参与意识的人”[②]。郭氏广阔、严肃的写作精神和积极介入社会发展的姿态，正符合作者认为诗人最好要从“大”处出发，关注家国历史的标准，所以在评价其人其作品时，也受到这种认同之欣赏感情的影响。而作为香港文学的典型代表，梁秉钧“对于革命政治、社会主义的消极态度，淡漠超然的家国观念”[③]，就引发了作者的“友好建议”，他认为梁氏不该仅仅满足于这种地方书写，而应该继续思考：“既然‘革命’是二十世纪世界历史最重要的社会抗议，既然中国、亚洲、世界都卷入了政治革命、社会革命和文化革命的海洋，……那么，人们该如何去设计新的历史视野与理论构想，去重新思考二十世纪的全球社会主义实践和‘革命遗产’及其政治价值？”[④]这些论述显示出《十五家》迥异于那些在自我天地里“独自精彩”的学术著作的特点——表面是提倡作家要沟通文学内外甚至“爱之深责之切”的字句篇章，内里是饱含感时忧国精神的学人情怀。

文风方面，《十五家》也有显著特点。一是注重古典文学知识的融入，行文措辞简洁有力。以文章标题为例，有些标题借用古典诗词，展现出一种幽雅的韵味，如“天地一沙鸥：杨际光的抒情现代主义”“词客哀时且未还：燕归来与跨国文化网路”，这两个标题分别是

---

① 张松建：《华语文学十五家：审美、政治与文化》，秀威资讯科技股份有限公司2020年版，第293页。

② 张松建：《华语文学十五家：审美、政治与文化》，秀威资讯科技股份有限公司2020年版，第243页。

③ 张松建：《华语文学十五家：审美、政治与文化》，秀威资讯科技股份有限公司2020年版，第103页。

④ 张松建：《华语文学十五家：审美、政治与文化》，秀威资讯科技股份有限公司2020年版，第117页。

对杜甫诗歌《旅夜书怀》和《咏怀古迹五首》的创造性使用，既能精确概括诗人的人生际遇，又能体现论者的情感态度。二是行文从早期注重理论的层层递进与紧张对话，过渡到平实从容的辩证省思。这从作者在对十五位作家离散命运、辗转身世的生动叙述，对作家创作优长与缺憾的平直审视中都可以看出。譬如，作者批评力匡受到西方意识形态的左右而创作的贩卖自由主义的诗篇，又花费不少笔墨叙述他晚年在新加坡获得稳定职业、住所和较高社会地位之后，不再执迷于政治宣传的释然，细致描绘出力匡人生几个阶段的不同心态。

卷四“台湾现代诗对新加坡的影响”中，作者认为，“台湾现代诗也给新加坡作家带来一些负面后果，主要表现是，有的诗人只是奴性模仿而无力超越、转化和再创造。”[①]此说似乎有失偏颇。作家写不好诗歌主要是自身学识和能力问题，不能责怪外来影响的过分强大。而且，苛责环境的不完美会使其他作家通过本土化创造取得的成就变得可疑。如果谈到台湾地区现代诗对新加坡作家的负面影响，主题的单一重复、过度内向化的情绪抒发、烦琐的现代诗艺技巧或许是其中的一些方面，而这些方面具体怎样影响到新加坡作家的创作，则是另外的问题了。

综观张松建十多年来已出版的六本学术专著[②]，无论是学术方向还是研究路径、写作文风都存在多重的转换与新变。研究方向，从比较文学和世界文学到中国现当代文学，再到海外华语文学；研究路径，从注重形式和审美的分析到文化政治的研讨，从第一手史料的挖掘和运用，到理论方法的钻研和整合；写作文风，从逻辑思辨到平实雅正，从繁复迂回的长句到清通简要的措辞。这些转化反映出他自觉的开拓意识和日益沉潜的学术风格。《十五家》是他立足新

① 张松建：《华语文学十五家：审美、政治与文化》，秀威资讯科技股份有限公司 2020 年版，第 198 页。

② 这六本专著分别为：《现代诗的再出发：中国四十年代现代主义诗潮新探》（北京大学出版社 2009 年版）、《抒情主义与中国现代诗学》（北京大学出版社 2012 年版）、《文心的异同：新马华文文学与中国现代文学论集》（中国社会科学出版社 2013 年版）、《后殖民时代的文化政治：新马文学六论》（新加坡八方文化创作室 2017 年版）、《重见家国：海外汉语文学新论》（北京大学出版社 2019 年版）、《华语文学十五家：审美、政治与文化》（秀威资讯科技股份有限公司 2020 年版）。

加坡，转入海外华语文学研究领域，继《后殖民时代的文化政治：新马文学六论》《重见家国：海外汉语文学新论》后的第三部专著，也是新加坡华语文学研究与港台地区文学研究的重要成果。毫无疑问，这本著作也是他将华语文学的研究范围继续拓展的关键一步。

［作者单位：南开大学文学院］

当代诗歌研究话语体系转换与“人”的复归
——评张立群《中国现当代诗人传记史料问题研究》及其诗人传记研究

张立军　王　瑄

张立群教授是一位勤奋的青年学者，一直深耕于中国现当代诗歌研究领域多年，取得了丰硕的研究成果，从2014年开始他将研究的重心转向了“传记研究”。他在海子诗歌研究过程中汲取了部分史料学理论，这使他得到了新的研究视角，《“海子传”书写的现状考察——兼及传记史料的问题》一文成为他“走上现当代诗人传记研究之旅的‘重要契机’”。[①] 张立群这一研究视角的转向为他开拓了一个全新而广阔的研究领域，近三年来先后出版了《东北现代作家传记的史料问题研究》《中国现当代诗人传记版本辑录》《中国现当代诗人传记史料问题研究》以及学术文论若干。在研究者看来，张立群研究视点的转向以及所取得的显著成果是他敏锐的洞察力和学术灵性使然。然而，从更广阔的意义上说，这一转向是他对中国当代文学研究百年来艰难来路所进行的反思的呈现，更是他对新时代语境下中国现当代文学研究意欲摆脱不适宜的欧美学术体制规约而开展的自省的体认。对此，张立群将研究转向“传记”，特别是其中体现的“史料问题”。就方法论而言，是借助“文史互证”的传统研究方法融通西方科学主义和人本主义研究之间的隔阂，而确立了一种具有传统特色和时代意味的研究范式。这种范式促使中国现当代文学研究复归传统的同时，也调和了“五四”以后现代性裹挟下的冷眼旁观式的社会科学研究方法对文学研究的肢解和冷漠。如果将其采取的一系列传记史料问题研究理解成个案，相信对上述内容感受会更加明显。

---

① 张立群：《如何走上现当代诗人传记研究之旅和怎样理解、使用这本书?》，张立群编著《中国现当代诗人传记版本辑录》，社会科学文献出版社2020年版，第1页。

一、"文史互证"的接续与研究范式的引入

在思考中国传统文学研究方法复归的问题上，张伯伟曾在《中国古代文学研究的理论和方法问题》中写道："回顾百年来的中国学术，除去文献、人物和史实的考辨，其学术方法、理论框架和提问方式，占据主流的都是'西方式'的或曰'外来的'，这已经成为今日中国古代文学研究之症结所在。"[①]李春青对此也有过类似的论述，他说："处于所谓'后发现代性'的历史语境中，百年来的中国学术一直在艰难行进着。由于学术话语规则、评价体制乃至于学科的分类等基本都是欧美发达国家制定的，中国学人不得不由几千年的经史子集传统向着现代学术靠拢，而在靠拢过程中，也就难免产生进退失据的惶惑与失落。"[②]尽管他讨论的问题是针对中国古代文学学科研究方法而展开，但对于中国新诗研究而言这一问题更加凸显。纵观现代以来中国新诗与新诗研究的发展路径，它是"五四"白话文运动的急先锋，是胡适等人倡导的用西洋的、科学的方法和理论来整理、比较、研究"国学"或"国故"的具体实践[③]，更是对传统文学和思想的反叛，在特定的历史条件下，中国新诗及其研究毫不迟疑地抛弃了传统文学创作与研究的话语体系。特别是新诗研究，其方法甚至全然是"西方式的"或"外来的"。这在一定的历史时期固然有其合理性，但随着中国当代文学的不断发展、新诗的自我成熟，以及当代新诗研究自我语境的确认，"西方"理想主义那种过于技术性、精密化的研究方法显然已经不适用。在当下的时代语境，寻找一条既不简单照搬西方又不过于守旧的适宜于中国新诗研究的路径，也便成为当代诗歌研究者关注的重要课题。

可以说，张立群近年来所开展的中国现当代诗人传记研究正是基于上述关于当下新诗研究方法思考的产物，他借用传统研究方法，联通了中国当代诗歌研究与传统文学研究的路径，把当代诗歌讨论问题的集中点聚焦到了文学与历史的关系问题上。从研究方法角度

---

① 张伯伟：《中国古代文学研究的理论和方法问题》，《文学遗产》2016 年第 3 期。

② 李春青：《现代的古代文学研究方法反思专题研究·主持语》，《河南社会科学》2014 年第 10 期。

③ 胡适：《发刊宣言》，《国立北京大学国学季刊》1923 年第 1 卷第 1 号。

来理解，这无疑是一种对传统的接续和回归，特别是对“文史互证”研究方法的创新性继承。中国“文史互证”由来已久，“史证文学”早已根深蒂固，而“文学证史”却也是近代学者大力提倡的。梁启超、陈寅恪、邓之诚诸位大师将这一研究方法引入了中国现代文学视野。陈寅恪受到钱谦益的影响运用史诗互证的研究方法撰写了《元白诗笺证稿》和《柳如是别传》等著作，将诗歌的艺术真实与历史真实相融合，取得了卓著的学术成就。他还不断完善中国传统的“文史互证”的研究方法，将其从诗歌推至散文证史、小说证史等领域。梁启超与陈寅恪共同提倡小说证史，在他看来小说能够对史起到其他文学形式无法替代的补充作用，梁启超曾说：“善为史者”，“能于(小说)非事实中觅出事实。例如《水浒传》中‘鲁智深醉打山门’，固非事实也，然元、明间犯罪之人得一度牒即可以借佛门作逋逃薮，此却为一事实。《儒林外史》中‘胡屠户奉承新举人女婿’，固非事实也，然明、清间乡曲之人一登科第，便成为社会上特别阶级，此却为一事实。此类事实，往往在他书中不能得，而于小说中得之。”[①]由此，“文史互证”的研究方法在中国现代学术研究领域得到了有效的延续与使用，但总体还是偏重于中国古代文学研究，而较少涉猎现当代文学，现代新诗领域的运用就更少了。

张立群近年来研究重心的转移，最为鲜明的特点即是研究方法的转移。更确切地说，张立群近年来出版和发表的《中国现当代诗人传记史料问题研究》《东北现代作家传记的史料问题研究》《中国现当代诗人传记版本辑录》等成果集中表现了他在当代新诗研究向传统研究方法借用理论资源所开展的具体实践，他的诗人传记研究正是引入了“文史互证”的研究方法来观照现当代诗人的创作，除了一般的文本考量外，其中不乏对传主相关史料的梳理、考据、辨伪等。基于这种研究方法与基本立场，张立群特别关注中国现当代诗人传记的史料及其价值研究，他的《中国现当代诗人传记史料问题研究》就集中讨论了这样的问题。从该书的整体架构看，无论是章节的设置还是具体问题的讨论都以诗史关系的延展为内在逻辑，从研究立场到方法运用及具体展开过程都充分展示了诗人传记与历史、与诗歌

① 梁启超：《中国历史研究法》，中华书局2009年版，第8页。

之间的互动关系。尤其是在讨论诗人传记的史料价值时，张立群不仅强调著者要尊重诗人整体史实和“基本一致”的重要性，也同时重视著者在维持整体史实过程中对传主所进行的多元化、丰富性描述，这种具有一定虚构性的描述填补和充实了史实的空白。这不仅是他看到了史传文学的魅力，也是他以“文史互证”立场思考问题的自然延伸。再如，在该书第三章第三节讨论“‘版本’的考辨与‘善本’的选择”一问题时，张立群强调传记本身与史之间的相互增殖与对话关系，关注传记史料的生成与互动性，他说：“谈判一部传记是否具有史料价值，仅仅依靠内容的丰富与否、信息量的多寡是不够的，仅仅因为内容丰富、信息量大就认为是优秀之作也不够客观全面，‘量’的增长可能会由史实放大、过度想象与虚构造成，并不能完全说明‘质’的优越。除此之外，一部传记的史料价值还可以体现在其是否具备不断和历史对话的能力……”[①]传记的动态性也是“文史互证”的重要表现之一，它形成了文史互动关系，根本上说是史的稳定性和传的不完全确定性两者之间的互动，张立群正是看到了这一互动关系的重要性，对这种关系的关注有益于促进诗人及其诗歌研究的进一步发展。

如果将中国传统的“文史互证”研究方法理解成一种研究范式似乎更加有益于我们审视张立群的研究转向。首先，他将当代诗歌研究的提问方式进行了基本的转变，这种转变是基于中国本身的问题域所提出的，它摆脱了影响中国新诗近百年的“西方”模式。其次，他并未简单地做出移植，而是就新诗发展实际和中国现当代文学研究史料化的具体语境展开的研究，研究过程深深地扎根于对具体诗人传记的考察，诸如对“郭沫若传”“徐志摩传”的考察研究等。最后，从现有的研究看，张立群所开展的研究是回归也是革新，他为新诗研究开启了一个传统却又全新的视角，他的《中国现当代诗人传记版本辑录》甚至让我们看到了朴学的质拙和深沉，将这奠基性的工作运用于新诗研究不仅见出新意更具冲击力，似乎让人看到了中国新诗史料化研究的可行性和重要性。

---

① 张立群：《中国现当代诗人传记史料问题研究》，社会科学文献出版社 2020 年版，第 70 页。

二、史料本位的诗人传记研究与文史互动

将研究的重心转向传记研究，也正是将研究的关注点转向了诗歌与历史的关系，特别是转向对诗人个人史和诗歌创作史的关注，张立群的新作《中国现当代诗人传记史料问题研究》着重研究了中国现当代诗人传记的史料问题，包括他的其他研究在内的对史料和史料问题的关注与思考一直成为其从事中国现当代传记研究的核心命题。如上文提及的，张立群所开展的诗人传记史料问题研究，是他强化文史互动关系的典型研究范例，为文学研究特别是诗歌研究开辟了一条全新的研究路径，正如张元珂在评价张立群近年来的研究成绩时所言："但其深层意义显然不在此，而在对现有研究格局、范式与学科建设所昭示出的崭新可能。在笔者看来，他因这三部著作而不仅成为中国现当代传记文学领域内又一成就卓著的代表，也为革新中国现当代传记文学史料，探寻中国现代传记文学研究新方法，开拓中国现代文学研究新领域，做出了重要贡献。"①

史料研究是张立群传记研究的核心，也构成了张立群中国现当代诗人传记研究的本位。他从史料出发对中国现当代诗人做出了系统的考察，撰写了系列研究文章，其中包括《"海子传"书写的现状考察——兼及传记史料问题》《"艾青传"书写的现状考察——兼及一类史料的应用》《"徐志摩传"现状考察及史料价值问题》《"郭沫若传"的现状考察——兼谈多身份传主传记书写的进路》等，在其著述《中国现当代诗人传记史料问题研究》中，全面且系统地讨论了诗人传记的史料问题，从史料角度厘清了一些从前模糊的问题，以此为切入点也探讨了某些被忽视的领域。他在阐明研究价值时说："'现当代诗人传记史料问题研究'作为一次全新的学术探索，其意义和价值主要包括如下几方面：从理论方面看，第一，较长一段时间内，传记文学存在重视理论与历史梳理，忽视从传记文学自身找寻新的学术生长点的问题。……第二，以现当代诗人自传、他者所著之传为主要研究对象，探究现当代诗人传记写作的种类、版本和价值等问题以

① 张元珂：《论张立群的中国现当代作家传记史料辑录与研究——兼及理解"传记文学"属性的一种方法》，《艺术广角》2021 年第 1 期。

及对中国现当代传记文学史料研究起到作用。第三，探究现当代诗人传记写作与时代之间的关系，考察不同时期现当代诗人传记写作的史料价值，重释若干争议与诗歌史‘悬案’，确立正确的传记文学写作观与史料观。”①

暗隐于现当代诗人传记史料问题研究背后的更大的论题，是文学与历史的关系问题。在中国文学发展历程中文学与历史的关系始终是千丝万缕且缠绕纷繁的。在中国史传发展的初期，很难分辨文史之间的关系，从《史记》《左传》开始，文学与历史的界限就相当模糊，甚至在一定的历史阶段文学在历史的面前并不处于独立的姿态，然而史的空缺和“留白”甚至遗憾，为文学营造的艺术真实提供了开拓的空间，文学也因此逐渐自足并与史并行。在文与史双向发展的过程中，史在中国文学发展过程从来都处于重要的地位；同样，在史的发展过程中文学的地位也越来越不容忽视。在对待两者的关系时，张立群更看重它们之间的互动关系。首先，他从史的立场考察现当代诗人传记的史料价值，明确将现当代诗人传记定位为史料，即“传记性史料”。他说：“现当代诗人传记作为一种史料当然还可以扩展至更大的范围，但由于其已经可以在更为具体、明确的范畴内得到确证，再依据从小到大的范围加以推论已无太多必要。现当代诗人传记是中国现当代文学史料中的‘传记性史料’，具有史料的一般特质，决定了可以从史料角度设置问题展开研究，这一点是本书的立论前提与基础。”②其次，在确定史的基本立场后，张立群并未将传记研究处理为历史的附庸，而是寻求传记作为文学对于史的超越。“结论虽然如此，但现当代诗人传记和史料毕竟从属于两个不同的范畴，两者在‘叠加’之后会产生新的问题域。如果说现当代诗人传记是‘传记性史料’已为本书提供了论说的前提，那么，‘现当代诗人传记史料问题研究’要解决的显然已经超越这一层次，进入‘如何史料’‘怎样问题’等层次。”其目的还是“在揭示其问题的过程中对诗人、作品研究及文学史研究和书写，提供可以参考的文献资料和有建设性、

① 张立群：《中国现当代诗人传记史料问题研究》，社会科学文献出版社 2020 年版，第 25 页。

② 张立群：《中国现当代诗人传记史料问题研究》，社会科学文献出版社 2020 年版，第 21 页。

启发性的观点和思路。”[①]这样，传记史料问题研究才是不孤立的，使研究不陷入史的附庸，不偏离文学的基调，而保持自我充盈。再次，张立群关于现当代诗人传记史料问题的研究更注重两者之间的互补与互动，如前文所述，他将诗和史的研究看作是变动而非凝定的。传记史料问题的研究有对史的补正价值，进行这一领域的研究不仅可以补足从前研究的疏漏，而且可以进一步接近史的原貌。同时从史的角度审视诗人及其作品也具有重要的文学史价值，它可以使研究者更贴近创作的真实语境而对创作进行释读，而“重释若干争议与诗歌史‘悬案’”。这种研究的互动性观照贯穿了《中国现当代诗人传记史料问题研究》一书的始终，在第二章讨论“现当代诗人传记的史料层位划分”时张立群说：“总之，结合文学史料学的理论考察现当代诗人传记的史料价值，既有‘史料→传记’的过程，也有‘传记→史料’的过程。这种由双边互动共生而呈现的现当代诗人传记的史料价值，体现了对象叠加后问题探索的多元性和复杂性。”[②]不仅如此，他还列举了很多关于诗人传记史料问题研究的相关事例来阐释这种互动性价值，充分展现了他对于文史互动重要性的倡扬。

三、诗人生存语境的还原与人性复归

与中国传统诗歌研究的感悟式、注释式等不同，受到西方影响的近现代诗歌研究更加偏重理性分析和逻辑判别。20世纪初期西方的诗歌理论直接影响了中国新诗的产生和发展，可以说中国新诗在发展初期不仅继承了传统诗歌的基因还带有浓重的西方色彩。而新诗研究理论的传统性却往往是遭到抛弃的，与新诗兼具中西不同，诗歌理论研究在经历着不断西化的过程，直至20世纪末这种趋向也未能得到有效的转变。随着中国新诗的发展，西化的诗歌理论的局限性越来越凸显，其中最为突出的问题即是理论对于作品本身的肢解，如形式主义、结构主义、新批评等理论对于诗歌形式、结构的

① 张立群：《中国现当代诗人传记史料问题研究》，社会科学文献出版社2020年版，第21页。

② 张立群：《中国现当代诗人传记史料问题研究》，社会科学文献出版社2020年版，第53页。

研究，放大诗歌语汇研究、独立意象研究，注重语义分析的同时，也割断了它们与诗歌本身特别是与诗人之间的脐带关系，诗人在诗歌创作中的作用和价值被低估，这也造成了诗歌发展与研究理论之间的错位。到了21世纪，中国诗歌发展更趋成熟，在“后西方理论”时代，在经历了西式研究理论之后的中国诗歌研究应该如何转向，这无疑成为一个具有时代特色的重要课题。张立群的诗歌研究转向诗人传记史料问题，他通过转向作者、转向传统研究而回答了上述问题。这种转向总体上可以看作向“人”的研究的复归。他开展的现当代诗人传记史料问题研究，所进行的新诗的“史传化”或“史料化”研究其实质是对诗人生存语境及创作语境的追索与探究，这是极具中国传统色彩的研究思路。对其进行追溯，便不难看出张立群所进行的现当代诗人传记的史料研究，既有儒家思想影响的“以意逆志”的身影，也有孟子“知人论世”思想的延伸和变奏。

可以说张立群所进行的“现当代诗人传记史料问题研究”围绕的重要问题是诗歌研究如何回到“人”的问题。回到或切近于更真实的诗人的生存语境和创作语境不仅成为诗人传记的重要内容，同时也成为衡量诗人传记价值的尺度。在探讨“现当代诗人传记的史料层位划分”时，传记史料价值的大小也正是由这种尺度决定的。自传之所以被列“第一层位”主要是“‘自传’由于传主和作者身份的‘重合’，其所述文字当然价值最高。尽管对于为自己立传的写作者而言，他所记录的文字无法完整地、事无巨细地还原其一生，其一些私密性的生活场景和内心世界的波澜也很难被写进书中，但在没有令人信服的证据出现之前，‘自传’的内容都是最具权威性和可信性的。”①而“他传”被列为“第二层位”史料以及“第三层位”史料的划分基本都遵循了这一尺度。

张立群特别强调研究诗人传记过程中对于诗人生存和创作语境的还原，在《中国现当代诗人传记史料问题研究》中整个研究思路都强调了真实还原的重要性并指出相应的路径。如在谈及“‘跨版本’比较、互见与释疑”时，张立群提出面对传主生平存疑，还有一些文坛

---

① 张立群：《中国现当代诗人传记史料问题研究》，社会科学文献出版社2020年版，第45页。

的“公案”或文学史的“悬案”时，进行跨文本的多视角比较和分析是必要的。随后他举出了对徐志摩爱情故事的跨文本考察，对于徐志摩和张幼仪、林徽因、陆小曼之间爱情的考察过程也正是无限接近真实的徐志摩和徐志摩真实的创作的过程，“所以，围绕此而展开的考证与澄清还将影响到对二人品格与创作的评价。”①在第四章“传记家的素养与传记史料的关系”中他从“书写主体”伦理的角度对传记家如何切近传主真实生存环境提出了要求，传记家不仅要有尊重事实的姿态还要有相应的素养与能力，除了基本的资料收集与甄别外，还要具备必要且合理的“想象”甚至“虚构”的能力，其目的就是“感悟传主”而无限地接近真实的传主。他说：“传记家在阅读现当代诗人作品、熟悉相关材料的过程中，已经开始与现当代诗人进行‘接触’与‘对话’。传记家显然要用心灵去体验传主，理解其所思所想、喜怒哀乐，这样才能走进现当代诗人的内心世界，写出令人信服的传记。”②

关注“人”成为张立群现当代诗人传记研究的重要内容，这也是中国当代学术研究的重要举措。中国文学研究历来重视“人”的作用与价值，在“知人论世”的研究框架下，作者传记研究成为必然的要素，通过对丰满的作者形象的了解而感知他的创作，能够把被切断的作品与作者的关系有效地连接起来，让孤立的作品延伸到作者的内心从而推及至研究者的内心。诗人传记研究更看重的是“存在”层面的人，作者的经历和体验得到了有效的重视，即便如海子的生日这样看似末节的问题，在这样的审视中也变得重要且饶有兴味。其实问题还远不止于此，长久地弃置作者研究也会造成作者对自我作品的疏离，从作者的角度不仅可以放逐自我的创作成果，任由改编、戏谑，以及市场的裹挟，而且作者的创作伦理与自我道德修养也会令人担忧。长此以往，作者不仅可以不计作品的影响，也可以毫不顾惜个人的品行。快餐式作品、缺乏经典意识的创作，以及追名逐利的创作都与此相关。从创作心理上把作品拉回到作者的身边也是

① 张立群：《中国现当代诗人传记史料问题研究》，社会科学文献出版社2020年版，第79页。

② 张立群：《中国现当代诗人传记史料问题研究》，社会科学文献出版社2020年版，第105页。

诗人传记研究的重要意义之一。

总体来看，张立群近年来所开展的诗人传记研究，在学术史研究中具有重要的价值。在新时代，无论是诗歌研究还是整体的文学研究都在企盼一种自我价值观的确立。西方诗歌研究因缺乏主体血肉的客观式的研究而显得机械而理性，致使作者和作品被割裂，注重精尖创作技巧而忽视个人德行修为，这一方式不利于中国文艺生态的发展。张立群关于诗歌研究的转向，通过回归传统、回到“人”来解决这一问题，他所取得的系列研究成果正是把中国固有的审美趣味和审美经验加以升华，引入“文史互证”的研究范式，将知人论世与作品创作技巧以及审美标准合一，在开展诗人传记研究的过程中丰富了当前诗歌研究的视角，让诗歌研究变得更加具体可感。

［作者单位：张立军，《艺术广角》杂志社
王　瑄，就读于渤海大学文学院］

诗人通讯

1980年，徐敬亚写给雷霆老师的五封信

姜红伟

1980年春天，对于吉林大学中文系77级学生徐敬亚来说，既是一个收获爱情的春天，又是一个诗歌创作丰收的春天。

在爱情方面，他的同班同学，人品、诗品、气质俱佳的“第一才女诗人”王小妮终于接受了他不懈的追求，成为他心爱的女友。正如徐敬亚说的那样“我和王小妮的关系，在1980年春天开始升级”。

在诗歌方面，他不但进入了创作的“井喷期”，写出了大量自己比较满意的诗歌作品，而且在国家级诗歌刊物《诗刊》1979年第6期的头条位置发表了长诗《早春之歌》，成为崭露头角的诗坛新秀。

尤其令他高兴的是，在给《诗刊》投稿的过程中，凭借自己锲而不舍的投稿，从而有幸结识了负责东北地区诗歌来稿审阅的编辑——著名诗人雷霆。

在《诗刊》社，雷霆是一位领导和同事一致公认的优秀编辑。他的编辑业务素质，他的诗歌鉴赏水平，他的诗歌审美意识，他的发现新人的眼光，堪称一流。

在负责东北地区诗歌来稿的审阅中，善于沙里淘金的雷霆凭借自己的好眼力，慧眼识珠地又发现了一位才华横溢的女大学生——吉林大学中文系77级学生王小妮，并将她投稿的诗作《山野里的印象》(二首)发表在1980年第1期《诗刊》上，从而使王小妮脱颖而出，在国内青年诗坛上有了小小的名气。

因此，面对这样不但有恩于王小妮，同样更有恩于自己的编辑，徐敬亚的内心充满了崇敬和信赖。在他心目中，雷霆成为他值得信赖、值得敬仰的诗歌导师。

于是，徐敬亚在写作的过程中，不断地给雷霆写信、投稿、求教、交流，成为孜孜不倦、勤奋写作的好学生。

而面对徐敬亚这位文思奇敏、才华横溢的大学生，雷霆表现出

强烈的爱才、惜才的心理，尤其对于徐敬亚的每一次投稿，他不但做到了“每稿必审”，而且做到了“每信必复”，不厌其烦地给徐敬亚以指点，以教诲，在徐敬亚的诗歌道路上不但做到“扶上马”，而且坚持“送一程”，出色地扮演了诗歌导师的角色。

3 月 16 日　徐敬亚写给雷霆老师的第一封信

1980 年 3 月中旬，一个春意盎然的日子。徐敬亚对自己诗歌人生中写成的第一篇诗歌评论文章《奇异的光——“今天”诗歌读痕》做了最后一次修改，定稿。

抄写完《奇异的光——“今天”诗歌读痕》，徐敬亚最先想到的就是寄给雷霆老师，请他审阅。3 月 16 日深夜，徐敬亚给雷霆老师写了一封信。

雷霆老师：

您的多次来信，全部没有更多的夸赞，却每每给我很大的鼓舞。帮助，愈是真实的便愈有力量，愈有效果。像我，年至三旬，动辄飘飘然的年龄已经过去了，需要的往往是鞭子，自己往自己背上抽打，总是不得力的。遥远之外，我得到了您的关切，那就请您多多给予吧！

的确，我的诗像我的人，热情有余，细致不够，较白较浅，我自己也开始有所感觉，如何发挥自己的特长，我和王小妮常谈关于诗和性格的问题，它的确有很多联系。上学后，我较多地注意了社会问题，诗便呈现了暴烈、直白，弱点更多了，艺术的美忽略得较多，所以，近来我注意了一些小诗(“今天”中的诗，三十年代及象征派、意象派的作品)，怎样联系自己的特点，写出自己的诗，我逐步练习吧。一切学习都是为了创造，一切因袭都是可悲的，我的路子还不如王小妮的明确，慢慢摸索吧！

今寄去《“今天”诗歌读痕》您看看，我想介绍一下子“今天”。不成文章，望您批评。四月南宁的会，我的那篇答卷系里已决定向会推荐，已印出，过些天寄去您看。

假期想了些诗句，稿子的打印费去了很多时间，这些天我整理一下，待好寄给您。

近一年来，作品组的另一位老师多次回信，每次都为我写很多详细、准确的意见，不得直接致谢，请代向转达问候。

祝好！

徐敬亚

尽管，徐敬亚寄给雷霆老师的这篇诗歌评论文章最终没有在《诗刊》发表，但是，却先后在吉林大学中文系学生刊物《红叶》1980年第3期上发表，并被《今天》第九期转发，从而成为徐敬亚个人写作史上发表最早的诗歌评论文章。

3月24日　徐敬亚写给雷霆老师的第二封信

在大学时期，徐敬亚才情如汪洋恣肆，才思如江河奔涌，最热衷、最擅长写洋洋洒洒的“大诗”，并在《诗刊》发表了成名作《早春之歌》。对于他的诗歌创作，雷霆老师和另一位诗歌编辑王燕生在给予充分肯定的基础上，对他进行了指点，使他产生了顿悟、新的灵感、新的诗思。于是，他听从恩师的教诲，改弦更张，尝试着小诗的创作。

3月24日深夜，他给雷霆老师写了一封信，谈了自己的创作想法。

雷霆老师：

遵您和另外一位老师意见，我放弃了一些较大型的构思，整理几首小诗，力图隽永一些，但有些搞不好，调子还是那么冷，并且有些涩。时间有些紧，加工稿不够，寄给您看看，这次有些欣慰的是，可以少浪费您的一些时间了。

《复苏的缪斯》寄给您看看，我很想参加会，但不能，听说会议还安排了少数民族地区“采风”，真够迷人的。

近来，我在写两首诗《不，你没看破》(与于克商量好，以一问一答形式)及《唱给火焰中的日记》，整天学习忙，只有晚上在手电下加点班。现在已是凌晨一时了，困极，待完成，寄去您看。

祝好！

徐敬亚

第二天上午，徐敬亚将自己3月15日创作，20日修改定稿的《我，站在它们中间》(二首)寄给了雷霆老师，希望能得到他的指正。

这两首八行小诗，一首诗题目叫《回忆》：

回忆，是一位老人
总絮絮叨叨地找我谈心
老人的心多半装着凄苦
我伴他流泪，洒满了衣襟……

回忆，是一位老人
树老了，该繁殖新的林荫
我向他索取了一粒种子
送他远去，又埋头耕耘……

另外一首诗的题目叫《希望》：

希望，是路标
指引我人生的大道
倘没有路标，只有沙石
我便会在岔路口晕倒

希望，是路标
给我力量，却不代替奔跑
如果只望着它微笑
路标便永远是路标！(失望便会绊住双脚)

和两首小诗一起寄给雷霆老师的，还有徐敬亚的长篇诗歌论文《复苏的缪斯》。

4月6日　徐敬亚写给雷霆老师的第三封信

《复苏的缪斯》一文寄给雷霆老师之后，徐敬亚的心是忐忑的。而令他意想不到的是，雷霆老师在收读了他的这篇文章后，拍案叫好，为徐敬亚在这篇文章字里行间闪现出来的诗歌评论的大视野、大格局、大手笔而激动，并在最快的时间内给徐敬亚回信，对他的文章大加赞赏。

这是一封令徐敬亚终生难忘的“表扬信”，它对于徐敬亚的激励与好评，其意义是重大的，其效果是强大的，以至于在4月6日那天收到雷霆老师回信的时候，徐敬亚兴奋得彻夜难眠，连夜给雷霆老师写了一封长达9页稿纸、多达2000多字的长信，激动地向雷霆老师表达了自己真诚的谢意，阐述了对诗坛现状的看法，表达了自己对诗歌的独到见解。

雷霆老师：

我偶然答了份卷，偶然地送给了张老师（公木）看，荣幸地得到了您的宝贵支持。

趁年轻，我仍然打算多注意些创作，但您的指点和启蒙却放大镜般地提醒了我，我将重新调整学习打算，系统地学习诗歌理论，打好基础，磨砺自己……

我是个热情的人，甚至是有些过分的好动和坦直。虽然已经踱到了“而立”的年龄，倒常常像个孩子。上学后，我的“诗”竟变得那么阴沉、冷涩和痛伤，我自己也惊奇。为什么我唱了那么多血泪，悲愤地唱——天性乐观无忧虑的声带怎么振出了沉沉的歌。生活把我活泼明快的性格遮掩了。这种不协和的状态让我不安，但却令我高兴地表明另一个事实，即我总觉得自己心灵中的某些内涵尚没有吐露干净，总还没有枯竭之感，这在不安中又加进了一丝信心。王小妮的路子是崭新的，对她的诗我有些想法，今后可以试评一下。她对我写评论是不全赞同的，一个劲地埋怨我误了写诗。她说，她也有好多想法，现在不想写，等以后枯竭时再说。各人的路子不尽相同，我想也属正常。

我完全同意把稿子交您处理，我感谢您，感谢您理解了一颗心，理解了一篇胡乱编串起来的文字。我想如能发表，自然能发挥一点作用(即便有一个标点启发世人也欣然了)。一些情况告诉您，您心里有个底。稿子共打印 160 份，系里给了我 5 份，又寄张老师 2 份，寄会议 100 份，分发各教研组若干份(我不知道具体)，我寄《文学评论》、《文艺报》各 1 份(假期里初稿曾经寄《文学评论》被好言退回，又寄了打印稿尚无反应)。您酌办，我像把洒落的废物交还主人一样交给您，再加上一片感激之情。尽情处理好了。

广西会议，我估计将是剧本座谈会的翻版(各种体裁似乎要轮着进行)，但我仍想去，不迷恋“正是江南春好时”，倒渴望听听诗歌界的动态，上上下下大家都怎么想，把握一下全局的基调，验视一下自己的观察，您说好吗?

四月二日我突然收到了会议的电报，四日又收到了请柬，让我参加会议，算“特邀”吧? 学校现正研究，明日(七号)将定，可能性是 60%。如能去，则可望到京一叙，看望您，那是多么好!

假期后期(二月末)曾寄去一首《别责备我的眉头》收到了吗? 我担心寄丢(宿舍旁的邮筒有时丢信)，没收到，我可以再抄一份。然而恐调子不甚合时宜。我的那首《我怕……》十一月寄过您的，我严格地等了一段时间，寄给了《芒种》，他们反应极快，已经让我改了两次，没有动静，恐完了。

第四期《赤子心》出来了，不日将寄去。

孙静轩、雁翼是我倾慕的诗人，他们的诗伴过我的青少年时代，第一次从非铅字上看到了他们，我真感高兴，请代向他们致意。盼相见盼相谈盼帮助。

徐敬亚

在信中，徐敬亚曾经写道：“假期后期(二月末)曾寄去一首《别责备我的眉头》，收到了吗?”据了解，这首诗最终由雷霆编发在了1980 年第 6 期的《诗刊》上，成为徐敬亚大学时代的诗歌代表作之一。

4 月 6 日　徐敬亚写给雷霆老师的第四封信

4 月初的吉林大学校园，春暖花开。作为徐敬亚同学和女友的王小妮，心情同样也是花开春暖。因为，她收到了一封令她十分开心的来信。这封来信的人，便是她敬重的《诗刊》编辑雷霆老师。在这封信中，雷霆向她通报了两个好消息，一个好消息是她的诗作《碾子沟里，蹲着一位石匠》刊登在即将出版的第 4 期《诗刊》开设的“新人新作小辑”上。另外一个好消息是，《诗刊》社准备在七月份举办一次青年诗歌作者集训，她已经被推荐列入到大名单中，是东北地区唯一受到邀请的青年诗歌作者。

拿着这封信，王小妮按捺不住喜悦的心情找到了徐敬亚，将雷霆老师的来信递给了他看，与他分享着这份喜悦。

读着雷霆老师写给王小妮的来信，获悉《诗刊》将发表她的新作，并准备邀请她到北京参加青年诗歌作者的集训会，徐敬亚既为女友发表作品高兴，又为女友受到《诗刊》邀请开心。同时，也为自己没有被列入受邀参会名单而失落、遗憾。

4 月 7 日深夜，徐敬亚辗转反侧，难以入眠。因为几天来，他始终念念不忘雷霆老师写给王小妮信中邀请她参加诗歌集训会的事。徐敬亚深知，《诗刊》社举办的这次青年诗歌作者集训会(后改名为“青年诗作者创作学习会”)是一次十分难得的学习机会，不但能当面聆听到北京《诗刊》社各位编辑老师的指教，还能当面聆听一些著名诗人的讲课，同时也能与来自全国各地的优秀青年诗歌作者交流，必将大开眼界、受益匪浅，对自己诗歌创作、诗歌评论写作必将产生重要影响。机会实在是难得，如果不去参加，很可能留下终生遗憾。

想到这里，徐敬亚披衣起床，挑灯执笔，奋笔疾书，给雷霆老师写了一封“毛遂自荐信”。

雷霆老师：

稿子昨日寄去，便又想给您写信。

广西的会去不成了，学校再三研究，终未能解决费用，只好作罢。

王小妮说您很关心我们的诗社，想了解活动情况和形式，今天我写的一组诗传回来了(我们多半是用这种“流传”的形式，交换意见，商量事情，每个人可以在稿子上涂涂抹抹)。这次的意见不很典型，而且这六首诗大家不满意，颇攻击了我一遍(当然我要有所保留地听意见)，而我更多是狠狠地挑剔别人，甚至挑剔得让他们生气，我们就曾为王小妮的诗用笔争论得差点打起来(有些夸张，至少是全部开诚布公，没有社会上的那种虚伪的恭维与敷衍)，所以这形式大家便觉得好，有的虽没捅到痛处，却也重创得令人一惊。

我自己感到这六首诗倒有些满意的地方，只要注意读我们《赤子心》的六人，是会感些兴趣的，不知您什么意见？其中，吕贵品与刘晓波的那二首可以单独拿出来，因为写了普遍性的性格和心理，如能用，便尽情选，如不用，退给我，留着自己日后(多少年后)看，算是大学生活的留念吧！

从王小妮那里知道你们要筹备一次集训会，我向您冒昧地申请，能否有机会去一次呢？憋得厉害极想出去走一走。最起码领略一下生活的纵面，您能理解这心情吗？但是学校解决经费是困难的(包括王小妮)，我这次南宁的会学校已经尽了研究考虑的最大可能，副校长今晚谈了学校经费的困难，系里、学校多方面都挤不出钱来，教师科研费紧张，办公费削减，学校没有这方面的开销，所以你们的会，王小妮如果能去的话，也恐得你们出钱，这情况供您参考。至于请假，我看还问题不大，学校对我们总的来说，是支持的。盼复。

祝您好！

徐敬亚

徐敬亚寄来的这封“毛遂自荐信”，雷霆高度重视。对于徐敬亚的才华，雷霆是极为欣赏、极为爱惜、极为看重的。他深知这次《诗刊》社举办青年诗歌作者集训会的重要意义，更清楚如果能参加这次集训会对于徐敬亚意味着什么。

于是，爱才惜才的雷霆拿着徐敬亚的信找到了《诗刊》社的主要领导，详细汇报了徐敬亚的个人创作情况，特别强调了徐敬亚撰写诗歌评论显示出的非凡才情，恳请领导将徐敬亚列入集训会名单，给他一次学习锻炼的机会，帮助他尽快成长。

对于雷霆的举荐，《诗刊》社领导同样高度重视。因为徐敬亚曾经在《诗刊》头条发表了长诗《早春之歌》，大家对他的才华颇为了解，也颇为欣赏。于是，经过研究之后，一致决定同意将徐敬亚列入集训会的名单。

8月20日，在参加《诗刊》社举办的集训会期间，徐敬亚和王小妮专门抽时间去了雷霆老师位于北京动物园附近的家，拜访了这位最早发现他和王小妮诗才的恩师，当面向他表示了两位学生的谢意与敬意。

大学期间，十分擅长书信交流的徐敬亚写了几百封信，应该说，最有价值、最有意义、最有分量的一封信，毫无疑问要属他写给雷霆老师的这封信。

这是使徐敬亚发生命运转折的一封信，是使徐敬亚走向中国诗坛的一封信，正是因为写了这封信，徐敬亚的诗歌人生从此精彩纷呈。

4月11日　徐敬亚写给雷霆老师的第五封信

1980年的新学期开学之后，徐敬亚的精力和时间并没有完全投入到学业上，更多的是倾注在文学上、诗歌上。他的文学生活和诗歌生活是异常丰富多彩的，除了狂热地写诗，充满激情地写评论，他还热心地参与到创办诗歌社团和编印文学刊物上，俨然成为一位“文学职业革命家”。

进入4月份，徐敬亚的诗歌创作热情极度高涨，灵感迸发，诗句飞扬，诗作连篇，形成了一个小小的创作高潮。

在写诗的同时，他和同学们精心地编辑出版着油印诗歌刊物《赤子心》。

除了写诗、读书、办刊之外，徐敬亚的诗歌生活中更包括投稿、写信。而每一次完成诗歌新作，徐敬亚的投稿目标都定位在《诗刊》上。尽管他和雷霆老师的通信十分频繁，但是，他依旧喜欢给雷霆老师写信，向他求教，与他交流，力图从与雷霆老师的书信往来中学到更多诗歌创作知识，丰富、充实、完善自己。

4 月 11 日，夜深人静时，徐敬亚觉得在诗歌创作上有许多想法和一些构思需要和雷霆老师交流，期望能得到他的指点。于是，他又提笔给雷霆老师写了一封信。

雷霆老师：

广西的会没去成，真令我沮丧。那南行、那水乡、那西南采风，是我幼年的梦想，多令人神往。然而毕竟年龄大了，学校领导(副校长)好言安慰了我，也鼓励我。那么，还是得安下心来学习，丰满羽翼，把机会托付给未来吧！读书，写诗，又常常到深夜，人，得奔哪，路，正长……

稿子两份，遵所嘱，已寄去，收到了吗？用的是挂号，我全心地把它交托于您，一切听任。

上次谈及的两首诗，已写好。其中，《别了昨天》已刊在我们的《赤子心》第四期，收到了吧？我又精简了一下。另一首《不像没有看破》，颇费了我一些功夫。开始与于克约定，他写“破”，我写“不破”，但他走了(随曲有源参加广西会议去了)，我只好自己写一问一答唱双簧。起初我以为“破”易写，“不破”难写。作为正面立难写，但后一首写出了情绪，从整个看终于战胜了我的“破了梦幻”很高兴，但把前一首压倒了，“破”写得干瘪，而且也消沉一些(开始我试图写得让人们理解些)，写出一部分青年看透了黑暗，把这种迷茫写成清醒的探索，后一首再把这种清醒和探索引入另一个领域，使两首诗不做正面的冲突，形成一致，即所答非所问式地配合，但写完后有些变化，请您为我好好审看一下，我自己感到还可以包容一部分青年的想法，也适应当前青年们的现况(看透派是很多，成千上万的)，这两首诗我都力图写得短些，都在五六十行。如果多了，请您帮助删改，我有些无能为力了。

最近我想了些青年问题，想写一批关于青年的诗，具体些，实惠些，可以写写人物、事件、小场景，构思了十多首，待写好再寄。上次说过，我还难于找到发泄情绪的形式和突破口，诗的学步上的徘徊也怪痛苦的，这次再试一次，到时请您狠挑剔多指点，自己对自己总是不满意又无奈。又要打扰您，费您的时间，心中实在有些不忍(现在大家都很忙，您也匆匆吧)，然而青年们真的需要帮助和指点，客气话酬谢话不说了，我也不太会，也不愿。

《赤子心》我们争取办下去，直至毕业。(或者更长些，比如毕业后大家也可以互寄稿子，分别轮流坐庄继续编印，逐步发展为“同人刊物”。当然这只是我的偶想)中国文坛实在是缺少这样的品种。全国的诗歌刊物(自办)只有《今天》以诗为主，杭州的《扬帆》(目前很艰难)、贵州的《喷泉》(半官方，质量不理想)，山东大学的一个诗刊(最近没消息)和贵阳师院的《烛光》诗报(已散)，加上我们共六家(可能还有)。我们争取长期坚持，大家现在劲儿较足，学校和系里也较支持，我们争取加强与校系的联系，等张松如老师回来，请他为顾问，再请系里派指导教师，主动挂钩，也求得经费，力争毕业前出满十期。这样便总会有些影响的，我们自己也可以进步。望您支持，如能选用，对我们将是多么大的支持呀！本学斯好好搞一搞，争取一猛劲，出它三期。

放假前，我们系《红叶》(系里刊物)照了一次相，正好最近冲洗出来，寄去几张照片见见面吧！(还有王小妮)这两天我们诗社又打算搞搞春游，再照一些。搞搞郊外即景赋诗，把日子打发得浪漫点，趁年轻，血热。

祝您好！丰收！

徐敬亚

(信又长了，我不安)

作品组的另一位老师常给我们回信，我永远忘不了他那挚切的话语，又不知尊名，请代问好并转赠照片。为这些毛愣青年们的稿子，他没少费心。

又及

在这封信中，徐敬亚向雷霆老师谈了近期创作情况和新的诗歌构想以及创办《赤子心》的计划，并希望能得到雷霆老师的指点和帮助。

第二天，徐敬亚将这封信寄给了雷霆老师。和挂号信一起寄去的，还有徐敬亚、王小妮、吕贵品等《红叶》编委会成员的合影照片，留给雷霆老师作纪念。

1980 年春天，徐敬亚写给雷霆老师这五封信，被雷霆带回家中，从此珍藏起来。

2012 年 12 月 9 日 7 时 30 分，为中国当代诗歌繁荣发展做出了重要贡献的杰出诗歌编辑家雷霆先生因肺部感染，呼吸衰竭，在海军总医院病逝，享年 75 岁。

雷霆先生的一生，为中国当代诗歌发展做出了重要贡献。自 1976 年担任《诗刊》社编辑至 2000 年退休(后被《诗刊》社返聘两年)。在长达 27 年的编辑生涯中，他始终发扬“甘为人梯”的精神，发现和培养了几百位优秀的青年诗人，编发了几百首优秀诗歌作品，并先后主持了第六届、第八届、第十一届、第十三届、第十五届和第十七届青春诗会，为培养诗坛新人、发现诗歌佳作、繁荣当代诗歌做出了不可磨灭的贡献。

雷霆先生不仅是一位杰出的诗歌编辑家，更是一位优秀的诗人。在繁忙的编辑工作之余，他创作了《十年》《五十岁及其它》《六十好年华》等近 400 首诗歌作品，并出版诗集《沉船》《沉积层》《沉思与放歌》，深受读者喜爱。

雷霆先生去世之后，他的爱人张力依旧将徐敬亚的这五封信珍藏至今。

在我的 80 年代诗歌历史研究工作中，十分热心的张力老师给予了我很大的帮助和支持。2018 年 7 月 1 日，在与她微信交流时，我问她是否还保存着雷霆先生和全国各地诗人们的通信。结果，张力老师翻箱倒柜，找出了徐敬亚 1980 年春天写给雷霆老师的四封书信和王小妮 1980 年 9 月 7 日写给雷霆老师的一封书信，弥足珍贵。

同年 12 月 6 日，张力老师再次翻箱倒柜，又找到了 1980 年 3 月 24 日徐敬亚写给雷霆老师的一封书信和王小妮 1980 年 4 月 24 日写给雷霆老师的一封书信，更是珍贵异常。

在时隔 41 年之后，重新阅读徐敬亚写给雷霆老师的五封书信，给我感受最深的是：20 世纪 80 年代，之所以能成为中国诗坛上优秀诗人辈出、名篇佳作流传的诗歌黄金时代，正是因为有了众多像雷霆这样热爱诗歌编辑事业、热忱发现诗坛新人、热心扶持青年作者、热切推介优秀诗作的杰出诗歌编辑的付出。

［作者单位：黑龙江省大兴安岭地区呼中区委组织部］

外国诗论译丛

单人主义：一个宣言

[美]弗兰克·奥哈拉著　龙豫译　章燕审校

[译者前言]

弗兰克·奥哈拉(Frank O'Hara，1926—1966)，美国诗人、剧作家和评论家，第一代"纽约派诗人"的核心人物，曾担任纽约现代艺术博物馆副馆长。奥哈拉的诗歌多采用口语和对话形式，体现了即兴和反文雅的特点。其生前出版的诗集有《一个城市的冬天及其他诗》(*A City Winter and Other Poems*，1951)、《橙色：田园12首》(*Oranges*：12 *Pastorals*，1953)、《紧急中的冥想》(*Meditations in an Emergency*，1957)、《第二大道》(*Second Avenue*，1960)、《颂歌》(*Odes*，1960)、《午餐诗》(*Lunch Poems*，1964)和《情诗》(*Love Poems*，1965)。其中《紧急中的冥想》和《午餐诗》是奥哈拉最具独创性的两部诗集，融合了即兴歌词、诙谐谈话、新闻模仿和超现实主义意象等。

在《单人主义：一个宣言》(*Personism*：*A Manifesto*)一文中，奥哈拉诙谐地展现了他的诗学思想。他将诗歌看作人与人之间的鲜活联结而非书页与书页之间的呆板文字，倡导即兴地而非文雅地创作，将个人经历的直接性与非个人化的抽象巧妙结合起来。他戏谑地消解了当时其他诗歌宣言的虚假做作，也为理解他的诗歌以及"纽约派"(包括约翰·阿什贝利和肯尼斯·柯克)诗歌作品提供了一个有价值的入口。许多写宣言的作家往往采用预言式的规劝和说教般的口吻，而奥哈拉则幽默地承认一个宣言不可能让本来就不喜欢诗歌的人读它，并且他认为，关于诗歌形式的讨论往往偏离了好诗核心的根本能量——"你只需要放松去写"。但是奥哈拉也列出了其诗学的纲要，如果用更标准的宣言措辞来表达他的隐含主张，或许可以这样说：诗人必须机敏，绝不让人无聊；诗人需要把其想象性、创意的自发性传递出来；诗人必须自然而然地用典(这篇诗论灵活地从浪漫主义诗人跳到超现实主义画家，又跳到法国“新小说”)；诗人必须把个人经历的直接性以充满活力的感觉传达出来，而不是干巴巴地自白。奥哈拉用自嘲式的“单人主义”概括了最后这一点，暗示出一种由近乎色情的亲密和非个人化的抽象构成的巧妙组合，这种组合正是奥哈拉诗歌的特点。

这篇宣言完成于 1959 年 9 月 3 日，原本是为唐纳德·艾伦(Donald Allen)的《新美国诗歌》(*New American Poetry*)所写，但因太轻浮而被拒绝，最终首次发表于《幽玄》(*Yugen*)第 7 期(1961 年)，被选入《弗兰克·奥哈拉诗歌选集》(*The Selected Poems of Frank O'Hara*，1972)，后不断被重印。

一切的一切都在诗里，但我冒着听起来像是贫困的有钱人艾伦·金斯伯格[①]的风险写信给你，是因为我刚刚听到一个诗人同行认为我的一首诗没法一次就读懂，而这是因为我自己也糊涂。现在，来说说吧。我不信神，所以我没必要打造出韵律精巧的结构。我讨厌瓦切尔·林赛[②]，一直都讨厌；我甚至不喜欢韵律、半谐韵，所有那类玩意儿。你只需要放松去写。如果有人拿着刀子在街上追你，跑就是了，你别转过身来，对那人喊：“别追啦！我以前可是米尼奥拉预备队(Mineola Prep)的田径明星。”

这是从写诗的角度来说的。从诗的接受来说，设想你正在恋爱而某人对你不好(mal aimé[③])，你不会说“嘿，你不能这样伤害我，我很介意!”你会由着性子去闹，不顾一切，反正几个月后，你还是会这样。不过这不是当初你坠入爱河的原因，只是为了抓住生命力，你就不得不去冒点险，尽力不那么遵循逻辑。痛苦总是会引发逻辑，但这对你来说很不好。

---

① 艾伦·金斯伯格(Allen Ginsberg，1926—1997)，美国诗人，金斯伯格在《它是》杂志(1959 年第 3 期)上发表的文章《诗歌中的抽象》(*Abstraction in Poetry*)中认为，奥哈拉的作品有一种类似于绘画中的抽象表现主义的抽象形式。

② 瓦切尔·林赛(Vachel Lindsay，1879—1931)，美国诗人，善于使用强有力的韵律，强调诗歌的口语特质。

③ mal aimé：法语，意为没有很好地被爱。参见法国先锋派和早期超现实主义诗人纪尧姆·阿波利奈尔(Guillaume Apollinaire，1880—1918)的《错爱之歌》(*La Chanson du Mal Aimé*)(1913)。

我不是说我几乎没有当今任何作家所拥有的那种最崇高的思想，只是有没有又有什么关系呢？它们不过是一些观念而已。其唯一的好处就是当我的观念达到了足够崇高的地步时，我便可以停止思考，而这时恰恰是让人恢复活力的时刻。

但倘若有人理解了它，理解了它的意思，或有人因它而进步了，你又怎么可能真正在意呢？让他们进步是为了什么？为了死亡？为什么要催促他们快点？太多诗人表现得像个中年母亲，费尽心思让她的孩子吃了太多的熟肉和流油（泪）的土豆。我压根儿不在意他们吃不吃。强制的喂食导致过度消瘦（虚弱）。假如他们不需要诗歌来欺负自己，那就不该让人去体验他们不需要的体验。我也喜欢电影。毕竟，所有美国诗人中只有惠特曼、克莱恩和威廉姆斯①比电影好。至于方法和其他技术手段，那不过是常识：如果你要去买裤子，肯定是要买足够紧身的才能吸引所有人想和你上床。这方面完全没有任何形而上学的概念。当然，除非你自我陶醉地以为你正在体验的是一种你所“渴望”的东西。

诗歌中的抽象，也就是艾伦·金斯伯格最近在《它是》(*It Is*)杂志上评论的，是一个很有趣的点。我认为，它在大多数情况下出现在那些需要做出决定性的选择的具体细节中（诗歌中，而非绘画中的）。抽象涉及诗人个人的消隐（personal removal）。例如，在决定是选择“对无限的怀念”（the nostalgia of the infinite）②，还是选择“为了无限的怀念”（the nostalgia for the infinite）时，诗人对于抽象程度的态度才能得以确定。“对无限的怀念”代表了更高程度的抽象、消隐和客体感受力（如济慈和马拉美③的诗歌就是这样的）。我最近发起一场没人知道的运动——单人主义。它让我极有兴致，因为它与那种消隐自我的抽象如此相反，以至于，在诗歌的历史上，它的确首次接近了一种真实的抽象。单人主义之于华莱士·史蒂文斯来说就

---

① 沃尔特·惠特曼（Walt Whitman，1819—1892），哈特·克莱恩（Hart Crane，1899—1932），威廉·卡洛斯·威廉姆斯（William Carlos Williams，1883—1963），美国诗人。

② “对无限的怀念”（the nostalgia of the infinite）：意大利超现实主义画家乔治·德·基里科（Giorgio di Chirico，1888—1978）的一幅画作的名字。

③ 马拉美（Stéphane Mallarmé，1842—1898），法国象征主义诗人。英国浪漫主义诗人约翰·济慈（John Keats，1795—1821）认为他诗歌中有一种客体感受/消极感受力的才能，即能够忍受不确定性，将自己全心投入到其他人和物体中去的能力。

好比"纯诗"(la poésie pure)之于贝朗瑞[1]。单人主义不关哲学的事，纯粹是艺术。它也不是非得和个性或者亲密感有关，实际上相去甚远！不过这里，我可以给你一个大致的概念：单人主义中最小的一个方面是让诗歌对某人说话(除了诗人自己之外)，从而唤起爱的弦外之音，又不摧毁爱给予生命的粗鄙，并让诗人维持他对诗歌的感觉，同时也防止爱将诗人抽取出来，让他陷入对某一人的感情。这是单人主义的一部分。我在1959年8月27日和勒罗伊·琼斯[2]共进午餐后创立了它，那天我正处于与某人的恋爱中(顺便说一句，不是勒罗伊，是一个金发女郎)。回去工作后，我为这人写了首诗。写的时候，我意识到如果我愿意，我其实可以用打电话代替写诗，于是，单人主义就此诞生了。这是一个激动人心的运动，毫无疑问，必将有众多信徒。它将诗歌不偏不倚地置于诗人和另一个人之间。这带有一种幸运的皮埃尔风格，而诗也相应地得到了满足。诗歌终于存在于两个人之间而非两张纸之间了。毫不夸张地说，我承认，这或许是因为文学的死亡，正如大家都知道的。尽管有点遗憾，我还是很欣慰我比阿兰·罗伯-格里耶[3]先一步到了那里。诗歌比散文的脚步更快更坚定，仅仅是因为诗歌将文学终结了。有一阵子人们曾认为阿尔托[4]能够实现这一点，但其实，虽然他那引起争论的文章看起来如此气势恢宏，它们却在文学之外，就如同熊山远在纽约州之外一个样。他与文学的关系就像杜布菲[5]之于绘画的关系那样，令人震惊。

对单人主义我们能期待些什么呢？(这听起来越来越有意思了，不是吗?)我们可以期待一切，却没法得到它。作为一个运动，它太

---

① 皮埃尔-让·德·贝朗瑞(Pierre-Jean de Béranger，1780—1857)，法国政治讽刺诗人，他的作品被用来和象征主义的原则"纯诗"对比，根据这样的原则，诗歌就是声音的形式，像音乐一样。同样，华莱士·史蒂文斯(Wallace Stevens，1879—1955)的诗与奥哈拉的"单人主义"相对。

② 勒罗伊·琼斯(LeRoi Jones，1934—2014)，美国诗人和剧作家，后改名为阿米里·巴拉卡(Amiri Baraka)。

③ 阿兰·罗伯-格里耶(Alain Robbe-Grillet，1922—2008)，法国实验派作家，"新小说"的理论家。

④ 安托南·阿尔托(Antonin Artaud，1896—1948)，法国作家，参与了"残酷戏剧"的实验。

⑤ 让·杜布菲(Jean Dubuffet，1901—1985)，法国画家，参与了"原生艺术"(Art Brut)的实践。他的创作以破除正统的表面规则和技艺为特征，广泛使用多种手段和材料创造多种风格。

新、太活，没法许诺什么。但它，就像非洲一样，已经在路上了。那些最近一方面为技术，另一方面为内容做宣传的能手们可要睁大眼睛注意了。

1959年9月3日

［译者及单位：龙　豫　北京师范大学外文学院
章　燕　北京师范大学外文学院］

［附］弗兰克·奥哈拉诗三首（郑敏译）

1. 黛女士死的那一天

是12：20，在纽约，一个星期五
巴斯底[①]日后的第三天；对了，
是1959年，我上街擦皮鞋
因为我要乘4：19的车，7：15
到东海浦吞，我径直去吃晚饭
并不认识那些请客的人

我沿着潮热的大街往前走，开始出太阳，
吃了一个汉堡包和一杯牛奶鸡蛋糊
买了一份印得糟糕的《新世界写作》
看看加纳的诗人近来在干什么
我走进银行
静车小姐（我听说她名叫林达）
这次破天荒不查我的存款
在金鹰狮我买了一小本维尔伦
给柏赛，有着勃纳德的插图，虽然我想到
买一本赫希俄德，李奇门·拉第摩的译本，或
勃兰登·贝安的新剧，或珍耐的

① 下面加点的名词，都是与当时纽约及欧洲的人物、作品及街景有关系的专有名词。——诗译者。

《凉台》或《黑人》，但是，不，在拿不定主意中我
睡着了，在这之后认定选维尔伦。

麦克的礼物么，我走进公园街的
酒店，要了一瓶斯推加酒，
然后我退回到我所从来的第六街
和齐格菲大戏院的烟草店
随便地买了一条葛萝意丝和一条
碧加茵丝，和一份《纽约邮报》，有她的脸

在上面，我立即出了一身汗，并想到
倚着第五夜总会的厕所门，
当她低声唱一支歌，弹着琴
对着马尔·瓦德伦和其他的人，我停止了呼吸。

2. 给已故的父亲

别向我呼叫，父亲
不管你在哪里
我还是你的小儿子
跑着穿过黑暗

我不能按照你说的做去
即使我可以听见
你的月季不再生长
我的心是黑色的正像

它们的花床它们的娇嫩的刺
成了我脸上的
恼人的胡子
你别想花

不要吓着我的蓝眼睛
用棕色的斑点
或加厚我的嘴唇
当我照镜子时，不要希望

我成为
你的奇怪儿子之外的
人，他深知小的奇迹，不是死，
父亲我活着！父亲

原谅月季花和我。

3. **诗**

拉娜·托纳[①]精神崩溃了！
我正快步地在街上走，突然
开始下雨和雪
你说是下冰雹
冰雹应当打头
所以还是下雪
和下雨，我急忙着
去看你，但是交通
表现得和天空一样
突然我看见头条消息
“拉娜·托纳精神崩溃了！”
在好莱坞没有雪
在加州没有雨
我曾去过很多酒会
表现得十分失礼
但我从没有精神崩溃
啊！拉娜·托纳　我们热望你爬起来

① 著名影星。——诗译者注。

CONTENTS

Poetry Exploration
(1st Issue, Theory Volume, 2022)

CENTENNIAL NEW POETICS CASE

COMMEMORATING THE 40TH ANNIVERSARY OF THE PUBLICATION OF *NINE LEAVES COLLECTION*

THE DISCOVERY OF A POEM

RESEARCH ON XIE KEQIANG

ATTITUDE AND SCALE

A REVIEW OF WORKS ON NEW POETRY THEORY

POET COMMUNICATION

TRANSLATION OF FOREIGN POETICS

(Translated by Min Lian)